向上吧！诗词（友情卷）

落花时节又逢君

《意林》图书部 编

本册主编：刘红敏/张文惠/侯雅惠/王蒙蒙

吉林摄影出版社
·长春·

图书在版编目（CIP）数据

落花时节又逢君. 友情卷 /《意林》图书部编. --长春：吉林摄影出版社, 2019.1
（向上吧！诗词）
ISBN 978-7-5498-3901-8

Ⅰ.①落… Ⅱ.①意… Ⅲ.①诗歌欣赏—中国 Ⅳ.①I207.2

中国版本图书馆CIP数据核字(2018)第286349号

向上吧！诗词 XIANGSHANG BA！ SHICI
落花时节又逢君 LUO HUA SHIJIE YOU FENG JUN

出 版 人	孙洪军	字　　数	300千字
主　　编	顾　平　杜普洲	印　　张	11
责任编辑	施　岚	版　　次	2019年1月第1版
总 策 划	徐　晶	印　　次	2019年1月第1次印刷
特约策划	郭妙霞	出　　版	吉林摄影出版社
设计总监	资　源	发　　行	吉林摄影出版社
本册主编	刘红敏　张文惠 侯雅惠　王蒙蒙	地　　址	长春市泰来街1825号 邮　编：130062
特约统筹	王来宁	电　　话	总编办：0431-86012616 发行科：0431-86012602
特约编辑	郭妙霞		
封面设计	资　源	网　　址	www.jlsycbs.net
美术编辑	刘海燕	经　　销	全国各地新华书店
封面绘图	呼葱觅蒜	印　　刷	北京盛彩捷印刷有限公司
开　　本	700mm×1000mm　1/16		
书　　号	ISBN 978-7-5498-3901-8	定　　价	36.00元

启　事

本书编选时参阅了部分报刊和著作，我们未能与部分作品的文字作者、漫画作者以及插画作者取得联系，在此深表歉意。请各位作者见到本书后及时与我们联系，以便按国家相关规定支付稿酬及赠送样书。

地址：北京市朝阳区南磨房路37号华腾北搪商务大厦1501室《意林》图书部（100022）
电话：010-51900482

目录 CONTENTS

伤别篇

重逢篇

名人万花筒

诗词小真相

知交篇

诗词 AB 面

名人万花筒

诗词小真相

劝抚篇

诗词 AB 面

名人万花筒

诗词小真相

伤别篇

SHANGBIEPIAN

人生有时就如一场梦，梦醒时分，悲欢离合，光阴消逝。『天之涯，地之角，知交半零落』，难寻的知音，散落在天涯。折柳一枝送别，最难耐，别离多。

王维，字摩诘，河东蒲州人，祖籍山西祁县。唐朝著名诗人、画家，世称“诗佛”。

送元二[1]使[2]安西[3]

［唐］王　维

渭城朝雨浥[4]轻尘，客舍青青柳色新。
劝君更[5]尽一杯酒，西出阳关无故人。

解读赏析
JIEDU SHANGXI

“离别最难的，是说一句留下。”

这是一首送别诗，是王维送一位名叫元二的好友出使安西（即西域）时所作。诗人在首句点明了送别的时间、地点和环境氛围，用“朝雨”“青柳”这些经典的送别意象借景抒情，表达了作者的惜别之情：清晨的雨打湿了渭城飘浮的尘土，被雨洗过的旅舍和周围青翠的柳树显得格外清新。

然而雨后清晨的美景却挡不住离别的脚步，只能频频劝酒，把临行前依依不舍的情绪都融进这一杯又一杯的酒中。安西在阳关外，阳关以西是茫茫大漠，生活条件十分艰苦。诗人送别的友人即将踏上未知的路途，不免有诸多担心，因此第三句中的“劝”字，不仅仅有劝君饮酒的意思，更多的，也许是劝诫友人保重身体，并希望他能够安然渡过未知的险阻。有朝一日，从阳关归来，两人再续友谊之欢。

看似简单明了的几句诗，却饱含了诗人无限的离别之苦。而最后两句，也成为反复吟唱的名句。后来人们将此诗入曲，配乐演唱时，每每吟唱三遍，把这种离愁别绪抒发到极致，因此这首诗也被称为《阳关三叠》。

①元二：友人元常，在兄弟中排行第二，故名“元二”。②使：出使。
③安西：指唐代安西都护府，在今新疆维吾尔自治区库车县附近。④浥：湿润。⑤更：再。

诗词AB面
SHICI AB MIAN

阳关和阳关道

阳关是古时中国陆路对外交通的咽喉之地，处在河西走廊的西头。西汉时期设置了这个关口，与玉门关一样，一直以来都是去往西域的重要通道。因为这个关口处在玉门关的南面，根据中国的地理位置，以山南水北为阳，所以被称为阳关。我们现在所说的“阳关道”原是指经过阳关通往西域的大道，后来泛指通行便利的大道，以及人生道路、生活方向等。

山川草木皆灵气

说到王维，不得不提一下山水诗。山水诗最开始是在南北朝时期由谢灵运开创的，在此之前，山水只是作为诗歌背景出现，以“意象”的形式，起着烘托主人公心境的作用。谢灵运首先将自然山水景物作为主体进行描绘，但是谢灵运对于山水的描绘只停留在表层，还没有将思想与山水的灵气结合，山水诗还没有达到应有的高度。后来居上的王维，将音乐的韵律、绘画的美感和诗歌的诗意融为一体，把山水诗发展到了顶峰。

名人万花筒
MINGREN WANHUATONG

王维和他过人的才华

在大家的印象中，李白是唐代诗人的翘楚，名声在外，但是在唐朝，王维的名气远在李白之上，这主要是因为王维高贵的家族门第以及过人的才华。

在南北朝时期有五个声名显赫的大家族，分别是太原王氏、清河/博陵崔氏、范阳卢氏、陇西李氏、荥阳郑氏。王维出身于五大望族之一的太原王氏，而且是大家族中的佼佼者。但是唐朝建立之初，皇帝对南北朝士族占据高位不满，因此在各种政策制定中对他们多有限制，也许是这个缘故，王维第一次考进士没能够金榜题名。

机会总是青睐于有准备的人，王维不仅在文学上有较高的造诣，在书法绘画音乐等方面也十分擅长，因此受到了当时皇宫王族们的喜爱，尤以岐王、薛王最甚。岐王精心安排了一场王维与当时权势极大的玉真公主的见面，宴会上王维展示了自己非凡的音乐才能，并献上了自己所作的诗卷，获得了玉真公主的青睐。次年，王维成为当年的科考状元，这虽然有点儿“暗箱操作”的嫌疑，但是不能因此否定王维的才华。

但是身为状元的王维却被委任为管理皇家乐队的太乐丞，之后因为手下人获罪，被贬为管仓库的小官，之后几次官场沉浮，让他对政治生活失去信心，转而把目光放到自然之中，以诗为画，正如苏轼所赞扬的“诗中有画，画中有诗”。

知识小问答

王维在岐王安排的宴会上为玉真公主弹奏的琵琶曲是什么？（　　）

A.《高山流水》　B.《郁轮袍》　C.《鹧鸪飞》

李白，字太白，号青莲居士，又号“谪仙人”，唐朝伟大的浪漫主义诗人，被誉为“诗仙”。

黄鹤楼送孟浩然之①广陵②

［唐］李　白

故人西辞③黄鹤楼，烟花三月下扬州。
孤帆远影碧空尽，唯见④长江天际流。

解读赏析
JIEDU SHANGXI

“送君千里，恨不得与君随行。”

这是一首脍炙人口的送别诗，也是李白表达离别之情的佳作。整首诗没有直接表现离别伤感的字眼，而是通过对景物的描写来抒情。

首句点明送别的地点和时间。在柳絮纷飞、花开满地的三月，于具有文化气息的黄鹤楼眺望。美景如此，但友人却要离去，诗中不谈离别的伤感，但不舍之情贯穿其中。“故人西辞黄鹤楼”，这里的“故人”就是指孟浩然，他在这繁花似锦的三月，下扬州远游。诗人看着故人的孤船帆影渐渐消失在碧蓝的天空尽头，引颈远眺，却只能看到水天一线，浩浩荡荡的长江水向前奔流而去，把诗人的心绪、诗人的不舍、诗人的期盼带向远方。

整首诗色彩明亮，所描绘的景象十分壮阔，虽写离别，却给读者展现了一幅祖国的壮美河山图。一个“空”字，不仅写出了碧蓝天空的壮阔，而且点明了诗人心中的那一丝落空的心情，友人离去，不免心中有空虚之感。而一个“尽”字，则进一步把江河的壮阔和心中那种空落落的感觉抒发得淋漓尽致。

①之：往，去。②广陵：扬州的旧名。
③西辞：黄鹤楼在广陵西面，在黄鹤楼辞别去广陵，称“西辞”。④唯见：只能见到。

诗词AB面

SHICI AB MIAN

黄鹤楼在哪儿

黄鹤楼位于湖北省武汉市武昌区，与湖南岳阳楼、江西滕王阁并称为“江南三大名楼”。黄鹤楼最开始建于三国时期，据说当时是为了军事目的而建，用以瞭望，以察敌情。后来黄鹤楼的军事用途逐渐演变成为文化景点，是历代文人墨客欢聚流连之处。关于黄鹤楼的传说有好几个，其中一个记载比较详细的，便是在《报应录》里记载的辛先生因受仙人帮助致富，而后仙人乘鹤而去，辛先生为其修筑黄鹤楼的故事。

为什么现在的扬州不如以前了

扬州自古是繁华之地，但是现在的经济发展和名声地位却大不如前，这是什么原因呢？首先，交通方式的变更。古代社会出行主要有两种方式，骑马和乘船。南方多水路，因此以乘船为主，而扬州处在江河交汇处，水运条件极好，商客往来频繁，推动了扬州的经济发展。但是现在，随着铁路交通和航空事业的发展，内河漕运衰落，因而扬州失去了推动经济发展的一大助力。其次，人口和行政面积的减少，中华人民共和国成立后，扬州和泰州分家，导致扬州人口减少，扬州经济也受到冲击。

诗词小真相

SHICI XIAO ZHENXIANG

李白与偶像的那些事儿

众所周知，诸多文人都把“诗仙”李白当成自己的偶像，就比如我们的“诗圣”杜甫，他写了好几首“表白”李白的诗作。殊不知，偶像李白也有自己的偶像。

在前代诗人中，李白最崇拜谢朓，他说过“一生低首谢宣城”，这里的谢宣城，就是谢朓。谢朓与“大谢”谢灵运同族，世人称之为“小谢”。

而在同时代的诗人中，李白则最崇敬孟浩然。李白出川游历时与早已名满天下的孟浩然结交，孟浩然比李白年长12岁，但是这并不影响他们成为忘年交。后生对于前辈的崇拜，那可是有诗为证的，李白曾在《赠孟浩然》一诗中表达了对孟浩然的真切崇敬之情：“吾爱孟夫子，风流天下闻。红颜弃轩冕，白首卧松云。”浪漫潇洒如李白，竟也遇到了自己的“本命”，对孟浩然那滔滔不绝的夸奖一点儿都不含蓄。

因此当自己要与偶像分别时，自然是万分不舍。但是以李白这种浪漫的性情和天才的思维，他的不舍之情的表达自然与常人不同。从诗中我们可以看到，虽是离别之作，却无凄婉之情，反而明净大气，仿佛自己的心也跟着好友孟浩然跨越山水，去往那繁华的扬州，领略一路的风景。

知识小问答

隋朝大运河造就了当时三大世界都市，分别是北京、扬州和哪一座城市？（　　）

A. 苏州　B. 西安　C. 南京

王昌龄，字少伯，河东晋阳人，一说京兆长安人。盛唐著名边塞诗人，四大边塞诗人之一。

芙蓉楼①送辛渐

［唐］王昌龄

寒雨②连江③夜入吴，平明④送客楚山孤。
洛阳亲友如相问，一片冰心⑤在玉壶。

解读赏析
JIEDU SHANGXI

“代我问安，表我志向。”

这首诗是王昌龄送别友人辛渐所作。当时辛渐即将取道扬州，北上洛阳。被贬到江宁（今南京）的诗人为他送别，并写下这首千古佳作。

开头写诗人与友人送别时的情景：寒冷的夜雨与江面连成一片，天刚蒙蒙亮，你就要离开，连楚地这边的山都在这种烟雨朦胧中显得格外孤单。这是送别的实景。一个“寒”字，点出了夜雨的冰凉刺骨，也点明了诗人心中的那份言说不得的苦楚。“寒”字与下一句的“孤”字相呼应，因“孤”而“寒”，“寒”更显“孤”。当时王昌龄身受非议，心中那份寂寥只能寄托在这寒雨孤山之中。

第三句诗人运用虚写的方式，嘱咐友人：如果有亲友问起我的情况，你一定要告诉他们，我的内心依然纯洁无瑕，就像冰那样晶莹，像玉那样透亮。诗人为什么要这么说呢？因为当时诗人受到诽谤诬陷，有很多不利于诗人的言论。诗人着急让友人表明自己的志向，并非为了洗刷自己的非议，而是担心自己的亲友们会为他忧虑，因此托友人替自己宽慰亲人。

①芙蓉楼：原名西北楼，在润州（今江苏省镇江市）西北。②寒雨：冷雨。
③连江：雨水与江水连成一片。④平明：天亮的时候。⑤冰心：纯洁的心。

诗词AB面
SHICI AB MIAN

名人都是怎么取笔名的

最早知道“冰心”不是因为王昌龄的这句诗，而是作家谢婉莹的笔名“冰心”。据说冰心是因为十分喜欢这句诗，而取的这个笔名，同时也是为了表达自己不与世俗同流合污的决心。除了表达决心，笔名的选择还有不同的方式。像鲁迅，原名周树人，据说是因为母亲姓鲁，且取愚鲁而迅速之意；像老舍，原名舒庆春，拆本姓“舒”，取为老舍；像金庸，原名查良镛，拆“镛”字而称“金庸”。

是谁杀了王昌龄

《新唐书》记载，王昌龄在“安史之乱”爆发以后，离开龙标往东北去了。具体要去哪里，没有人知晓。但是他到了安徽境内的时候，刺史闾丘晓却杀害了他，至于为什么杀他，也没有人知道。就这样，一代诗人殒命于此。后来宰相张镐率军与叛军作战，命令闾丘晓派兵增援，闾丘晓没能按时赶到，违反了军令，按律判处死刑。临刑前闾丘晓不断求饶，说自己家中还有老人需要赡养，希望能够网开一面。张镐反问他一句：“那王昌龄的家人谁来供养呢？”闾丘晓听罢无言，终被处死。

名人万花筒
MINGREN WANHUATONG

旗亭画壁的典故

玄宗开元二十五年（公元792年）冬天，几个著名的诗人相约在旗亭（即酒楼，古代酒家在道路旁边建筑楼亭营业，在门前竖旗做招牌，故称旗亭）聚会。他们不知道，这一天这一场偶一为之的聚会，后来成为一段佳话。

这几个诗人是谁呢？便是王昌龄、王之涣和高适。他们来到酒楼后不久，便看到一些梨园的女子正在排练乐曲，而这些乐曲的歌词都是当时一些著名的诗篇。于是王昌龄就提议说：“我们三个人都以诗歌成名天下，但是并没有分出高低位次，今天，我们就听这些梨园女子演唱，她们唱的谁的诗歌多，谁就获胜，如何？”王之涣和高适都同意了。

过了一会儿，他们就听到一个女子开始歌唱，唱的是王昌龄的《芙蓉楼送辛渐》，王昌龄就用手指在墙壁上画了一道作为标记。此曲唱罢，又有一个女子开始演唱，这一次唱的是高适的作品，高适也在墙上画了一道。过了一会儿，第三个女子唱的，依旧是王昌龄的作品《长信怨》，王昌龄又画了一道。

这个时候王之涣就有点儿不服气了，想着自己成名已久，三个女子居然都没有演唱自己的诗歌，于是他就说，刚才那些都不是最好的歌女，演唱的自然也不是最出色的曲子，等到这里最漂亮的女子开始唱时，如果不是唱我的诗，我这辈子就再也不跟你们比高低了。倘若她唱我的诗歌，那你们就输了。王昌龄和高适看着他不服气的样子都笑了，也答应下来。不一会儿，那个坐在中间最美丽的女子开口唱了，真的是王之涣著名的《凉州词·出塞》。

知识小问答

四大边塞诗人分别是王昌龄、高适、王之涣和哪位诗人？（　　）

A. 岑参　B. 陈子昂　C. 卢照邻

李白，字太白，号青莲居士，又号“谪仙人”，唐朝伟大的浪漫主义诗人，被誉为“诗仙”。

送友人

［唐］李　白

青山横北郭[①]，白水绕东城。
此地一为别，孤蓬[②]万里征[③]。
浮云游子意，落日故人情。
挥手自兹[④]去，萧萧[⑤]班马鸣。

解读赏析
JIEDU SHANGXI

“送君千里，终须一别，愿长风替我相随。”

这是一首五律的送别诗。诗句的意思简单明了，但是依依惜别之情可见一斑。

首联诗人运用了一个对偶句，用“青山”对“白水”，“北郭”对“东城”，“横”对“绕”，体现了律诗的特点。于简洁工整中刻画了送别时的情景：连绵起伏的青山横亘在外城的北面，波光粼粼的江水绕着城的东面流过。用“横”和“绕”两个动词，使整个画面灵动起来，写出了青山和江水似乎也像诗人一样舍不得友人离去，而挡住了友人的去路。

颔联两句主要是抒情。飞蓬本是无依无靠，四下漂泊。诗人借孤蓬来比喻友人的漂泊生涯，如今在此分别，你就像那孤独的飞蓬随风飘到万里之外，何时才能归来？随后颈联诗人把视线放到了远处。看到夕阳的余晖洒满天际，想到天边那飘浮的云朵也许知晓你远游的心意，可以随你而去，诗人自己却不能。

尾联两句写离别的最后一刻：你骑着马儿即将启程，我高高挥舞双手，而马儿似乎也懂得我的不舍，用萧萧的长鸣来回应我。整首诗描绘了一幅有声有色的画面，让人如临其境地感受诗人与友人分别时的那种依依不舍之情。

①郭：古代在城外修筑的一种外墙。②孤蓬：比喻远行的朋友。
③征：远行。④兹：声音词，此。⑤萧萧：马的嘶叫声。

诗词AB面
SHICI AB MIAN

班马是什么马

诗中说的“班马”要与动物“斑马”相区别，斑马是一种身上黑白条纹相间的动物，而诗中李白说的“班马”原指离群之马，在《左传·襄公十八年》“有班马之声，齐师其遁”和庾信的《哀江南赋》“失群班马，迷轮乱辙”中都有出现。后来渐渐在送别诗中成为一种惜别的意象。除指离群之马和惜别意象之外，“班马”也是汉代两位著名史学家的合称，也称“马班”，“班”是指班固，班固写有中国第一部纪传体断代史《汉书》，“马”是指司马迁，司马迁写了我国第一部纪传体通史《史记》，这两部著作都属于“前四史”。在唐代清昼的《讲古文联句》中，他也曾称班固与汉代文学家司马相如为“班马”，而在南朝梁刘勰的《文心雕龙》中，则出现了班固和马融的并称：“况班马之贱职，潘岳之下位哉。”

名人万花筒
MINGREN WANHUATONG

李白：走此一趟终南捷径

唐代文人入仕有三种途径。第一种，通过祖荫做官；第二种，通过科举考试做官，这几乎是所有读书人的必由之路；第三种，隐居。有人就奇怪了，前两种还可以理解，这隐居不就是不当官了吗，怎么还说是入仕的途径？其实，通过隐居换取官职的方法是唐代一个特殊的入仕途径，也被人称为“终南捷径”。

“终南捷径”这个故事的主人公是“随驾隐士”卢藏用，为什么叫他“随驾隐士”呢？原因是他隐居动机不纯，皇帝在长安的时候，他就在终南山隐居；皇帝到了洛阳之后，他就跑到嵩山隐居。后来，皇帝终于知道这个隐士，便让他做了官。卢藏用曾经指着终南山对司马承祯说：“此中大有妙处。”司马承祯却有点儿不屑地说：“这不过就是终南捷径罢了。”因此，终南捷径便成为文人通过隐居求取官职的代名词。

虽然这种方法看似不够纯粹，但是文人为了保全自己的人格尊严，不受科举考试的欺压，走这条路来求仕也是可以理解的。而且在唐代，这种隐居求仕似乎也与求贤者达成某种默契，皇帝也经常颁布“显岩穴之士”的诏书，请这些人出来做官。而李白，就是这条“终南捷径”路上的一员。开元二十四年（公元736年），李白去山东，和孔巢父、韩准等人隐居在祖徕山的竹溪。后来，长期的隐居生活得到了回应，天宝元年（公元742年），李白被朝廷征召去长安。

知识小问答

李白隐居在祖徕山竹溪时，与孔巢父、韩准等人被称为什么？（　　）
A. 终南五贤　B. 祖徕四士　C. 竹溪六逸

孟浩然，名浩，字浩然，号孟山人，世称孟襄阳，唐代著名山水田园派诗人。

留别王侍御维

［唐］孟浩然

寂寂①竟何待，朝朝空自归。
欲寻芳草②去，惜与故人违③。
当路④谁相假，知音世所稀。
只应守寂寞，还掩故园扉。

解读赏析
JIEDU SHANGXI

“其实不想走，其实我想留。”

此诗是孟浩然应进士试，失意后所作。语言浅白，情感耐人寻味，不难读出，诗中有一股自怨自艾的失意况味。

首联“寂寂竟何待，朝朝空自归”是写情境，也是写心境。门前冷落，车马稀疏。无可奈何，不如离去。“寂寂”“朝朝”写时境，也是写困境，有实有虚，“空自归”在时间和空间上都读得出诗人的无限落寞。

颔联“欲寻芳草去，惜与故人违”，是惜别之情。“芳草”原喻为美好的品德。诗人在此处指美好的处所，暗喻隐逸生活。一个“惜”字充分地显示出诗人内心的矛盾与斗争。想留而不得，想去而不舍。我们也由此看出诗人同王维的深情厚谊。

颈联“当路谁相假，知音世所稀”两句，说明归去的原因，功名已无望，不如归隐。语气沉痛，充满怨怼之情，辛酸之泪。一个“谁”字，反诘得颇为有力，表明他切身体会到世态炎凉、人情如水的滋味。一个“稀”字，又准确地表达出知音难遇的社会现实。

尾联“只应守寂寞，还掩故园扉”，“只应”二字况味十足，对于诗人而言似乎归隐是唯一应该走的路，赴京应举只是一厢情愿的一场误会，大有“我本以为我可以”的心酸。

此诗语言平淡，亦不讲究对偶，像是诗人的喃喃自语，所以十分自然。寥寥数语，把落第的心境、情境、困境表现得颇为深刻，值得一读。

①寂寂：落寞。②芳草：本义为香草，古诗中常比喻为美好的品德。此处指美好的处所，暗喻隐逸生活。
③违：分离。④当路：身居要职的当权者。

诗词AB面 SHICI AB MIAN

高山流水，知音难觅

知己难得，知音难觅，所以每每读伯牙子期，都会动容不已。《列子·汤问》载：“伯牙善鼓琴，钟子期善听琴。”伯牙琴音志在高山，子期说“峨峨兮若泰山”；琴音意在流水，子期说“洋洋兮若江河”。伯牙所念，钟子期必得之。多好的故事！士大夫伯牙与樵夫子期山间不期而遇，俞伯牙鼓琴，琴音回荡，高山巍峨，流水浩荡。子期驻足旁听，歌声相和，歌声里有高山亦有流水，此时没有身份之别，没有阳春白雪、下里巴人，唯知己二人。琴声乃心声，懂琴意者知灵魂，伯牙遂视子期为人生知己。子期亡故后，伯牙在子期的坟前抚了平生最后一支曲子，然后尽断琴弦，终生不复鼓琴。

名人万花筒 MINGREN WANHUATONG

为仕而隐，孟浩然是真正的隐士吗

寄情于山水，寄志向于功名，历来是中国古代知识分子的特点。这两者有一定的矛盾冲突，也造成了他们双重的性格和矛盾痛苦的人生。比较典型的代表是孟浩然。

孟浩然是唐代著名诗人，诸多诗人对他有极高的评价。杜甫评价他：“赋诗何必多，往往凌鲍谢。”李白这位旷世奇才也给孟浩然极高的赞美：“高山安可仰，徒此揖清芬。”王维则为其画像：“状欣而长，峭而瘦衣白袍。”可见孟浩然的诗名才气。

孟浩然虽然过着隐居的生活，但他内心却充满矛盾。他的诸多诗作都表达了寄怀天下、渴望入仕的心情。如《望洞庭湖赠张丞相》“欲济无舟楫，端居耻圣明。坐观垂钓者，徒有羡鱼情”，谦恭有度、落落大方地表明了他对仕途的热望以及期盼当权者援引的心情。

他也想过积极入仕，屡次求谒无果后，孟浩然赴长安应举，可事与愿违，举进士不第。所幸，孟浩然并未因仕途不畅而消极遁世，而是以积极的心态放情山水，回归田园，用毕生的智慧和才情将田园诗歌推向顶峰。

知识小问答

故园在此诗中的意思是？（　　）

A. 旧时家园　B. 故乡　C. 古旧的园苑

岑参，唐代著名边塞诗人，荆州江陵人。

白雪歌送武判官归京

［唐］岑 参

北风卷地白草折，胡天八月即飞雪。
忽如一夜春风来，千树万树梨花开。
散入珠帘湿罗幕，狐裘不暖锦衾薄。
将军角弓不得控，都护铁衣冷难着。
瀚海阑干百丈冰，愁云惨淡①万里凝。
中军置酒饮归客，胡琴琵琶与羌笛。
纷纷暮雪下辕门②，风掣③红旗冻不翻。
轮台东门送君去，去时雪满④天山路。
山回路转不见君，雪上空留马行处。

解读赏析
JIEDU SHANGXI

“奇志写奇景，奇景唤奇情。”

此诗是一首咏雪兼送别之作。诗人从描绘边塞严寒中的绮丽风光着笔，通过独特的环境描写衬托出深厚的离别之情。此诗特点有三：

一是奇情妙思，意象独特。诗人用敏锐的观察力捕捉边塞奇观，有以海喻沙，“瀚海阑干百丈冰”中沙海的大笔挥洒；也有以春花喻白雪，“忽如一夜春风来，千树万树梨花开”的浪漫奇妙的想象。可以说，取喻新颖，描写别致，再现了边地瑰丽的自然风光。

二是诗音画交融，画面感强。诗人利用换韵与场景画面交替的配合，达到了诗情、画意、音律相互交融的艺术境地，如“风掣红旗冻不翻”。诗中写冰天雪地里的红旗，红与白的鲜明对比，静与动的微妙展示，形象生动又别致。开篇风狂雪猛，继而音韵轻柔舒缓，随即出现“万树梨花开”的春景，后转入军中苦寒情事。全诗音情画配合极佳，栩栩如生。

三是雄健奔放，刚健之美。长期的边塞生活，诗人受尽了风沙、雨雪、大山的浸染。辽远旷阔、人烟稀少、景象荒凉这些异域风光在诗人笔下，形成一幅幅奇特壮丽的画面。因而他笔下的大漠惊沙、塞外奇寒等，感情炽烈，风格雄健开阔，是其他诗人所不能及的。

岑参豪放刚健的边塞诗，折射出盛唐时期的风貌和他自身的个性光芒。

①惨淡：昏暗无光。②辕门：军营的门。
③风掣：红旗因雪而冻结，风都吹不动了。掣：拉，扯。④满：铺满。形容词活用为动词。

诗词AB面
SHICI AB MIAN

一将功成万骨枯

唐初四方战事不断，部分仕途失意的文人，把立功边塞当作求取功名的新出路。因此，唐代许多诗人都在边塞生活过，他们写了大量以边区军民生活和自然风光为题材的边塞诗。

盛唐是边塞诗创作的鼎盛时期，这一时期涌现了许多著名的边塞诗人，如高适、岑参、王昌龄、李颀等。这些边塞热血男儿或描写绮丽的塞外风光，或反映戍边的艰辛和思乡之切，或表达高尚的爱国情操，形成了著名的边塞诗派。盛唐边塞诗人视野开阔，胸怀激荡，充满了磅礴的浪漫气质和一往无前的英雄主义精神，故而盛唐的边塞诗意境高远，格调悲壮，像雄浑的军号，一声声吹得历史都热血沸腾，以高亢的激情唱出了盛世的最强音！

胡乐一曲肠堪断

唐代是胡乐传入中原的鼎盛时期，唐代边塞诗中出现了许多描写西域的乐舞诗，出现最多的胡乐器是笛、胡笳和琵琶。笛善于表现凄凉、哀婉之音，带给人无限伤感与哀怨。如王之涣的《凉州词》“羌笛何须怨杨柳，春风不度玉门关”；王昌龄的《从军行》“更吹羌笛关山月，无那金闺万里愁”。边塞诗中，诗人也常借助胡笳抒发内心的苦闷与哀伤。如“胡笳一曲断人肠，座上相看泪如雨”；岑参的“君不闻胡笳声最悲”。琵琶亦是抒发悲苦之情的乐器，白居易在《听李士良琵琶》称其“声似胡儿弹舌语，愁如塞月恨边云”。

唐代边塞诗常用胡乐写悲凉哀怨，这与胡乐器本身的音色有关，也掺入了诗人的主观情感，将融情入声的乐器与投身边塞的寂寞与乡愁融为一体。

名人万花筒
MINGREN WANHUATONG

岑参是边塞诗人中闪耀的星

立功边塞，是盛唐知识分子向往功业的一条重要途径。同许多诗人一样，岑参对“功名只向马上取”的军旅生活也产生极大的兴趣。他的一生是“功名只向马上取”的一生，五入戎幕，两次出塞，整个大唐再也没有诗人有他这样的经历。

岑参虽为落魄王孙，却没有落魄王孙的消沉，相反，面对边塞的险恶，他充满乐观精神和豪迈气概。在他的边塞诗中，豪气横溢，雄健奔放，他写抱负，壮志满怀；他写军队生活，也是威武雄壮。诗歌纵横奔放，狂风大雨，飞沙走石，兵戈相击，汇成一片雄浑的塞外行军交响曲，使读者不得不为之振奋。读岑参的诗，我们会被他那种豪放、雄壮，如霆如电、长风出谷，如决大川的气势所感动。

可以说，岑参的边塞诗熔铸了盛唐高度自信的时代精神，他身上展现的正是“功名只向马上取，真是丈夫一英雄”的气概，焕发出盛唐时的特有魅力，闪烁着耀眼的光芒。

知识小问答

一生五入戎幕，两次出塞的唐代著名边塞诗人是谁？（　）

A. 岑参　B. 高适　C. 李颀

白居易，字乐天，号香山居士，又号醉吟先生，唐代著名诗人。

赋得①古原草送别

［唐］白居易

离离②原上草，一岁一枯荣。
野火烧不尽，春风吹又生。
远芳③侵古道，晴翠接荒城。
又送王孙④去，萋萋满别情。

解读赏析
JIEDU SHANGXI

“春草萋萋寄离情。”

此诗是白居易十六岁时的应试习作，惊为天人。首联破题，“离离”是写春草茂盛的样子，“原上”写地域广阔，首句便显大气，意境开阔。“一岁一枯荣”写的是草木的生命规律，“一”字反复咏叹，朗朗上口。两句看似平常，却言简意赅，语境清晰。

颔联“野火烧不尽，春风吹又生”这两句在民间传唱度极高，因为它以质朴的语言，揭示了事物生生不息的自然规律，给人以积极乐观的哲理性启示。“烧不尽”与“吹又生”前后呼应，对仗工整。此外，这两句与毛泽东的“星星之火，可以燎原”都是揭示新生事物是禁锢不住的，总有一天会席卷世界。

颈联“远芳侵古道，晴翠接荒城”画面感强，“远芳”和“晴翠”都是写草而不言草，比草更形象、富有美感。“远芳”一个“芳”字，把草的气味也表达出来了。“侵”“接”这两个字则凸显出草之茂盛，形象画面俱佳。

尾联点明送别。《楚辞》中有“王孙游兮不归，春草生兮萋萋”，看见萋萋芳草而怀思出游未归的人。这里变其意而用之：看见萋萋芳草而增送别的愁情，似乎每一片草叶都饱含别情。到此点明送别，结清题意，关合全篇，使春草与离情融为一体。

虽是应试习作，却充满灵气。描写生动，夸张得体，用字精练，又立意新颖，构思精妙，以简单的现象揭示生活哲理，字字含情，句句切意，堪称绝唱。

①赋得：借古人诗句或成语命题作诗。诗题前一般都冠以“赋得”二字。②离离：形容青草茂盛的样子。③远芳：芳，指野草那浓郁的香气。远芳，草香远播。④王孙：本指贵族后代，此指远方的友人。

诗词AB面 SHICI AB MIAN

古时的高考文体——赋得体

《沧浪诗话 · 诗体》云：“古人分题，或各赋一物，如云送某人分题得某物也。”

古人作诗，凡限定诗题或用韵，在标题前加“赋得”二字的，称为赋得体诗。赋得体诗脱胎于齐梁公宴诗，流行于陈隋时期的宫廷宴集活动。最常见的“赋得”诗主要有两类：一类是取前人成句为题。如梁元帝的《赋得兰泽多芳草》、骆宾王的《赋得白云抱幽石》等；另一类是咏物，如陈后主《七夕宴宣猷堂，各赋一韵，咏五物自足为十物，次第用得帐、屏风、案、唾壶、履》及上述“各赋一物”等。

赋得体体裁则并无限制，其中五律占大多数。唐代的赋得体诗相较前代而言都有较大的发展，唐高宗时开始被采用为科举取士的程式。

诗词小真相 SHICI XIAO ZHENXIANG

无论何时，才华最贵

五言律诗《赋得古原草送别》是白居易的成名作。我们自幼耳熟能详的古诗《草》便是选取该诗前四句。关于这首诗及白居易这个名字，还有一个有趣的逸闻。

《唐摭言》卷七云：“白乐天初举，名未振，以歌诗谒顾况。况谑之曰：‘长安百物贵，居大不易！’及读至《赋得古原草送别》，诗曰：‘野火烧不尽，春风吹又生。’况叹之曰：‘有句如此，居天下有甚难！老夫前言戏之耳。’”十六岁的白居易尚未出名，带着自己的诗稿去拜会名士顾况。顾况从“长安米正贵，居住不容易”的调侃到“文采如此，住天下任何一个地方又有什么难的”，两种截然不同的态度转变，征服他的正是白居易一鸣惊人的才华。

这个逸闻《全唐诗话》《唐语林》《能改斋漫录》《北梦琐言》等书都有类似的记载，足见其真实性。

知识小问答

唐代三大诗人分别是？（　　）

A. 李白　B. 杜甫　C. 杜牧　D. 李商隐　E. 白居易

许浑，字用晦（一作仲晦），润州丹阳人，晚唐最具影响力的诗人之一。

谢亭①送别

［唐］许　浑

劳歌②一曲解行舟，红叶青山水急流。
日暮酒醒人已远，满天风雨下西楼。

解读赏析 JIEDU SHANGXI

“任是风景也生愁。”

第一句写别离之境，友人欲别，劳歌一曲，缆解舟行。一种匆遽而无奈的气氛油然而生。

第二句写江上深景。时值深秋，两岸青山，霜林尽染，满目红叶丹枫，映衬着一江碧绿的秋水，显得色彩格外鲜艳。这与江淹《别赋》有异曲同工之妙，江淹写送别，“春草碧色，春水绿波，送君南浦，伤如之何！”借美好的春色反衬别离之悲，许浑写送别则用明丽之景抒别离之情。皆是以乐景写哀。

第三句是酒醒后的失落。望着友人的背影迟迟不肯离去，竟不胜酒力睡着了。一觉醒来，已是薄暮时分，友人也远去了。这里隐藏着一个时间差，别时天还亮，人远天色变，物非人也非了，只能望着远处，独自伤怀。此时，暮色的苍茫黯淡，风雨的迷蒙凄清，酒醒后的朦胧，别离的伤痛惆怅一涌而来，使得诗人更加黯然孤寂。

第四句是凄凉之景。诗人被难以承受的怅惘空虚所包围，风雨倾打，更显凄凉，于是诗人默默无言地独自从风雨笼罩的西楼上走下来，不言而喻的神伤，心痛不已。“满天风雨下西楼”一句尤佳，与“山雨欲来风满楼”一样，以“势”取胜，读来身临其境，这是其他送别诗所不及的。故，陆游评价许浑：“用物时不为物所赘，写情而不为情所牵。”

这首诗立意新颖，景中寓情，通篇没有一个“愁”字，但让人感觉处处皆“愁”。劳歌一曲，此生愁；目送行舟，此愁绕心；酒醒人远，愁上愁；风雨下楼，愁无尽。诗人层层渲染，把友人去后的惆怅失落之情写到了极致。

①谢亭：宣城著名的送别之地。李白诗有“谢亭离别处，风景每生愁”。
②劳歌：原本指在劳劳亭送客时唱的歌，后来遂成为送别歌的代称。李白诗有“天下伤心处，劳劳送客亭”。

诗词AB面
SHICI AB MIAN

古人为何喜欢饮酒送别

古人喜爱饮酒送别，希望自己的离愁湮没在酒水之中。然而愁情酒难断，借酒消愁愁更愁。对于大多数诗人而言，饮酒泣别，倍增失落。唐代诗歌中饮酒送别的情景数不胜数，酒的意象也常常出现在送别诗中，例如，李白《江夏别宋之悌》：“人分千里外，兴在一杯中。”王维《送元二使安西》：“劝君更尽一杯酒，西出阳关无故人。”贾至《送李侍御赴常州》：“今日送君需尽醉，明朝相忆路漫漫。”对于交通不便、通信不便的古人而言，离别或许难再见，只能借酒麻痹这痛苦的时刻，故许多离别诗，都飘散着酽酽的酒香。

许浑千首湿——水系诗人

唐代称得上“水系诗人”的，首先要数晚唐诗人许浑。南宋《桐江诗话》云：“许浑集中佳句甚多，然多用‘水’字，故国初人士云‘许浑千首湿’是也。”有相关研究者对许浑诗中的水做过统计：“《全唐诗》收许诗531首，出现‘水’字的有200首，出现‘雨’‘露’等字的有251首，两者约占85%。”真所谓无“水”不欢！许浑诗“多水”的特点还在于诗题，其诗题有72首有“水”字，约占总数的14.3%。一首诗多次出现水或水的其他形态，4次以上的有十多首，最多的达6次。所以，许浑称得上“水当当”的诗人啦！

诗词小真相
SHICI XIAO ZHENXIANG

“天下伤心处”的长亭

古人送别，水岸送别多用“南浦”“长江”“舟楫”等意象，而陆上送别，则有“长亭”“短亭”“阳关”“古道”典型意象。尤其是古诗词中的“亭”，已经成为一个经典的送别意象，多指离别之地、伤心之处。李白的《劳劳亭》：“天下伤心处，劳劳送客亭。春风知别苦，不遣柳条青。”劳劳亭是沿长江顺流而下的必经之地，送别了无数的人，因此成为送别名亭。另一处送别名亭是谢亭，李白有《谢公亭》诗：“谢亭离别后，风景每生愁。客散青天外，山空碧水流。”

在古今诗词中多出现“长亭送别”的情景，如柳永《雨霖铃》中“寒蝉凄切，对长亭晚，骤雨初歇”。李白《菩萨蛮》中“何处是归程，长亭连短亭”。又如《西厢记》著名的“长亭送别”至今让人感慨万千。莺莺到十里长亭送别张生赴京赶考，关汉卿选取了“长亭送别”这一特定时空渲染了主人公的离愁别绪。大家耳熟能详的，莫过于李叔同的《送别》了。“长亭外，古道边，芳草碧连天……”长亭依依，愁情满怀。

无可避免、反复不断的离别不断在这些伤心之地上演，使得长亭也染上了一层离愁别情。“长亭送别”也成为一个固定的词组。

知识小问答

宣城著名送别之地“谢亭”因谁而得名？（　　）

A. 谢灵运　B. 谢朓　C. 谢安

王观，字通叟，如皋（现江苏如皋）人，北宋词人，与秦观并称“二观”。

卜算子·送鲍浩然之①浙东

［宋］王 观

水是眼波横，山是眉峰聚②。
欲③问行人去那边？眉眼盈盈处。
才始④送春归，又送君归去。
若到江南赶上春，千万和春住。

解读赏析
JIEDU SHANGXI

“行到山水盈盈处，依依送君行。”

这首是王观送别友人鲍浩然的词作。作者一改前人惯用的以水比喻美人的眼波，以山比喻美人的眉峰的写法，反其道而行，把眼波比作水，把眉峰比作山。在此运用了双关的手法，把对友人的送别之情写得妙趣横生。

眼波横流，眉峰集聚，仿佛山水也有灵气，与词人一样，舍不得友人离去。上片末尾运用一个设问句，先问友人是要往哪里去？然后自问自答，友人要往那“眉眼盈盈处”，也就是往那山清水秀的浙东而去。把读者引入了一个“想入非非”的意境中，让人忍不住想随友人一同前往。

下片，词人别出新意地把送人和送春结合起来。他仿佛将春天比喻成可以带来温暖的仙子，并把春天的离开也当成一场送别，可惜，刚把喜爱的春天送走，现在又要面临另一场离别。因此他在最后一句叮嘱友人，倘若在江南赶上了春天的步伐，一定要跟春天相会，欢饮一场。把本该愁绪绵绵的惜别之情表达得活泼有趣，不仅表达了对友人的美好祝愿，同时表现了对江南春天的喜爱。

①之：往，到。②山是眉峰聚：山如美人蹙起的眉毛。
③欲：想要。④才始：方才。

诗词AB面
SHICI AB MIAN

古诗词里为什么经常出现春

在古诗词里，我们会发现，春天出现的频率很高。除了诗人描写的季节春天，“春”实际上有很多的含意。首先，春天意味着生机和活力；其次，春天跟人的青春相呼应，也是时光的代名词；最后，春天象征着美好，隐含诗人美好的祝愿。

暗送秋波

这里的“秋波”可不是“秋天的菠菜”，而是用水波来比喻女子明亮清澈的眼睛。李白在《长相思》里写“昔时横波目，今作流泪泉”，李贺也曾在《唐儿歌》里写“一双瞳仁剪秋水”，都是眼如秋波的比喻。前人还有“眉如春山”的比喻，在《西京杂记》卷二里，就写道：“司马相如妻文君，眉色如望远山”；还有《古今词话》里也有“蹙损眉峰碧”的形容，是以山峰比喻眉毛秀色如黛。而在这首词里，作者却是反过来写的，别有新意。

名人万花筒
MINGREN WANHUATONG

居然有人叫“逐客”

在唐宋诸多诗词大家里，王观算不上一个特别出色的人物，但是他的这首《卜算子·送鲍浩然之浙东》却是一篇难得的佳作。

王观是一个具有鲜明的创作个性的词人，他在仁宗嘉祐二年（公元1057年）中进士，前后担任大理寺丞、江都知县等官职，官至翰林学士。

相传王观曾经奉诏作了一首《清平乐》，但是高太后认为这首词亵渎了神宗，便下令把王观罢职，贬成一介平民。王观无可奈何只得接受，他并没有因此而沮丧万分，反而以“逐客”为号，从此过着悠闲自在的平民生活。

王观的词师从柳永，词作情景交融，生动风趣，语言通俗，近于俚语，却雅而不谑。他的词集取名《冠柳集》，表示作品水平在柳永之上的意思。这虽然有些狂妄自大的嫌疑，但是他的词作工巧出新，也确实有独到之处。王灼在《碧鸡漫志》里也曾经说王观的词“新丽处和轻狂处皆是惊人”。可惜的是，王观的词集后来不小心丢失了，至今流传下来的仅有二十来首，其中最著名的就是我们上文的《卜算子·送鲍浩然之浙东》。

知识小问答

导致王观被罢职的《清平乐》描写了什么生活？（ ）

A. 边塞　B. 宫廷　C. 百姓

周紫芝，字少隐，号竹坡居士，又号竹坡老人、二妙老人，南北宋之交的重要词人。

临江仙·送光州①曾使君

［宋］周紫芝

记得武陵②相见日，六年往事堪惊。
回头双鬓已星星。
谁知江上酒，还与故人倾。
铁马红旗寒日暮，使君③犹寄边城。
只愁飞诏下青冥④。
不应⑤霜塞晚，横槊看诗成。

解读赏析
JIEDU SHANGXI

“相见重逢日，便是再度分别时。”

这首词写送别友人，但是词人开篇却用了很多笔墨描写上次离别之后的场景。他问友人是否还记得当初在武陵相见时的场景：时光匆匆，六年转瞬即逝，偶尔想起，让人怅然若失。这六年经历的风霜雨雪作者没有细致表达，只用了“往事堪惊”四个字来概括，表达了不忍回首的复杂情感。往事不堪回首，词人回到现实。当初分别的场景还历历在目，如今双鬓却已经渐渐斑白。如今将再一次分别，不知道江上是否有酒让我们畅饮，我定要将六年的衷肠与你倾诉。

下片是对友人到达光州边地后生活和心境的想象。一改上片的离愁别绪，境界一下子就打开了，描绘了一幅雄浑壮阔的画面：边塞寒冷的傍晚，落日的余晖洒在广阔的大地上，战马奔驰，寒风瑟瑟，红旗飘扬，士兵士气正盛，高声呼喊。作者仿佛看到友人也振臂高呼，豪情万丈，唯一担心的是怕朝廷下诏召他回去。为什么害怕呢？最后两句，词人给出了答案：友人渴望在边地建功立业，施展自己的文武才干。词作以回忆开篇，以豪迈的气势结尾，少了送别时常用的离愁别绪，多了一份对朋友英雄气概的赞赏。

①光州：今河南潢川，南宋时期是接近金国的边防重镇。②武陵：地名，今湖南常德市。
③使君：词题中的曾使君。④青冥：青色的天空，这里指朝廷。⑤不应：不顾。

诗词AB面
SHICI AB MIAN

古诗文里朝廷的别称

古人在写文章的时候，有时候为了表达需要，或者为了避嫌，会采用委婉表达的方式，对一些名词进行借代说明，而不直接用本来的名称。如范仲淹在《岳阳楼记》里说的“锦鳞游泳”，这里的“锦鳞”就是指鱼，还有李清照《如梦令》里的“绿肥红瘦”，这里的“绿”是指绿叶，这里的“红”是指红花。

这是为了表达的需要，而有的借指则是为了避嫌，或者暗喻自己的思想，如这里的“青冥”就是指代朝廷；除了青冥，在古诗文里朝廷的别称还有庙堂，如《岳阳楼记》里的“居庙堂之高”；凤池，即《望海潮》里的“归去凤池夸”；云衢，即晋朝左思《白发赋》里的“英英终贾，高论云衢”；宵宸，即陆游《贺薛安抚兼制置启》里的“疏恩遥下于宵宸”，以及睿幄、宸居、丹宸、鹓池等。

诗词小真相
SHICI
XIAO ZHENXIANG

从古诗词里看古代打仗工具

我们在阅读古诗词，特别是阅读边塞诗词的时候，经常会看到一些比较特别的意象，比如铠甲、号角、刀剑等，这些都是与打仗有关的东西。很难想象，在冷兵器时代，古人是如何打仗的，打仗的时候又需要准备什么呢？我们就尝试在古诗词中找答案。

我们在《木兰辞》里知道木兰代父从军前的准备工作是：“东市买骏马，西市买鞍鞯，南市买辔头，北市买长鞭”，这里就出现了马、鞍鞯、辔头、长鞭等工具。除此之外，在辛弃疾的《破阵子》中，“醉里挑灯看剑”和“弓如霹雳弦惊”，提到了剑和弓。杜牧在《赤壁》里提到了戟，陆游在《金错刀行》中提到了刀，苏轼在《赤壁赋》里提到了“横槊赋诗”，出现了“槊”这种武器。

打仗当然少不了战袍和宝刀，唐代诗人马戴在他的《出塞词》里就说到“金带连环束战袍”，而我们的“诗仙”李白在《胡无人》中则提到了金甲，“虏箭如沙射金甲”。除了这些，还有矛、盾牌、箭矢、戚、殳（shū）、战鼓、号角等。

不过在古诗词里面，出现最多的兵器是剑，而不是弓、刀、箭，因为在古代，剑被称为“百兵之君”，是一种地位比较高的武器。在古代文学作品中常有宝剑出现，《越绝书》里还记载了两国为一把宝剑开战的故事，在古人的心中，剑是一种比较神圣的武器，宝剑要配英雄，而且要行正义，具有一定的人格意义，因此备受文人推崇。

知识小问答

火药是什么时候开始运用于军事的？ （　　）

A. 元代　B. 唐末宋初　C. 明代

叶清臣，字道卿，长洲（今苏州）人，北宋名臣，词人。

贺圣朝①·留别

［宋］叶清臣

满斟绿醑②留君住。莫匆匆归去。
三分春色二分愁，更一分风雨。
花开花谢、都来几许③。
且高歌休诉。
不知来岁④牡丹时，再相逢何处。

解读赏析
JIEDU SHANGXI

“一分春雨一分愁，风风雨雨愁煞人。”

这是一首酒宴前的留别之作。上阕中，词人开篇就说他已斟满一杯浓香的好酒，希望能够把友人留住，让他不要那么匆匆离去。接着，词人以数字入诗，把内心不舍的愁绪，用简单的数字表达。如今这多雨多风的暮春时节，随手截取春色三分，就有二分的愁绪，剩下的一分，又充满凄风苦雨。看似简单的叙述，却蕴含着深厚的友情和说不尽的离别之情。

下阕中，词人以花开花谢作为时间的轮回，每年见花开见花谢就想着友人已经离开很久，想念之情更加浓烈。但是词人没有一味地让自己情绪低落，而是以相对乐观洒脱的态度表示：现在就让我们暂时把离别放下，尽情畅饮高歌，不再说这些伤感的话语。但词人最后一句又发出了这样的感慨：不知道明年牡丹盛开的时候，我们会在哪里相逢？

整首词情感跌宕，时而高亢，时而低沉，曲折细致，情意深厚，很好地表达出作者离别时的复杂心境。

①贺圣朝：唐教坊曲名，后用为词牌名。②绿醑（xǔ）：即绿色的美酒。
③几许：多少。④来岁：来年。

诗词AB面

SHICI AB MIAN

数字入诗的文字游戏

数字本是有些枯燥的，但是在文人的精巧构思之下，也可能产生不一样的表达意味。

据说，曾经与卓文君海誓山盟的司马相如在事业上取得一些成就之后，就生出纳妾的心思，于是他就寄了一封家书给妻子卓文君，以此作为试探，信中只有寥寥十三个字“一二三四五六七八九十百千万”，普通人收到这样的一封信可能会一脸茫然，丈二和尚摸不着头脑。但是聪明如卓文君，她看完之后立马就明白了丈夫想要表达的是什么，一二三四五六七八九十百千万都有，唯独没有“亿”，他对她，已无忆。

卓文君难过之余，提笔给司马相如回了一封信，就是著名的《怨郎诗》：“一别之后，两地相思。只道是、三四月，又谁知、五六年。七弦琴、无心弹，八行书、不可传，九连环、从中折断，十里长亭、我望眼欲穿。百思想，千系念，万般无奈、把郎怨。”一样从一到万入诗，表达了对司马相如薄情的讽刺。

名人万花筒

MINGREN WANHUATONG

叶清臣：比起文人，我更想做一个为百姓谋福的大臣

叶清臣，北宋名臣，他在政治上做出的实际功绩比他的文学成就更令人称赞。他从小就机敏聪慧，爱好写文章，天圣二年（公元1024年），考中进士，步入仕途。他为人豪爽刚直，敢于在宋仁宗面前直言时政曲直，不畏权贵。在朝为官时，曾经上书言九事，主要有请派官员到各州县明察暗访，了解百姓疾苦，查看官吏管理能力；兴太学，训练军队，慎出令，简条约等，每一条都与国家治理息息相关，是个有才有德的臣子。

当时范仲淹、余靖因为进谏议论而被贬黜，将近两年的时间，全国的人都忍气吞声不敢议论朝政，叶清臣就上疏把这些情况跟皇帝指出，并希望皇帝能够深刻责备自己，同意接纳忠直敢言之人。宋仁宗被打动，不久，范仲淹等人都被调回京城附近任职。后来叶清臣在永兴任职时，修复三白渠，使六千顷农田得到灌溉。这也是当时利国利民的一件大功劳。

《全宋词》收录了一首他的词，就是我们选文的这首。本词虽写离别的不舍之情，但是未落入“凄凄惨惨”的缠绵婉转，而是在深情处见豁达，在感慨时见跌宕，这种乐观豪放的风格，也显示出作者的性格特征，是一首难得的佳作。

知识小问答

绿醑指美酒，那古人为何以“绿”来称呼酒？（　　）

A. 封酒盖上缠了柳条　B. 酒面上有绿色的酒糟　C. 古人多以绿色玉壶盛酒

葛长庚，也叫白玉蟾，字如晦，白叟，号琼琯，南宋人，内丹理论家。

水调歌头·江上春山远

［宋］葛长庚

江上春山远，山下暮云长。
相留相送，时见双燕语风樯。
满目飞花万点，回首故人千里①，把酒沃愁肠。
回雁峰②前路，烟树正苍苍。
漏声残，灯焰短，马蹄香。
浮云飞絮，一身将影向潇湘③。
多少风前月下，迤逦天涯海角，魂梦亦凄凉。
又是春将暮，无语对斜阳④。

解读赏析

JIEDU SHANGXI

“大雁犹可回，吾岂知归期。”

开头，词人用“江上春山远，山下暮云长”点明了送别的时间和地点。春天本是万物复苏、春意盎然的时候，却在这令人愁绪满怀的傍晚，要送别友人。江面宽阔，友人即将远去，如同远处夕阳的余晖，一点点地在山顶消失，表现出行人出行之“远”。正在与友人挽留送别时，忽然看到一双燕子在有些斑驳的墙角私语。抬头看到落花满天，想到你我将远隔千里，油然而生愁绪万千，只得用浓酒浇灌才得以短暂地忘怀，一个“沃”字写出了饮酒的量大。“回雁峰前路，烟树正苍苍”两句写词人想象自己前路未知，渺茫难测，不知归期。

下片开头用古时计量的更漏声展开，但是这更漏声却是断断续续的，因为燃烧了一整夜，所以蜡烛的芯已经变“短”了，说明词人一夜未眠。而“马蹄香”说明长途奔波，马蹄上还残留着花的余香，而这奔波在天亮之后还要继续，自己如同飘浮不定的云朵和飞扬的柳絮，形单影只地前往湘江方向。接下来三句，作者表达了自己形单影只的落寞之情，想象曾经与家人团聚花前月下的美好，如今却只身在天涯海角奔波，即使在梦中也无限凄凉。最后一句收束全词，用一个千里奔波形单影只的形象与首句呼应，把所有的情思都放进斜阳之中。

①千里：远隔千里。②回雁峰：回雁峰为衡山七十二峰之首，相传秋雁南飞，至此而返。
③潇湘：湘江的别称。④斜阳：夕阳。

诗词AB面
SHICI AB MIAN

古人怎么计时

古时候没有时钟，但是日常生活起居还是需要知晓时间，因此古代出现了两种比较常见的计时工具。一种叫“日晷（guǐ）”，一种叫“漏”。

日晷是一种根据太阳影子在晷面上的位置来计时的仪器。主要的部件是一根晷针和一面刻有刻线的晷面，人们根据太阳照射晷针在晷面上的影子判断时辰。随着太阳的运行，影子会在晷面移动，跟现在机械钟表的指针有点儿像。

漏是用滴水来计时，由四只盛水的铜壶组成，从上到下摆放，上面三个铜壶下方都有一个孔，水从漏壶底部侧面依次流到下一个铜壶，然后在最下面的铜壶中放置一个有刻度的浮标，以此来判断时间。除此之外，还有借助圭表、沙漏、燃香等来计时。

名人万花筒
MINGREN WANHUATONG

白玉蟾的年少才情

白玉蟾，原名葛长庚。在他六岁的时候，父亲去世，他的母亲带着他嫁给了徐闻白家，因此他改名为白玉蟾。白玉蟾从小聪慧机敏，十二岁应童子试时，主考官根据当时常见的“织机”进行命题，让考生以此写作。

白玉蟾略一思索，便写道：“大地山河作织机，百花如锦柳如丝。虚空白处做一匹，日月双梭天外飞。”白玉蟾不写如何织布，而是展开想象，把广阔的大地山河比喻成一部织机，把日月轮比喻成织机上来回穿梭的双梭。普通织机可以织出精美的布匹，而天地这座大织机，也可以在“虚空白处”编织出“百花如锦柳如丝”的自然美景。

白玉蟾通过寥寥数句，就描绘出一幅奇幻纷呈的壮丽山河图，把这个看似简单的命题写得富有哲理和想象力。很难相信，这是出自一个十来岁孩子之手。因此，白玉蟾几乎称作“神童”。

不过很可惜，当时的主考官对他怀有偏见，看了这首诗之后，认为白玉蟾“意其狂”，并未录取他。幸而白玉蟾年少的才情，随着这首诗以及他之后的作品，流传了下来。

知识小问答

宋朝哪位皇帝和白玉蟾一样，精通书画，并自创一种书法字体，称之为“瘦金体”？（　　）

A. 宋神宗赵顼　B. 宋哲宗赵煦　C. 宋徽宗赵佶

辛弃疾，字幼安，号稼轩，南宋豪放派词人、将领，有“词中之龙”之称。

木兰花慢·滁州送范倅

［宋］辛弃疾

老来情味减，对别酒，怯流年。
况屈指中秋，十分好月，不照人圆。
无情水都不管；共西风、只管送归船。
秋晚莼鲈①江上，夜深儿女②灯前。
征衫，便好去朝天，玉殿正思贤。
想夜半承明，留教视草③，却遣筹边④。
长安故人问我，道愁肠殢酒只依然。
目断秋霄落雁，醉来时响空弦。

解读赏析

JIEDU SHANGXI

“好月照人圆，独忘我。”

清陈廷焯说：“稼轩有吞吐八荒之慨而机会不来……故词极豪雄而意极悲郁。”（《白雨斋词话》）准确至极。

上阕“老来情味减，对别酒，怯流年”，陡然而起，直抒胸臆。一个“减”字，把人到中年的况味写得入木三分。“怯流年”也妙，与“近乡情更怯”中的“怯”一样，神貌可鉴。写此诗时，辛弃疾33岁，正值壮年，何以老迈自居？朝廷苟安，北伐无期，旌旗未展头先白，怎能不“对别酒，怯流年”呢？诗人身处政治逆境，双眼看友人高蹈离去，惜别之外，另有衷曲，于是情思奔涌。

下阕转到送别主旨上。起句昂扬，为友人入朝壮色。“想夜半承明，留教视草，却遣筹边”，好一派君臣相得，振邦兴国的景象！下面再一转折，将滔滔思潮訇然闸住。“长安故人问我，道愁肠殢酒只依然”，变奋激昂扬为纡徐低沉。倘若友人去了京城，遇到老朋友，可以告诉他们，自己仍然是借酒消愁，为酒所困。长安，这里代指南宋都城临安。“愁肠殢酒”，殢是困扰之意。话语外表露出自己报国无门的无限悲愤。

此词读出三恨，一恨秋月无心，不管人圆，偏偏要在中秋与朋友离散；二恨江水无情，偏偏将朋友所乘坐的船儿送走；三恨诗人一身孤勇，满腔热血，却抱负未展，报国无门。读来，读者也生恨，为稼轩不平。

①莼鲈：指莼菜羹、鲈鱼脍。②儿女：有二义，一指青年男女，一指儿子和女儿。此处当指诗人自己。③视草：为皇帝起草制诏。④筹边：筹划边防军务。

诗词AB面
SHICI AB MIAN

最浓的乡思是舌尖上的思念

魏晋时期，魏晋风流人士留下了诸多脍炙人口的故事。其中有一则便是“莼鲈之思”。

相传晋朝时张翰在洛阳当官，秋风起而思乡，想念家乡莼菜、鲈鱼等美味，便毅然弃官归乡，并深情地感叹：“秋风起，顿起莼鲈之思。”从此，“莼鲈之思”这个带有强烈思乡情结的成语便流传至今。后来人们常把莼菜与鲈鱼并提，便有了“莼羹鲈脍”之说。

本诗提到的“莼鲈”便是指最具江南风情的两种水产品：太湖莼菜和松江鲈鱼。

辛弃疾酒中诗百篇

辛弃疾常以酒抒愤，将一腔壮志寄予醉乡。“醉里吴音相媚好，白发谁家翁媪？”（《清平乐·村居》）说的是辛弃疾把无时不有的抑郁不得志的心情寄托于花草、寄托于农野乡间；“近来愁似天来大，谁解相怜？谁解相怜，又把愁来做个天。都将今古无穷事，放在愁边。放在愁边，却自移家向酒泉。”（《丑奴儿》）说的是辛弃疾以酒发泄愤慨，把爱国壮志抒发于山河之上、村野之间。“诗酒社，水云乡。可堪醉墨几淋浪。画图恰似归家梦，千里河山寸许长。”（《鹧鸪天》）说的是辛弃疾对故乡的无比想念，对返回朝廷、收复失地的期望。在醉态连连的稼轩词中，我们看到了辛弃疾藏之于后的深沉的醉意，这醉意是对自身期许的难以忘怀，对家国天下的不忍割舍，对不平世事的抨击抵抗。

名人万花筒
MINGREN WANHUATONG

是诗人的一生，更是英雄的一生

辛弃疾生于南宋乱世，朝政昏庸。早年丧父，祖父辛赞“被污虏官”。年少有为的辛弃疾，立志报效国家。恰在此时发生了几件令辛弃疾异常苦闷之事：同学党怀英甘心投敌，使他亲历割席断交之痛；祖父辛赞溘然长逝，让他备受披麻丧亲之悲；好友义端和尚背信弃义，令他几乎遭遇丧命之祸。但辛弃疾不改热血。

公元1162年，辛弃疾奉表归宋，顺利完成使命。但张安国却杀了农民起义领袖耿京，投降金人，二十万义军溃散无余。辛弃疾既悲痛耿京之死，又愤恨叛徒降金；独自率五十人，直入拥有五万人的金营，生擒张安国，献于临安，斩首示众。此等气魄和能耐哪个诗人能有？

平生以气节自负、以功业自许的辛弃疾，南归后本来希望尽展其雄才将略，挥拥万夫，横戈杀敌，以“了却君王天下事，赢得生前身后名”。然而，符离兵败，南宋王朝一战丧胆，甘心向金称臣纳贡求和，使得英雄壮士请缨无路，报国无门。

纵观辛弃疾一生，生于乱世，长于逆境，多为小吏，不被重用，终使英雄壮志难酬。

知识小问答

《木兰花慢·滁州送范倅》中的“夜半承明”用的是谁的典故？（　）

A. 李商隐　B. 贾谊　C. 辛弃疾

寇准，字平仲，北宋政治家、诗人，与白居易、张仁愿并称“渭南三贤”。

踏莎行①·塞草烟光阔

［宋］寇　准

塞草烟光阔，渭水②波声咽。春潮雨霁轻尘歇。征鞍发。
指青青杨柳，又是轻攀折。动黯然，知有后会甚时节？
更尽一杯酒，歌一阕。叹人生，最难欢聚易离别。
且莫辞沉醉，听取阳关彻。念故人，千里自此共明月。

解读赏析
JIEDU SHANGXI

“千里明月谁与共？”

胡仔《苕溪渔隐丛话·后集》卷九所说：“寇莱公《阳关引》，其语豪壮。送别之曲当为第一。”送别曲第一有待商榷，但身为五起五落的名相，寇准的送别曲确实一洗前人儿女沾巾之态。

首句，“塞草烟光阔，渭水波声咽”，先是写色，春色盎然，后是写声，渭水低吟。色授声传，意境壮阔。恰值春天的清晨，宿雨初霁，尘土不扬，行者跨上征鞍即将出发。“指青青杨柳，又是轻攀折。”诗人见柳色青青，更牵起依依不舍之情，故轻轻地攀折下柳条以赠行者，折柳赠别。江淹《别赋》：“黯然销魂者，唯别而已矣！”寇准用“动黯然”三字，提炼神情。“知有后会甚时节？”这么一问，其凄凉不可耐的离情便跃然纸上。

离别在即，对酒当歌，慨当以慷。“更尽一杯酒，歌一阕”，离别可是一杯酒一首歌可释怀的？行意离离，不舍凄凄，故而感慨“叹人生，最难欢聚易离别”。最后以“念故人，千里自此共明月”结尾，融情于景以写情，神韵悠远。苏轼的千古名句“但愿人长久，千里共婵娟”与此同辙。

这首词通篇写离情，却不用悲切字眼。篇中虽黯然心动，篇末终寄意于明月。因此至今读来，仍觉得它悲而壮，豪而婉。当宋初词风沉潜于艳冶之际，此词堪称不同凡响。

①踏莎行：又名《阳关引》。②渭水：唐代王维的著名诗篇《送元二使安西》中有“渭城朝雨浥轻尘，客舍青青柳色新”一句，此诗谱成歌后，又名《渭城曲》，或名《阳关三叠》。该词多处词化句用王诗。

诗词AB面
SHICI AB MIAN

灞桥折柳——古人送别的必选动作

折柳送别是古代风俗。“柳”与“留”谐音，柳枝又有随地而生、“插柳柳成荫”的习性，因此有祝愿友人在异地他乡落地生根、生活顺利之意。渐渐演变为，用杨柳、杨花或柳絮表达离愁别绪，寄托依依惜别之情。所以古代诗歌中有不少折柳送别的咏叹。如《诗经·采薇》：“昔我往矣，杨柳依依。”这是最早的以杨柳表惜别之情的诗句。唐代长安的灞陵桥，是当时人们离别长安的必经之地，而灞陵桥两边杨柳掩映，这里就成了古人折柳送别的著名地方，如“年年柳色，灞陵伤别”。后人就把“灞陵折柳”作为送别典故。

“人镜”名相——魏征与寇准

唐朝的魏征与宋朝的寇准，都是著名的官员，他们以善于谏诤的共同点曾为保障大唐和大宋江山的相对清明做出不朽的贡献，被誉为“人镜”。历史上的魏征辅助唐太宗，唐太宗曾在魏征死后说“以人为镜，可以明得失”；而寇准佐助宋太宗，同样有“朕得寇准，犹文皇之得魏征也”之评，说明寇准与魏征虽处在不同的历史时期，但其辅佐帝王的功绩是相通相似的。然而，他们不只在功绩上相似，寇准与魏征还有其他近似之处，如其出身均为显贵之家但家道中落，同为谏诤之臣且均取得堪为人镜的骄人成就，均遭敌对同僚谗陷过等。这两位名相，是后人传颂的典范。

名人万花筒
MINGREN WANHUATONG

寇准巧妙断案

寇准年轻时在地方为官，处理了大量积案。有一件颇为经典。

据传，有两位同居一处的单身汉，一个是卖羊肉的屠夫，一个以砍柴为生。每天，屠夫都把赚的卖肉钱交给砍柴的同伴保管。一年多以后，屠夫积攒了两千多铜钱。有媒婆来给屠夫说媒，屠夫要用钱，就向同伴提出，而同伴这时却不认账了，说手中的钱是自己砍柴卖的钱。左邻右舍都说：“清官难断家务事。”这案没法断清楚。县衙几经裁断都不了了之。

寇准上任后，这两人又来打官司，要求裁断。寇准听了二人的陈诉，略一沉思，便让衙役端来一盆清水和一个燃着旺火的火盆，然后吩咐衙役把砍柴人手里的铜钱都拿过来，倒进水盆中，再把水盆放在火盆上。过了一会儿，水热了，冒出热气，寇准来到盆边，只见盆中水面上浮着一层油花，还闻到一股羊膻味。于是，他回到官案边，一拍惊堂木，对砍柴人喝道：“大胆刁民，你拿人家卖肉钱，硬说是自己的，该当何罪？”砍柴人还想狡辩，寇准怒喝道：“好个刁民！你卖柴的钱怎么会有羊油？又怎么会有羊膻味？这钱分明是屠夫的！你再死不认账，就罪加一等！”闻听此言，砍柴人无话可说，扑通一声跪倒在地认错。

知识小问答

“千里至此共明月”被哪位著名诗人化用为“但愿人长久，千里共婵娟”？（　　）

A. 苏轼　B. 李白　C. 辛弃疾

刘过，字改之，号龙洲道人。南宋辛派词人代表之一。

柳梢青·送卢梅坡①

［宋］刘　过

泛菊杯深②，吹梅角远③，同在京城。
聚散匆匆，云边孤雁，水上浮萍。
教人怎不伤情。觉几度、魂飞梦惊。
后夜相思，尘随马去，月逐舟行。

解读赏析
JIEDU SHANGXI

“铁血柔情更动人。”

诗言志，正所谓“登山则情满于山，观海则意溢于海”。诗人写景写物，总是寄寓于情的。这首词，诗人笔下的景色，无不注入自己的感情色彩。

上片写离别之苦。“泛菊杯深，吹梅角远，同在京城。”分别之时，诗人乐景写哀，回忆往日同在京城之时与友人欢聚的情景。“泛菊杯深”化用陶渊明的诗句，描写二人同饮菊花酒的情景；“吹梅角远”描写二人携手踏青，同赏“梅花落”的情景。一个“深”、一个“远”形象地描述出二人饮酒时的酣畅淋漓和共赏悠远笛曲时的愉悦。“云边孤雁，水上浮萍”两句哀婉动人，看似写景，实际暗含分别之后，二人均如云边的孤雁，无法找到可以理解自己的知己，又如水上浮萍一般，四处漂泊。离别之愁，跃然纸上。

下片写别后之思。“教人怎不伤情。觉几度、魂飞梦惊。”友人离去后，诗人失魂落魄，甚至辗转反侧，无法入眠。如何不伤情？“魂飞梦惊”四个字写出诗人的复杂心情：希望在梦中见到好友，又害怕梦醒时再次面对离别。“后夜相思，尘随马去，月逐舟行”这三句化用苏味道《正月十五夜》中“暗尘随马去，明月逐人来”的句意，情味甚浓。

在这首词中，刘过藏起英武之气，以委婉的笔触低低诉说着对朋友的相思，层层深入，步步进逼，铁血之下的柔情更令人感动。

①卢梅坡：南宋诗人，刘过在京城杭州结交的朋友。②泛菊杯深：化用陶渊明诗，写重阳佳节两人共饮菊花酒。泛，漂浮。深，把酒斟满。③吹梅角远：化用李清照诗，写在春天时他们郊游赏梅。角：这里指笛声。远：指笛声悠远。

诗词AB面
SHICI AB MIAN

辛派词人——刘过

辛派词人是指南宋时期，受辛弃疾的影响而形成的一个诗词流派，其成员主要有陈亮、刘过、刘克庄等。他们继承辛弃疾的豪放词风，意象宏大肆意、风格雄豪悲壮、意境慷慨激昂，以抗敌爱国、感抚时事为主要创作内容，使词进一步散文化、议论化。辛派词人在辛弃疾的影响下，用词来抒发爱国情感，豪放慷慨如辛弃疾，但题材不如辛词，且直率稍过，不如辛词蕴藉可诵。在南宋前期，辛派词成为词坛的主要流派。

辛派词人最著名的代表是陆游。本词中的刘过亦是代表之一。刘过受陆游、辛弃疾推崇。他的词作豪迈奔放，境界阔大，词风与辛弃疾相近，抒发的抗金抱负狂逸俊致，与刘克庄、刘辰翁享有“辛派三刘”之誉，又与刘仙伦合称为“庐陵二布衣”。

卢梅坡何许人也

“梅雪争春未肯降，骚人阁笔费评章。梅须逊雪三分白，雪却输梅一段香。”这首耳熟能详的经典诗作《梅花》的作者便是卢梅坡。但几百年来，卢梅坡的具体信息却无从知晓，《全宋诗》亦无小传。钱钟书在《宋诗纪事补正》云：“本书卷六十六有卢钺，字威仲，永福人，疑梅坡其号也。”钱钟书老先生之所以会认为卢梅坡与卢钺应是同一人的理由如下:一是两人生活时代相同。二是都是闽人，且都曾寓吴。三是都为《春秋》注释。四是历代各书对二人诗作的著录有交叉。

名人万花筒
MINGREN WANHUATONG

以诗侠名湖海间

元代杨维桢曾云“宋南渡后，以诗侠名湖海间”，说是刘过以诗侠名扬江湖。这是有道理的，刘过的诗词大都风格豪放雄肆，笔墨淋漓，爽朗明快，跌宕起伏，才气横溢，代表作有诗《多景楼醉歌》《题润州多景楼》和词《六州歌头·吊武穆鄂王忠烈庙》等。

刘过的诗词变雄爽为悲凉，句稳意深，含蓄不尽，词旨清越，如诗《悲淮民》《夜思中原》以及词《六州歌头·镇长淮》《唐多令·安远楼小集》等。刘过有豪情壮志，但最终穷死异乡，这是他个人的悲剧，也是整个南宋时期的悲剧，然而他那充满爱国激情和艺术特色的诗词作品却给后人留下深刻的影响。

总的说来，刘过诗词的思想风格多似辛弃疾，虽沉着不及，亦足以自成一家，仍不失为我国古代一位优秀的诗人。

知识小问答

词牌名《柳梢青》还有哪些别名？（　）

A. 云淡秋空　B. 陇头月　C. 早春怨　D. 以上都是

陆游，字务观，号放翁，汉族，南宋文学家、史学家、爱国诗人。

浪淘沙·丹阳浮玉亭席上作

［宋］陆　游

绿树暗长亭[①]。几把离尊。阳关常恨不堪闻。
何况今朝秋色里，身是行人。
清泪浥罗巾。各自消魂。一江离恨恰平分。
安得千寻横铁锁，截断烟津。

解读赏析
JIEDU SHANGXI

“忍别离，不忍却又别离。”

这是一首咏别诗，写于陆游离开镇江之时，浮玉亭是陆游当时的饯行地。

上片回忆昔日送别友人的情景。暮春时节，诗人曾多次到此送友远行。郁郁葱葱的长亭，离别情切，诗人与挚友频频举杯，殷殷话别，不胜感伤。每每唱罢阳关别故人，《渭城曲》（《阳关三叠》）也成了令人生恨的离别曲，“不堪闻”了。此次离别，正是冷落清秋节。从前于春残花尽时与人分别，对方是行人，自己已觉伤心；今日秋风萧瑟，草木摇落，自己是行人，将别故人而远去，悲伤之情倍增于过去。此时此刻，离别之恨和远行之悲，充盈胸臆，溢于颜面。

下片依旧写离别之情。别离在即，依依不舍，互相慰藉。诗人想到别后天各一方，音信难达，不禁黯然神伤，潸然泪下。“一江离恨恰平分”一句，谓离别的悲愁犹如眼前的江水那么多，一半给你，一半给我。通过这样生动的描写，就把离恨的深重具体化、形象化，使人掂量离恨的轻重，体会分袂的痛苦。此句和李煜的“问君能有几多愁，恰似一江春水向东流”有异曲同工之妙。最后化用典故，设想新奇，匠心独具。诗人幻想若能得千寻铁锁，把长江截断、锁住，使诗人不能远行，友人也可将我留住，这该多好。这种幻想，表达了诗人与挚友不忍分别的良愿，以及不得不离别的痛苦。

这首词，把别意写得缠绵悱恻，读来颇有余味。

①长亭：古时于道旁每隔十里设长亭，故亦称“十里长亭”，以供行旅停息。

诗词AB面
SHICI AB MIAN

诗人们如何废寝忘食

陆游“以诗作晚餐”的故事，想必大家都有所耳闻。陆游曾回忆起自己十三四岁时的一件往事，他写道：“偶尔在藤床上有陶渊明诗，因取读之，欣然会心。日且暮，家人呼食；读书方乐，至夜，卒不就食。”诗人吟诵陶公之诗，沉迷其中，把诗当晚饭，一饱肠胃，废寝忘食。无独有偶，陆游把诗作当晚餐，而杨万里却把诗作当早餐。杨万里就有这样一首脍炙人口的《读诗》：“船中活计只诗编，读了唐诗读半山。不是老夫朝不食，半山绝句当早餐。”说的是诗人早起乘船，清风徐徐，涟漪微漾，风光是多么醉人。然而，他却无意于山光水色，朝霞云飞，而是迷恋于唐宋诗坛里的秀句佳章。特别是王安石的绝句，让他不思饥渴而满口余香，不吃早餐胜吃早餐！这真正是，“美句可口，秀言可餐”。

三国典故——横铁锁

陆游有不少诗引用三国典故，《浪淘沙 · 丹阳浮玉亭席上作》中的“横铁锁”典故便是出自三国。典出《晋书》卷四十二《王濬传》。这个故事讲的是西晋名将王濬灭蜀之后，起兵讨伐吴国的事情。吴人凭借长江这道天险，在江中横置铁锁、铁锥等器具，用来抵抗晋军。但是晋军用火除锥熔锁，一路畅通无阻，顺流而下，直捣要害。吴国的孙皓准备了丰厚的亡国的礼物，素车白马，率领吴国百官投降晋军，至此，东吴便灭亡了。唐代诗人刘禹锡在《西塞山怀古》中有云“千寻铁锁沉江底，一片降幡出石头”，说的也是这个典故。

名人万花筒
MINGREN WANHUATONG

陆家家风传千古

陆游的诗训内容包罗万象，具有极强的实用性，主要包括读书修身、睦亲齐家和为官治国三大方面。如诗人通过待人接物的细节，告诉子孙修身的具体方法。“我幼事父师，熟闻忠厚言，治身接物间，要使如春温。”（《书戒》）在教导子孙为官治国方面，陆游煞费苦心，将自己的经验倾囊相授。长子子虡赴任前夕，陆游教导他要勤于政事、赏罚分明、兢兢业业：“顾於赏罚间，其肯为汝偏。夙夜佐而长，努力忘食眠。”（《送子虡赴金坛丞》）

众所周知，陆游一生夙愿即是恢复故土，报国恤民。然而时不我与，统治者只求偏安。陆游却从未放弃爱国热情，不论何时何地都心系国家，并在家训诗歌中以之教导子孙，表达出矢志不渝的爱国热忱。这类诗作中，最具代表性的当数陆游的绝笔诗《示儿》：“死去元知万事空，但悲不见九州同。王师北定中原日，家祭无忘告乃翁。”在人生尽头，陆游仍企盼国家统一的那一天，此情此举感动后世。可以说，陆游的家训诗歌以其丰富的内涵、真挚的情感、独特的艺术魅力，在中国家训史和文学史上产生深远影响。

知识小问答

陆游的《浪淘沙 · 丹阳浮玉亭席上作》中的“阳关”是指？（ ）

A. 故关名　B. 琴曲　C. 依《送元二使安西》所谱的送别曲，又名《渭城曲》《阳关三叠》

本章知识小问答答案

第 3 页　　正确答案：B.《郁轮袍》

第 5 页　　正确答案：B. 西安

第 7 页　　正确答案：A. 岑参

第 9 页　　正确答案：C. 竹溪六逸

第 11 页　　正确答案：B. 故乡

第 13 页　　正确答案：A. 岑参

第 15 页　　正确答案：A. 李白　B. 杜甫　E. 白居易

第 17 页　　正确答案：B. 谢朓

第 19 页　　正确答案：B. 宫廷

第 21 页　　正确答案：B. 唐末宋初

第 23 页　　正确答案：B. 酒面上有绿色的酒糟

第 25 页　　正确答案：C. 宋徽宗赵佶

第 27 页　　正确答案：B. 贾谊

第 29 页　　正确答案：A. 苏轼

第 31 页　　正确答案：D. 以上都是

第 33 页　　正确答案：C. 依《送元二使安西》所谱的送别曲，又名《渭城曲》《阳关三叠》

重逢篇

CHONGFENGPIAN

重逢，斯人是否如故？久别的人总盼重逢，但重逢却总比告别少一次。尤其是在交通不便的古代，故友重逢显得弥足珍贵。落花时节又遇到了你，是梦耶？非梦耶？

杜甫，字子美，自号少陵野老、杜少陵、杜工部等，唐朝诗人，世称“诗圣”。

江南逢李龟年

［唐］杜 甫

岐王[①]宅里寻常[②]见，崔九[③]堂前几度闻。
正是江南[④]好风景，落花时节又逢君。

解读赏析
JIEDU SHANGXI

“子美七绝，此为压卷。”

李龟年是开元时期“特承顾遇”的著名乐工。杜甫第一次见到李龟年，是在杜甫“开口咏凤凰”的时期，那时唐朝鼎盛，国土广袤，各国的来使、商旅、各地的艺术家都聚集在长安城。杜甫在岐王和崔九的府第，有幸听到了李龟年的款款清歌。那时的杜甫，是满腔抱负的青年，那时的李龟年，是王公贵族眼中最当红的歌唱家，这一切，都那么令人怀念。

但是，人的才华哪里能够抵挡得住时代的变迁？很多年以后，一个花落的时节，杜甫在长沙的某个街角竟然又看到李龟年的身影。这时，“安史之乱”已得平息，但整个大唐仍是山河破碎，百姓流离失所，天下扰攘，四野逃奔。杜甫辗转漂泊来到湖南，而李龟年也流浪到了此地。这时的李龟年早已不复往昔的风采，在街头卖艺，这情形比“旧时王谢堂前燕，飞入寻常百姓家”要凄惨许多。李龟年曾经的辉煌与荣耀统统被遗忘，毕竟，在那个人人自危的环境中，谁还能有闲心听一曲天籁呢？

如今你我都已年过半百，韶华已逝，又遭此离乱，此生恐怕难以再回到那繁华的长安城，回不到我们最好的青春年华了！此时，昔日的繁华与今日的衰落形成强烈的反差，时代沧桑、人生巨变，字里行间蕴藏着无限感慨。

短短四句，隐藏着能把人击中的悲凉。

①岐王：唐玄宗李隆基的弟弟，名叫李范，以好学爱才著称，雅善音律。②寻常：经常。
③崔九：崔涤，在兄弟中排行第九，中书令崔湜的弟弟，深得玄宗宠幸。④江南：这里指今湖南省一带。

诗词AB面
SHICI AB MIAN

梨园：大唐皇家歌舞剧院

《长恨歌》中有一句诗：“梨园弟子白发新，椒房阿监青娥老。”这里的梨园，指的是唐玄宗在宫廷内设置的一个娱乐机构，它是我国历史上，第一座集音乐、舞蹈、戏曲于一体的综合性“艺术学院”。

《新唐书·礼乐志》记载：“玄宗既知音律，又酷爱法曲。选坐部伎子弟三百，教于梨园。声有误者，帝必觉而正之，号‘皇帝梨园弟子’。宫女数百，也为梨园弟子……”皇帝亲自当导演，李白等大文豪亲自献词，这里有最动人的歌曲，最妖娆的舞蹈，最有才的乐师。有时，皇帝会亲自奏乐，贵妃亲自跳舞，这样顶级的配置，百姓是欣赏不到的。

梨园里边都有什么表演呢？既有专门的乐器表演，比如当时比较流行的琵琶、芦笙、箜篌、竖琴等，也有精彩绝伦的舞蹈表演。唐代的艺术表演以歌伴舞形式为主，称为“乐舞”。比如《霓裳羽衣曲》《惊鸿舞》《凌波舞》等。公孙大娘是唐宫的第一舞者，善舞剑器，她在梨园担任过乐营将的职务，不仅是才艺极高的著名艺人，也是诲人不倦的导师。唐朝时期的梨园，早已不存于世。后来，人们称戏班为梨园，称戏曲演员为“梨园子弟”。

名人万花筒
MINGREN WANHUATONG

古代“乐圣”李龟年

李龟年有“乐圣”之称，他是一位空前绝后的歌唱家，他精通各类乐器，擅吹筚篥，擅奏羯鼓，会作词曲。当年，李龟年、李彭年、李鹤年三兄弟的组合颇有盛名，他们的原创主打歌《渭川曲》，“一曲城南，一抹旧事”，在当时的都城长安反响极大，收获了许多粉丝，成为当时的“顶级流量”，著名诗人王维也是他们的粉丝，还写过那首著名的《江上赠李龟年》（又名《相思》）赠予他。

唐玄宗李隆基是一位精通音律，热爱歌舞的风流天子，李隆基和李龟年两个人身份千差万别，因为音乐，二人成为惺惺相惜的知音。唐玄宗酷爱羯鼓，他听闻李龟年也十分擅长敲打羯鼓，就特地找他来比试一番。李龟年深受唐玄宗李隆基的恩宠，这让他红遍了整个上流社会，贵族豪门争相邀请李家兄弟表演。除了梨园献艺，其余时间多跑商演，名利双收。

“安史之乱”后，唐宫中的乐人四处逃散，流落异乡。李龟年也流落湖南，昔日的音乐家处境凄凉，以卖唱糊口。他偏爱王维的诗，最爱唱的除了《相思》，还有《伊州歌》：

清风明月苦相思，荡子从戎十载余。
征人去日殷勤嘱，归燕来时数附书。

一次宴会上李龟年唱了这两首诗，歌罢昏厥，几天后醒来，终郁郁而死。

知识小问答

杜甫的《赠花卿》写道：“此曲只应天上有，人间能得几回闻？”中“花卿”是什么身份？（　　）

A. 歌者　B. 音乐家　C. 武将

岑参，唐代边塞诗人，与高适并称“高岑”，世称“岑嘉州”，有《岑嘉州集》。

凉州馆中与诸判官夜集

［唐］岑　参

弯弯月出挂城头，城头月出照凉州。
凉州七里十万家，胡人半解①弹琵琶。
琵琶一曲肠堪断，风萧萧②兮夜漫漫③。
河西幕中多故人，故人别来三五春。
花门楼前见秋草，岂能贫贱相看老。
一生大笑能几回，斗酒④相逢须醉倒。

解读赏析 JIEDU SHANGXI

“我的琴声呜咽，泪水全无。”

秋风萧瑟的季节，岑参路过曾经驻守的凉州，在老地方和老朋友重逢，每每相约于客馆中夜聚，尽情欢饮，本诗便作于此时。

起首六句描绘了盛唐凉州城的壮观与繁华和多民族融洽相处的和乐之景：月儿弯弯，从城头慢慢爬上高空，清冷的月光笼罩着整个凉州城，城中万家灯火闪耀，胡人忧愁婉转的琵琶声和着瑟瑟晚风，飞入千家万户，纵使长夜漫漫亦不觉孤单。值得一提的是，诗人在此六句中连续使用顶真的修辞手法，层层推进，一气呵成。

在熟悉的地方，遇见熟悉的朋友，听着熟悉的声音，不禁令诗人感慨万千，后三句借景直抒胸臆，借“花门楼前见秋草”暗指时光短暂易逝，借“岂能贫贱相看老”勉励故友及自身，流露出盛唐诗人独有的自信、豁达和乐观：朋友们，安于贫贱非我辈所愿，未来我们必能成就一番事业！落句以“醉酒”作结，虽说此别之后再难相聚，可诗人并不纠结于此，且只管今朝有酒今朝醉，毕竟，明天又是新的一天。

因为诗人有过出塞从军的亲身体验，所以他笔下的边塞景观生动而丰富，“凉州”“胡人”“琵琶”等边塞诗中特有的意象都让这次宴饮集会呈现出一种别样的边塞风情。

①解：懂得，明白。②萧萧：形容风声。
③漫漫：形容黑夜漫长。④斗酒：比酒量。

诗词AB面

SHICI AB MIAN

顶真诗，容易背诵的诗

古代诗人在进行诗歌创作时，偶尔会出奇出新，采用一些有趣的修辞手法来为诗歌增色。比如有一些诗歌，将上一句结尾的字或者词，作为下一句的起头，使得句与句之间节奏紧凑，如行云流水般顺势而下，这种手法就叫作顶真，也叫“顶针”“联珠”。宋代有《落花诗》，从头到尾句句相连，其中诸如“桃花冷落被风飘，飘落残花过小桥。桥下金鱼双戏水，水边小鸟理新毛”几句，趣味盎然。岑参《凉州馆中与诸判官夜集》的前六句即采用顶真的修辞手法句句串联，读来朗朗上口。而对于现代人来说，采用顶真手法的诗歌还有便于背诵的好处。除顶真诗外，还有回文诗、回旋诗等诗歌样式，成诗技巧奇妙高超。

琵琶，唐代最热的乐器

谈及唐代普及最为广泛、出现频次最多的乐器，琵琶称第二，无乐器敢称第一。聚会、送别和祈雨等场合，必见琵琶；大型音乐演奏节目中，必有琵琶的声音；宫廷王府，小巷庭院，边塞城中，舞榭歌馆，几乎都能看到琵琶的身影。因为琵琶是自西域流传开来的，所以在边塞极为盛行，琵琶因此也作为边塞诗特有的意象而出现在诗歌中，如王翰《凉州词》：“葡萄美酒夜光杯，欲饮琵琶马上催。”王昌龄《从军行》：“琵琶起舞换新声，总是关山旧别情。”岑参本诗中的“凉州七里十万家，胡人半解弹琵琶”。唐太宗、唐玄宗都很喜欢琵琶，唐玄宗的贵妃杨玉环更是身怀精湛的琵琶技艺。

名人万花筒

MINGREN WANHUATONG

出名要趁早

张爱玲曾经说过：“出名要趁早呀，来得太晚，快乐也不那么痛快。”“出名要趁早”，这也是岑参的理想。岑参能够立此志向，既有自身的原因，也有时代的影响。

一方面，岑参的家族接连几代都是当朝高官，他的曾祖父岑文本在唐太宗时期做过宰相，伯祖岑长倩在唐高宗时期做过宰相，伯父岑羲在唐睿宗时做过宰相。世代簪缨的家族背景使岑参感到自豪，但到岑参时已不复往日辉煌，所以他一直有着复兴家族荣光的愿望。

另一方面，在盛唐的大时代背景下，封侯成相本就是诗人们的普遍追求，杜甫、高适等许多著名诗人都在仕途上积极奔走，岑参自然也不例外。年少时，只要看到他人富贵显达，岑参便很羡慕。后来，他两次从军出塞，也是希望通过建立军功来实现抱负。

那么，高喊“出名要趁早”的岑参，最终有没有实现这个理想呢？和大多数追求功名的诗人一样，岑参的诗名比功名高。仕途上，始终平平；诗歌上，佳名早立。在边塞诗人群中，岑参的年龄比高适、王昌龄、王之涣都要小许多，但艺术成就和诗坛影响却很高，以至于“每一篇出，人竞传写”。

知识小问答

“楚山秦山皆白云，白云处处长随君。”运用了以下哪种修辞手法？（ ）

A. 拟人　B. 夸张　C. 顶真

韦应物，字义博，唐代山水田园派诗人，世称“韦苏州”，有《韦苏州集》。

淮上①喜会梁川故人

［唐］韦应物

江汉曾为客，相逢每醉还。
浮云一别后，流水②十年间。
欢笑情如旧，萧疏③鬓已斑。
何因不归去？淮上有秋山。

解读赏析 JIEDU SHANGXI

“抚今追昔，能无黯然。”

这首诗写于诗人南下江淮游历期间。诗人在首联追忆过去和友人一起客居江汉的日子，酒逢知己，造饮辄尽，每每酣畅而归，度过了一段难忘而快乐的时光。

颔联笔锋一转，由实转虚，以“浮云”和“流水”的意象引出时空的流转，短短十个字刻画出两个人各自十年的沧海桑田。“浮云”本是聚散无常之物，寓意人在空间上的漂泊迁徙，行踪不定；“流水”呼应“浮云”，寓意岁月匆匆流逝，斗转星移间，十年已过。

十年后，与友人的情谊是否依然如故？颈联在点题的同时，给了读者肯定的答案。淮上重逢，不需多余的言语，举杯畅饮，仿若昨日，这是多么令人欣喜的事情。然而，两鬓稀疏的白发作为岁月留下的痕迹，真真切切地提醒着诗人，自己已不复年少。岁月催人老，曾经我们都很年轻，而今却是“萧疏鬓已斑”，欣喜之余，让人不免心生伤悲。

此外，久客异地而不能返乡的现实，加深了诗人内心的愁苦。尾联采用设问的修辞手法，引出自己没有归乡的原因，即淮上有让他留恋的“秋山”。至此，诗人的心境由悲伤转为淡然，那些青春不再的感叹，不能归乡的伤怀，都化为一腔难以言说的、浓浓的情韵。

整首诗在承袭其清雅淡然的诗风外，平添悲凉，字里行间流露出淡淡的感伤。

①淮上：淮水边，今江苏淮阴一带。②流水：比喻岁月如流水，又暗合江汉。③萧疏：稀疏。

诗词AB面
SHICI AB MIAN

浮云的多重意蕴

在古诗中，“浮云”意象既有实指，又有虚指。实指有时指高空，如杜甫《营屋》：“阴通积水内，高入浮云端。”虚指则根据诗人不同的经历和情景，所代表的含义也不尽相同。浮云飘忽不定，恰如远行在外的游子，且看“浮云游子意，落日故人情”；诗人对待功名富贵的态度，恰如浮云般缥缈淡泊，且看“丹青不知老将至，富贵于我如浮云”；浮云能蔽日，它是阻碍诗人改革的守旧势力，“不畏浮云遮望眼，只缘身在最高层”；也是游子久不返家的原因，“浮云蔽白日，游子不顾返”；而当诗人经历了世事浮沉，也会借浮云感叹人生的多变无常，且看“白衣苍狗变浮云，千古功名一聚尘”。

巧妙的“流水对”

流水对是古典诗歌中出现的一种特殊的对仗形式，出现在唐朝，一般用于律诗，五律最多。明人胡震亨在《唐音癸签》卷四中给流水对下过这样一个定义：“谓两句只一意也，盖流水对耳。”简言之，流水对须表达一个完整的意思，上下两句的衔接如流水一样顺势而出，如走马一样奔腾而下，所以“流水对”又称“串对”或“走马对”。作为对仗句的一种，流水对形式均齐且具有美感，活泼灵动而不板正，实为上乘。本诗颔联“浮云一别后，流水十年间”就是一个出色的流水对，缺少其中任何一句，都难以表达诗人那种漂泊流离、岁月易逝的沧桑感，是本诗的灵魂之句。诗人在创作时对字句精雕细琢的功夫可见一斑。

名人万花筒
MINGREN WANHUATONG

韦应物的朋友圈有多广泛

韦应物的交友有多广泛？根据《唐五代人交往诗索引》及《韦应物集校注》记载，韦应物所交往的对象约计一百九十人，这与韦应物多次担任地方官的经历是分不开的。

作为地方官员，韦应物先后任职9次，曾辗转于洛阳、长安、滁州、江州等7个地方，频繁的迁调经历为他创造了丰富的人际交往机会，每每为官，韦应物都广交良友，热情款待宾朋。在他的500多首诗歌中，有167首赠答诗。他的交友对象既有同为官员的府县僚友，又有同时代的诗人，还有信仰佛道的方外人士，也有如本诗中出现的不知其人其名的故人。

有些人朋友圈广泛，却多点头之交。而韦应物是极为重情的人，始终以一颗真挚之心对待每一个朋友。与为了名利与人结交明显不同，韦应物和朋友以诗论诗，切磋学习，用诗歌来建立友谊，这种不掺杂身外之物的志趣之交使得诗人的友谊更加纯粹和持久。就像本诗中，朋友分别十年，一朝相见，却毫无淡漠疏离之感，依然欢笑如初，情谊如旧。

然而，与朋友的一次次分别使韦应物不断地陷入痛苦和伤感之中，给他本不健康的身体增加了负担。纵然伤身，却无法避免，毕竟，“黯然销魂者，唯别而已矣”。

知识小问答

宋濂说：“渊明以来，盖一人而已。”其中“一人”指的是：（　　）

A. 韦应物　B. 王维　C. 孟浩然

司空曙，字文明，唐代诗人，大历十才子之一。

云阳馆与韩绅宿别

［唐］司空曙

故人江海[1]别，几度隔山川。
乍见翻[2]疑梦，相悲各问年。
孤灯寒照雨，深竹暗浮烟。
更有明朝恨，离杯惜共传。

解读赏析
JIEDU SHANGXI

“乍见之欢，一如当年的心有灵犀。”

山川茫茫，将你我遥遥相隔，记得你我上次别后，已经是好几年前的事情了。诗的开端便回忆往昔，由上次别离说起，从时间、空间两个方面突出了离别久远，相思心切。紧接着写这次出乎意料的相逢，山高路远，原以为相逢，那只是黄粱美梦，突然见面，惊喜之余，不免有真真假假的疑惑之感。颔联历来被人传颂，“翻疑梦”三字十分传神，将欣喜、惊奇的神态表现得惟妙惟肖，完美表达了偶然相见时那种悲喜交加的心情。

然后开始写叙谈，“寒”“暗”二字描写了深夜叙谈的环境特征，寒夜里，一束暗淡的灯火映照着蒙蒙夜雨，湿竹环绕浮烟。既是描写实景，又是虚写人的心情。孤灯、寒雨、浮烟、湿竹，诗人写此景正是用以渲染话别时的伤感气氛，既真实表达了诗人的主观感受，也象征着人事的浮游不定，对友谊的珍惜。结尾表面上是劝饮离怀，实际上又点在了伤别之上。刚重逢又要分别，“更”字蕴含着多少无奈，多少惋惜。酒能解愁吗？举杯浇愁愁更愁罢了。频频举杯，相互劝慰，纵然失魂落魄，也要珍重再见。

综观全诗，感情浓郁，情与景的高度和谐，乍见又别之情，不胜黯然。

①江海：指上次的分别地，也可理解为泛指江海天涯，相隔遥远。
②翻：反而。

诗词AB面
SHICI AB MIAN

送别诗是一种交际手段

送别诗有着悠久的发展史，古代送别诗自《诗经》始，《诗经》中《燕燕》《渭阳》是中国诗史上最早的送别之作。盛唐送别诗繁荣发展，产生了边塞送别诗、漫游送别诗、官场送别诗等多种风格。唐朝以前送别诗多言志抒情，以表达离情别绪为主。而到了唐朝，它不仅是诗人情感的真实流露，也成为社会活动的交际手段。同僚之间，可以沟通感情；与外国使节之间，可以加强对外交流，有维系邦交的作用。送别诗总在人与人的交往中及时产生，跟社交完美相融。

饯别喝了最多的酒：郑玄

古代交通不便，一朝分离，天各一方。在这样的环境下，人们对离别也就产生了别样的情绪，逐渐衍生出关于“饯别”的文化。饯别一般都喝酒。饯别之酒谁最能喝？这要数东汉末年的郑玄。我们常讲，饮酒三百杯，“三百杯”这个典故，说的就是郑玄。当时，郑玄在应诏前往袁绍帐下做官之前，大摆宴席，来作陪的冠盖云集、名士济济，“饯之城东”，到场者三百余人，这么多宾客，排着长龙，每人举一杯，郑玄饮酒三百余杯方才启程。据说，喝完这么多酒，他依然是“秀眉明目，容仪温伟”，海量！

名人万花筒
MINGREN WANHUATONG

“大历十才子”之一的司空曙

“安史之乱”之后，唐朝由盛转衰，在诗坛形成了所谓的大历诗，代表诗人就是“大历十才子”。这时，诗的题材多表现自然山水，或者乡愁旅思，大历十才子虽气力不及盛唐诗人，篇章不足，却佳句惊人。在盛唐与中唐两座诗歌的高峰之间，担任着一种过渡作用。

大历十才子，根据《新唐书·卢纶传》指的是：卢纶、吉中孚、韩翊、钱起、司空曙、苗发、崔峒、耿讳、夏侯审、李端。不过，他们从来没有过任何共同的组织，没有什么发起人，只不过是生活年代相仿，对诗有很多共同见解，是外人眼中唐代宗大历年间齐名的十个诗人。在这十个人中，钱起的年辈最高，名气最大，卢纶则被人称为“大历十才子之冠冕”，司空曙能排在前几位。他的诗质朴率真，多写自然景色和乡情旅思，常常将凄苦之情传达得入木三分。

司空曙为人洒脱不拘，直率开朗，满腹经纶，才气非凡，是大历十才子中存诗较多的一位诗人。虽“磊落有奇才”，但因为不附权要，仕途长期遭贬。司空曙生活困顿，甚至到了无钱看病，只能让爱妾改嫁的地步。司空曙是卢纶的表兄，《喜外弟卢纶见宿》就是因表弟卢纶到家拜访有感而作的，首句“静夜四无邻，荒居旧业贫”，与卢纶的《晚次鄂州》（卷六）“旧业已随征战尽”句印证，表兄弟两人当时都处境不佳，真是一对难兄难弟！

知识小问答

唐代禅僧元览把“大海从鱼跃，长空任鸟飞”这首诗题在什么地方？（　　）
A. 石壁上　B. 竹子上　C. 画扇上

戴叔伦，唐代诗人，字幼公（一作次公），润州金坛（今属江苏）人。

客夜与故人偶集[1]

［唐］戴叔伦

天秋月又满，城阙夜千重。
还作江南会，翻疑[2]梦里逢。
风枝惊暗鹊，露草覆寒蛩[3]。
羁旅长堪醉，相留畏晓钟。

解读赏析

JIEDU SHANGXI

“最怕听到晨钟响起，最怕明天你我离别。”

分别之后，念天各一方，叹音信杳然。未料想，在羁旅之中，你我相聚。相遇是偶然，离别却是必然。首联写与故人相聚的时间、地点：秋天的满月之夜，繁华的京城长安。颔联则极言相聚的出其不意，“还作”“翻疑”，感情真挚，动人地诠释了诗人欣喜之中竟怀疑是在梦中相遇的心路历程。为什么会怀疑是梦呢？因为在他乡漂泊已久，内心倍感凄凉，实在想不到能有此幸事。

“风枝惊暗鹊，露草覆寒蛩。”颈联写秋夜的凄凉景色，秋风萧瑟，风动惊起了栖息的小鸟，秋草霜露重，寒虫啼泣，秋的寒意和肃杀将周围世界牢牢包裹，仿若你我逃不脱的命运。“惊”“泣”二字，下笔尤为凄苦，写尽了身世漂泊之感和宦海浮沉之痛。

酒醉方能解千愁，所以有太多愁绪的羁旅之人好喝酒。你我旧识，相逢不易，今夜一起欢聚畅饮，长夜叙谈，虽欲相留，但就怕听到报晓的钟鸣。因为晓钟一敲，天一亮，彼此各奔东西，又是一场不知何年才能相聚的离别。尾联，作者直抒胸臆，“长”和“畏”二字运用得恰到好处，传达出诗人对相聚时光的珍惜。

全诗写景、抒情和叙事有机结合，感情真挚，韵调清美，悠然不尽。

①偶集：偶然与同乡聚会。②翻疑：反而怀疑。翻：义同“反”。
③寒蛩（qióng）：深秋的蟋蟀。

诗词AB面

SHICI AB MIAN

唐朝时期如何让一首诗“爆红”

唐朝有一位隐士，名唐球。为求诗作能够被更多人读到，在去世前把自己的诗稿捻成团，放入一大瓢内，命人将大瓢投入锦江，期待着有缘之人能够拾起。这也算是出奇制胜了，漂流瓶的方式获得了一定效果。有人乘船打捞，得诗数十篇，虽大部分诗稿丢失，但他获得了“诗瓢”之名，也算是一桩千古佳话。

不过，这种方式太难模仿了，有没有其他靠谱的方式呢?

一种是题壁。人来人往之地，为诗的传播提供了非常好的条件。白居易曾一路在各地驿馆寻找好友元稹的题诗，找到了就和上一首，此举也传为佳话。但是，驿站的墙被写满了怎么办？很简单，重新刷一遍。驿馆题诗的短板就是“宣传周期”不够长!

“爆红”的另一种比较管用的方式是歌女的演绎。风月场所是达官贵人经常出入之地，也是文化活动的重要场地。经由歌女们口中唱出，传唱度可见一斑。当年王之涣、李益的诗一写完版权就被抢购一空，马上由乐工谱曲，供歌女传唱。当时王维的《送元二使安西》最为流行，更是由江南传唱到江北，是饯行之宴的必唱曲目，知名度可想而知。

不过，诗歌能否风靡全国，都有很大的运气成分。比如说，皇帝也爱读你的诗。骆宾王、卢纶、元稹，他们的诗就曾被皇帝点名要读。

诗词小真相

SHICI XIAO ZHENXIANG

唐都长安的绿化有多美

“风枝惊暗鹊，露草覆寒蛩”，长安的凄凉秋景激发了羁旅之人的愁思。其实，在繁荣鼎盛的唐朝，长安的绿化相当不错，在气候温暖的季节，长安很有江南情调。

在唐朝都城长安，政府和百姓都十分重视都城的绿化工作。绿化工作是直属于都城行政长官京兆尹管辖，具体的工作由其下属左、右街使负责，吩咐沿街百姓要按时种植，种树所需费用由政府支付。除了栽种，也注重保护绿植。明令禁止砍伐成荫树木，可以挖掉已经枯死的树木，但也要及时补栽新的树苗。

在都城市内通衢大街还有坊巷街道两旁，沿袭了汉朝的传统，主要种植槐树作为行道树。当然，除了种植槐树以外，有的街道也种植杨树、桃树等。所以，唐朝诗人以“垂杨十二衢”“夹道夭桃满”来称赞长安绿化景色。太极宫、大明宫和兴庆宫这三大宫殿区也是全城的重点绿化地。除去这三大宫殿，在禁苑中还有梨园、葡萄园、樱桃园等各种果园。

经过长期的栽培，这些树木呈现出生机勃勃、郁郁葱葱的景象，这也使得长安城更加壮丽秀美。

知识小问答

下面哪个字常用作表示顺序的第五位?（　　）

A. 戊　B. 戌　C. 戍

王绩，字无功，号东皋子，初唐诗人，有《王无功文集》存世。

秋夜喜遇王处士①

［唐］王　绩

北场芸藿②罢，东皋③刈④黍归。
相逢秋月满，更值夜萤飞。

解读赏析
JIEDU SHANGXI

“一场秋夜流萤，惊艳了相逢。”

这是一首充满田园生活情趣的小诗。

前两句写诗人结束一天的耕作而准备归家，交代了“喜遇”老友的背景。“北场”是房舍北面的场圃，种有豆子，“东皋”是东面田野的高地，种有黍米。秋天到了，豆子和黍米也都成熟了，在这个丰收的季节，诗人奔向了一直喜爱和向往的田园生活，开始了繁忙的农事劳动。从“北场”锄豆完毕，又跑去“东皋”收割黍米，装在疲惫的身体里面的，是一颗悠然自得的心。不知不觉，夜幕降临，诗人乘着夜色踏上回家的小径。

夜间乡村的田野上，凉风习习令人清爽，虫鸣阵阵更添静谧。满月高悬的时候，两个披着月色归家的人不期而遇。“秋月”是静态的，定格在高空，洒下的月光中，有一束照亮了偶遇的地方，它让相逢变得唯美。“夜萤”是动态的，飞舞在四周，上下浮动间，有一群聚集在两人身旁，它让相逢变得灵动。秋月流萤，身处如此美好的乡村夜景，遇到的又是志同道合的老友，怎能不让人欣喜呢？

诗人描绘出一幅宁静淡泊的乡村田园生活图，唯美灵动，令人向往，蕴含着悠远的情思和无穷的韵味。整首诗语言平淡自然，质朴无华，拥有别具一格的朴素美，在初唐诗坛中独树一帜。

①处士：对有德才不愿做官而选择隐居民间的人的敬称。②芸藿：锄豆。
③皋：水边高地。④刈：割。

诗词AB面
SHICI AB MIAN

处士的修养

在唐代人眼中，“处士”是那些终其一生从未进入过官场的士人。与隐士相比，处士不居山林，不怕为人知晓，在市井或乡间都有着很高的声誉。处士的家族一般世代为官，无论是经济状况还是文化素养，都有着一定的积累。所以处士们有才华，有德行，有骨气，虽没有投身仕途，却同样充满责任感。家境好的处士还会为乡里做各种善事，比如建学校、修驿站、赈济百姓等，对唐代社会的发展产生了积极的影响。据《大唐故索处士墓志铭》中记载，处士索谦家里世代为官，家境良好，为乡里修建了驿站，方便了乡人出行。由此推断，诗中的王处士可能也是一位在乡间生活的德高之人，与王绩志同道合，方有“喜遇”之说。

“五斗先生”王绩

对于陶渊明，后世仰慕他的人数不胜数，王绩绝对是最身体力行的一位。陶渊明不为五斗米折腰，毅然归隐田园，王绩也多次辞官，隐逸在家；陶渊明归隐田园后，亲自下田耕种，忙于农桑，王绩也在农事活动中悠然自得；陶渊明喜欢喝酒，王绩也喜欢喝酒；陶渊明在《五柳先生传》中自称“五柳先生”，王绩便在《五斗先生传》中自号“五斗先生”，不过，“五斗”指的是五斗酒。王绩晚年病重在床，预感自己时日无多，给自己写了墓志铭，其做法也是对陶渊明写《自祭文》的一种效仿。

名人万花筒
MINGREN WANHUATONG

有酒万事足

王绩爱酒，爱得痴狂，他一生三仕三隐，酒在他的人生选择中扮演着重要的角色。

王绩第一次做官是在隋朝担任六合县县丞，平时爱酒成瘾，不爱打理公务，被其他官员弹劾，因此辞去官职，回到家乡种田。归家后，王绩经常自己酿酒喝。

王绩第二次做官也是因为酒。唐朝授予王绩门下省待诏的职位，他对这个官职很是满意，只因朝廷每天会发放给他三升酒。当时在朝廷做侍中的陈叔达听说王绩爱饮酒，便吩咐人将给王绩的三升酒增加到一斗，王绩也因此得了个“斗酒学士”的外号。

王绩第三次做官，还是因为酒。他听说担任太乐署史的焦革善于酿酒，于是主动向吏部再三请求去太乐署当职。最终，王绩得偿所愿，在太乐署与焦革成为同僚。从此，王绩每天都能喝到焦革家里酿的美酒，心里觉得很满足。后来，焦革和焦革妻子相继离世，王绩再也喝不到焦家的美酒了，继续做官对他来说已变得没有意义，遂当即弃官而去。活脱脱一个为酒而做官、为酒而辞官的性情中人。

王绩不仅爱喝酒，还爱钻研酒经，闲暇时醉心于研究酿酒的方法，编成酒谱。在古今爱酒的文人中，王绩可以说是酒中专家了。

知识小问答

“商山四皓”是我国历史上哪一个朝代的著名隐士？（　　）

A. 汉代　B. 唐代　C. 元代

杜甫，字子美，自号少陵野老，唐代伟大的现实主义诗人。

赠卫八处士①

［唐］杜　甫

人生不相见，动如参与商。今夕复何夕，共此灯烛光。
少壮能几时？鬓发各已苍！访旧半为鬼，惊呼热中肠。
焉知二十载，重上君子堂。昔别君未婚，儿女忽成行。
怡然敬父执②，问我来何方。问答乃未已，驱儿罗酒浆。
夜雨剪春韭，新炊间黄粱。主称会面难，一举累十觞。
十觞亦不醉，感子故意长③。明日隔山岳，世事两茫茫。

解读赏析
JIEDU SHANGXI

“时间都去哪儿了？还没好好感受年轻就老了。”

此诗写于诗人被贬华州司功参军之后，杜甫告假回洛阳探视了陆浑庄旧居，在返回华州时途经奉先县，顺便探访了少年时代的好友卫八处士。二十年后的久别重逢非少年，人世间的沧海桑田不过如是。

参星在西，商星在东，每天一个上升另一个下沉，根本没有同行的那一天，与其说是巧合，倒不如说是宿命。但偏偏，今夕竟有幸能与你挑灯共叙。开头四句，由离别到聚首，亦悲亦喜。第五句至第十句，从生离说到死别，道尽了在乱世之中人命危浅的现实。久别重逢，第一眼注意到的便是容貌的变化，未料再见已是鬓发苍苍。互相询问故友的消息，却得知很多已不在世上。当时正值“安史之乱”，局势动荡不安，让这种“别易会难”添了一种悲壮。“焉知”一句，表达劫后余生有幸重聚的欣慰。

前十句重在抒情，接下去则转为具体细腻的叙事，真挚感人的情谊从诗人的毫端娓娓道来。友人款待热情周到，“春韭”“黄粱”虽不是珍馐，但都是家的味道，友人连连举杯劝酒，这种情意深长的温馨场面冲淡了前期沉郁的基调。结尾的“世事两茫茫”，感叹一夕相聚，却又要匆匆而别。一种巨大的苍凉感，一下子就笼罩过来。

全篇感情基调缓急回环，喷薄着一种厚积的感情力量，分外动人。

①卫八处士：处士，指隐居不仕的人；八，是处士的排行。
②父执：词出《礼记·曲礼》，“见父之执”。意即父亲的执友。③故意长：老朋友的情谊深长。

诗词AB面
SHICI AB MIAN

参商的神话传说与天文学

《诗经》有云“共此明月，隔如参商”。商星居于东方卯位，参星居于西方酉位。两星此出彼没，不会同时出现，因而常用来比喻亲友分隔两地不得相见，除此之外，它还用来比喻人与人感情不和睦。为什么呢？

据《左传》记载，传说这两颗星是古代帝王高辛王的两个互为仇雠的儿子——阏伯与实沈。兄弟俩互不相容，一见面就大打出手，因而被分封两地。大儿子阏伯往商丘去主管大火，因此大火也叫作商星；派实沈去大夏主管参星。他们死后，成为参商二神。

隐士不等于处士

“穷则独善其身，达则兼济天下”。古代读书人的出路无非两条：出仕，隐逸。谁可以成为隐士呢？当读书人成为士阶层的一员，却选择不去做官，或者厌倦仕途，做一个明哲保身的归隐者，这就是隐士。那么何谓“处士”呢？《后汉书·刘宽传》注：“处士，有道义而在家者。”处士即有才德而隐居不仕的人。处士与官场毫无关系，无心仕途，做过官或有做官之心的人都不能称为“处士”。

诗词小真相
SHICI XIAO ZHENXIANG

雨夜剪韭是一种友谊佳话

在《赠卫八处士》里，一盘青翠鲜嫩的春韭炒菜，伴以喷香的新蒸黄粱米饭，温暖了杜甫的心。其实“雨夜剪韭”的佳话由来已久。

东汉第一名士郭泰，当时他还在洛阳的太学求学，因家境贫寒，他一边念书一边建园种菜，自给自足。一日傍晚，好友范逵忽然到访，家里没有什么好的东西，郭泰冒着大雨到地里割韭菜制汤饼来款待朋友。“雨夜剪韭”，让这带雨的春韭成为友谊的美好象征。

在文人墨客的眼中，细雨蒙蒙的春日，到菜园子割韭菜成了一种情调，韭菜的诗意也变得越来越浓。宋代陈舜道也有诗云“得暇分畦秧韭菜，趁晴樊圃树棠梨”。曹雪芹在他的《红楼梦》里也留下了有关韭菜的名句，“一畦春韭绿，十里稻花香”。除了文人间追求的雅意，韭菜历来备受人们青睐，可雅可俗。

韭菜虽然长得比较像野菜，但它的种植历史相当悠久，《诗经》就有所记载。相比多数野生蔬菜，韭菜以一种人工种植的贵族气质出现在餐桌上。《尔雅》中的“四之日其蚤，献羔祭韭”一语，韭菜还担当了祭祀重任，由此可见早在春秋时期韭菜在众多蔬菜中无以替代的位置。《礼记》也说，庶人春荐韭，配以“卵”，这大概可以称之为韭菜炒鸡蛋这一名菜传承两千年的证据吧！

知识小问答

“十五好剑法，遍干诸侯。三十成文章，历抵卿相”指哪位诗人？（　　）

A. 李白　B. 王维　C. 陆游

杜甫，字子美，号少陵野老，唐代现实主义诗人，被誉为“诗圣”，有《杜工部集》。

赠高式颜

［唐］杜 甫

昔别是何处，相逢皆老夫。
故人还寂寞，削迹①共艰虞②。
自失论文③友，空知卖酒垆④。
平生飞动意，见尔不能无。

解读赏析
JIEDU SHANGXI

“世间所有的相遇，都是久别重逢。”

《赠高式颜》是一首描写老朋友久别重逢的诗。

偶然重逢，诗人首先惊讶于分别时间之久，但诗人并未直言，而是运用曲笔委婉道出：久到不记得上次分别的地点，久到“相逢皆老夫”。壮年分别，老来相逢，一个“皆”将两人那说不尽的心酸展现得淋漓尽致。

然而，比“皆老夫”更加让人难过的是，两人的境遇仍然一如往日。原本，你有千里之才，我有宏图大志，可到头来，你还是那个寂寞的你，我还是那个凄怆的我，怀抱利器，却始终难以施展。“削迹共艰虞”中的“共”字既有同病相怜之意，又有时空并行之感：在“寂寞”和“艰虞”的处境中挣扎着的，有你，有我，还有千千万万个郁郁不得志的士子。

除了生活上的困顿，诗人内心的孤独也难以得到排遣。友人在身边时，两人相约酒馆，论时事，解文章，诗酒风流，那时候，酒馆是一个熟悉又亲切的地方；友人不在的日子里，诗人满腹愁肠无人可解，酒馆也变得陌生而冷漠。

长年累积的思念，在与友人重逢后喷薄而出，“平生飞动意”，唯有一醉方休。今朝酒馆之中的你我，穷苦也好，落魄也罢，且温一壶白酒，你讲讲你的过往，我说说我的故事。诗人时而浅浅低语，时而叹时伤老，时而振奋爽朗，是杜诗特有的沉郁顿挫风格的一种显现。

①削迹：削除车迹，谓不被任用。②艰虞：处境艰难。
③论文：交谈辞章或交流思想。④酒垆：酒馆。

诗词AB面

SHICI AB MIAN

“诗圣”杜甫的小生意

以“诗圣”之名流传千古的杜甫，为了生计做过一点儿小生意，即卖草药。杜甫从小体弱多病，需要药物治疗，自己又会看一些有关药理的书，久而久之，对草药有了一定的研究，再加上杜甫家里生活拮据，便卖药补贴家用。杜甫在部分诗歌中记录了自己卖药的经历，比如他在《魏十四侍御就敝庐相别》中云：“有客骑骢马，江边问草堂。远寻留药价，惜别到文场。”有人不辞路遥专程来杜甫的草堂询问药价，可见草药质量还是比较受认可的。

“老夫”可能并不老

假如用当代人的标准看古代人年龄的话，那些自称“老夫”的古人可能并不老。比如苏轼在《江城子·密州出猎》自称“老夫”：“老夫聊发少年狂，左牵黄，右擎苍，锦帽貂裘，千骑卷平冈。”实际上，苏轼在写这首诗时不到四十岁。韩愈在《祭十二郎文》中说自己“视茫茫，而发苍苍，而齿牙动摇”，那时的韩愈不到四十岁。杜甫在本诗中说：“昔别是何处，相逢皆老夫。”这时的杜甫，也只是四十多岁。为什么在现代人看来正当壮年，古人却频频说“老”呢？这可能和我国古代的崇老风气有关，也可能是因为古代人婚育早，平均寿命不长，所以对“老”的体验分外敏感。

名人万花筒

MINGREN WANHUATONG

谁是“诗圣”最牵挂的朋友

李白比杜甫大十一岁，杜甫小有名气时，李白已经是声动朝野的明星人物，普天之下知道李白、喜欢李白的人数不胜数，杜甫也是其中一个。杜甫在西去长安求仕的路上，遇到赐金放还的李白，两人彼此欣赏，像亲兄弟一般，晚上同盖一床被子，白天携手同访故友。

此次同游的经历，让杜甫终生难忘。分别之后，杜甫心中始终牵挂着李白。春天，想念李白，便作一首《春日忆李白》追忆；冬天，想念李白，便作一首《冬日有怀李白》；听闻李白病了，便作一首《寄李十二白二十韵》问候；天气转凉，李白流放他乡，杜甫心中担忧，连睡梦里也是李白的身影，《天末怀李白》和《梦李白二首》中充满了对李白的关切；多年听不到李白的消息，作《不见》期待李白的归来。

综观杜甫的诗篇，直接寄赠李白或表达怀念的多达十几首，他盛赞李白的才情，歌颂李白的人品，同情李白的遭遇。诗风上，“诗圣”杜甫是现实主义的，“诗仙”李白是浪漫主义的，但这并不妨碍杜甫走进李白的内心，懂他的狂放不羁，懂他对自由的向往，懂他的天才品格。后世流传评价李白诗歌的名句中，大都出自杜甫之手，这既是杜甫对李白的无限崇敬，也是一位伟人对另一位伟人的深情。

知识小问答

清代诗人杨伦以“杜集七言律第一”评价杜甫的一首诗，这首诗是： （ ）

A.《闻官军收河南河北》 B.《登高》 C.《江村》

权德舆，字载之，唐朝文学家、宰相，有《权载之文集》。

岭上逢久别者又别

［唐］权德舆

十年曾一别，征路[1]此相逢。
马首[2]向何处，夕阳千万峰。

解读赏析
JIEDU SHANGXI

“向西逐退残阳，向北唤醒芬芳。”

与其他写久别重逢的诗歌不同，权德舆这首诗中蕴含了双重离别，重逢仿佛只发生在一瞬间，下一刻，便分道扬镳。

前两句叙述诗人和故人相逢的情景。一别十年，不知彼此在天涯的哪一端，也不知各自是否安好。命运安排他们在旅途相逢，他乡遇故知，就算是普通朋友，也值得欣喜，诗人平静的心中泛起涟漪。既然两人都是在旅途中，必然都有自己的方向，任何的停留都是短暂的，相逢也不例外。诗人还没充分享受重逢的喜悦，便又陷入离别的哀愁之中。后两句以景结情，表现了诗人对故人离去的不舍。

“马首向何处”，诗人是问故人，更是问自己，此行的目的地是哪里呢？半生漂泊，哪里又是我们人生的归途？一个惆怅而迷惘的诗人形象显现在我们面前，我们仿佛看到千年前的古道旁，有一位沧桑的诗人，骑着一匹瘦削的老马，他的目光停留在故人身影消失的方向，直到晚霞溢彩，照亮诗人的面庞，他才掉转头眺望远方，只见苍山如海，残阳如血。

诗人用语不事雕琢，但唯其自然更显情真，最后以一幅壮观的夕阳万壑图作结，格局大，意蕴深，读罢让人回味无穷。

①征路：远行的路途。②马首：马头。

诗词AB面
SHICI AB MIAN

“马首是瞻”从何而来

“马首”，既指马的头，又指策马前进的方向。《左传》中有这样一条关于马首的记载：“荀偃令曰鸡鸣而驾，塞井夷穴，唯余马首是瞻。”春秋时期，晋悼公联合诸侯攻打秦国，晋国的荀偃是这次联军的指挥者。但是前进路上并不顺利，一来组成军队的诸侯国，军心不齐；二来渡过泾水之后，秦军在河流上游投毒，毒死了很多士兵。为防有变，荀偃很快下达军令，让众人在清晨鸡叫时备好车马，填平土灶，跟随他马头的方向行事。命令一出，有人不服说：“你荀偃的马头要往西，我的马头偏要往东。”说完就回国了，其他将领见状也纷纷回国，此役最终不战而败。这便是马首是瞻的来源。

三知贡举“权三兄”

权德舆别称“权三兄”，这个有趣的称呼不禁让人想到他三知贡举的经历。权德舆为官期间，公正廉明，任人唯才。他认为，人才是国本之所在，所以他大力向统治者谏言要选用贤能，在发掘人才这件事上，也是身体力行。权德舆共主持过三次贡举考试，他的用人理念是：只要有才华，有信义，就算你是一介布衣也会录用你；相反，无才又少信的人，不管你家庭背景有多厉害，也不在选择范围之内。秉承着这样的选才理念，权德舆选拔出了众多可塑之才，其中有人甚至官至宰相。

名人万花筒
MINGREN WANHUATONG

刚正不阿的权德舆

韩愈在《唐故相权公墓碑》中评价权德舆说：“是生相君，为朝德首。行世祖之，文世师之……人所惮为，公勇为之。”正如韩愈所说，权德舆正直刚强，非常看不惯那些在朝堂上逢迎附和、明哲保身的人。

得知统治者的过失，他敢于犯上斥责。当时，唐朝设有运粮使的职位，为军队押送粮食，有两个名叫董溪和于皋的运粮使，利用职务之便偷盗军需，被流放岭南。岂料判令刚刚下达，唐宪宗就后悔了，觉得给这两人的处罚太轻了，但皇帝又是一言九鼎，说出去的话不能收回来，便打算暗中派人杀了他们。权德舆听说后，直言宪宗的做法是不正确的，暗中杀人既不光明正大，又不合乎法制，希望宪宗以后注意行事。

面对统治者的不切实际，他敢于直言劝谏。关中大旱，田地颗粒无收，百姓眼看就要挨饿，德宗便向宗庙祝祷，向天地祈求降雨，结果天公一滴雨也未降下。权德舆上书劝谏，认为救灾不应流于形式，而应该采取更切实际的措施，同时提出一系列救灾的有力举措，比如官府拿出以往留存的种子贷给百姓、减免租赋、打通漕运和稳定粮价等。

古人常说：“伴君如伴虎。”在君王身边供职，一言一行稍有疏漏，则有可能招致杀身之祸。在这样的大环境中，权德舆仍能保持刚正不阿的性情，是十分可贵的。

知识小问答 严羽《沧浪诗话》评论说“权德舆之诗……或有似韦苏州、刘长卿处。”其中的“韦苏州”指的是：（　　）

A. 韦庄　B. 韦应物　C. 韦小宝

杜牧，字牧之，唐代诗人，世称“杜樊川”。

贻友人

［唐］杜　牧

自是东西客，逢人又送人。
不应相见老，只是别离频。
度日还知暮，平生未识春。
倘无迁谷[①]分，归去养天真。

解读赏析
JIEDU SHANGXI

“若是有缘，山水有相逢。”

在绮靡华丽、暮气沉沉的晚唐诗坛上，杜牧绝对算得上是一个特立独行之士。杜牧的诗从没有“套路深”这种说法，这首诗也是如此，清新流畅、言近旨远。

天之涯，海之角，人生难得是欢聚。你我本就各在东西，短暂相聚后我又将送别你。重逢的欢喜和别离的悲伤交杂，注定了这是很难平静的一天。是重逢相见时老了吗？不，是因为别离太过频繁，愁绪太多。流光无形，生命有限，在时空的广度里，人身在其中，却无法把控。如春天一样的美好时光总会悄无声息地溜走，诗人在时光易逝的叹息中隐隐透出无可奈何的心态。颔联和颈联，从时间上营造一种无力感，写尽了分别的苦楚。

在儒家思想的熏陶下，杜牧以经邦济世为己任，他通晓政治军事，有才能、有理想，但由于种种原因，他的政治才能并没有得到发挥，他在现实中不断承受煎熬。尾联“归去养天真”既显露了一种落拓不遇的自慰自嘲，也传达了一种豁达乐观的心态。会有理想实现的那一天吧，如果那天一直没来，归隐也是一件美事。所以，朋友啊，不用担心我，我很好。

①迁谷：出自《诗经·小雅·伐木》：“出自幽谷，迁于乔木。”指鸟儿从幽深的山谷迁移到高树上去，后指地位上升。

诗词AB面 SHICI AB MIAN

这些名句竟然都是改编的

古诗词一直是当代人再创作的重要灵感来源，一些耳熟能详的绝美句子，居然化用的是古人的诗。“春水初生，春林初盛，春风十里，不如你。”冯唐的这一句诗不知让多少人眼前一亮。冯唐本人说过：“‘春风十里，不如你’这七个字在我活着的时候就已经在讲汉语的地方口耳相传。想到这儿，我忍不住，笑出声了。”其实这句的源头可以追溯至杜牧《赠别·其一》：“春风十里扬州路，卷上珠帘总不如。”赞赏冯唐的时候，别忘了杜牧。

红极一时的作家琼瑶历来喜欢化用诗词，比如那句“情深深雨蒙蒙，多少楼台烟雨中”。是不是非常眼熟呢？“南朝四百八十寺，多少楼台烟雨中。”这是杜牧的《江南春》，杜牧抒发的是心中对当时时局动荡的担忧，而琼瑶却是用“多少楼台烟雨中”营造了爱情里的朦胧美。诗词虽短，但每句，甚至每个字都凝聚了作者的心血，当今恰当地引用和改编也有出彩的地方。当然，古代的诗句也有很多是对前人佳句的引用和化用，比如苏轼的“明月几时有，把酒问青天”，原句是李白的“青天有月来几时，我今停杯一问之”。

名人万花筒 MINGREN WANHUATONG

真相是假的“小李杜”组合

世人把李商隐和杜牧合称“小李杜”，虽为“组合”，但他们是否是真朋友、知己？关系让外人难以捉摸。诗人之间，以诗会友，一唱一和，以表情谊。但李商隐单方面的以诗传情并没有换来杜牧相等的回应。这让“小李杜”的粉丝与李商隐格外扎心。

你我都在诗坛闯，和一首诗又何妨？李商隐高兴地给杜牧发去《赠司勋杜十三员外》。

杜牧司勋字牧之，清秋一首杜秋诗。

前身应是梁江总，名总还曾字总持。

结果很久都没得到杜牧的回复，李商隐心想，难道是我写得不够出彩，杜牧兄没有感受到我的真诚之心吗？赶紧又写了一首《杜司勋》发过去。

高楼风雨感斯文，短翼差池不及群。

刻意伤春复伤别，人间惟有杜司勋。

诗中盛赞杜牧的才华与文学地位，热烈表达对杜牧的倾慕之情。诗坛寂寞如雪，你我该是知音啊！但是，杜牧依旧没搭理他！之后，李商隐再没有给杜牧发过诗。

在他们那个年代，有一个重要的背景，就是牛李党争。李商隐受了“牛党”令狐楚的恩，又是“李党”王茂元的女婿，所处的境地很尴尬。杜牧虽然无意于党争，但他跟牛党党魁牛僧孺私交甚好，明显是近于牛党的。所以说，你我立场终究不同，有些事情不能明说，你的诗呀，我就不回复了！

知识小问答

高适的《别董大》中的“董大”是什么职业？（　）

A. 教师　B. 琴师　C. 画家

释文珦，字叔向，自号潜山老叟，宋代诗僧。

重逢故人

［宋］释文珦

不见生公四十秋，中间多少别离愁。
重逢宁①用伤头白，难得相看尽白头。

解读赏析
JIEDU SHANGXI

“带着希冀与怀念，你我该笑着话别。”

四十年未见的故人，一朝重逢，在缺席的这些年里，中间隔着多少心酸苦痛的故事。诗人出生于宋宁宗嘉定四年（公元1211年），他身世悲惨，很小的时候出家为僧。托身佛门，自然向往清寂与平和，免去一身苦难，但他却几经波折，凡尘俗世的困扰依旧没能远离他，他被流言所伤，被认为人品低下，甚至身陷囹圄。“中间多少别离愁”，一个人在尘世漂泊，前方无来路，内心煎熬。这些年有多少痛苦，但碰见故人二字，就渐渐消融了。那些时而在眼前，时而在梦里的往昔温暖时光，也能为这不太顺意的人生换得一丝慰藉。

你我失散于山水之间，重逢于时光之中，再见时你已白发苍苍。这世间，最无能为力的便是岁月催人老，不过，能够看到故人白头的样子，你我如今都安在，亦是一种难得！诗人内心充满了佛家的禅机和世俗的情趣，即使在苦涩里，也能慢慢嚼出一点点甜来。白头是能代表一种悲伤的吧！但若是等不到白头呢？是不是更让人难以接受呢？这种对情感的刻画，很细腻也很催泪。全诗裹挟滚滚而来的情感，将四十年的岁月感，生动地展现在人眼前。

①宁：宁可，宁愿。

诗词AB面

SHICI AB MIAN

北宋皇家寺庙：大相国寺

在电视剧《少年包青天》系列中，展昭来自相国寺。相国寺也是《水浒传》中鲁智深倒拔垂杨柳的地方。开封城内的大相国寺，原名建国寺，始建于南北朝时期，历史悠久。相国寺在宋朝初期便被定为皇家寺，住持由皇帝赐封，皇帝在上元节来相国寺游赏是惯例，当时的进士题名也多在此地举行。帝王将相、高僧大德、文人墨客、外国臣使、商贾民众出入其间，相国寺可谓名动天下。

北宋是相国寺的鼎盛时期，僧众达万余人，是全国最大的寺庙。与“深山藏古寺”之说不同，相国寺坐落于北宋都城的繁华中心。相国寺寺产庞大，寺庙周边经营着大量邸店、商肆，每月初一、十五和逢八，开放五次，“每一交易，动即千万”。租金所得，由官府和寺庙分成。庙会期间还有杂技、戏剧表演、说书等娱乐活动。当时人们用“金碧辉映，云霞失容”形容大相国寺的盛况。

诗词小真相

SHICI XIAO ZHENXIANG

唐宋热门职业：“诗僧”

“诗僧”，顾名思义，就是特别会写诗的僧人。事实上，“诗僧”并非指那些偶尔能吟诵一两句诗的僧侣，而是指通晓文艺、以诗著名的僧人。

魏晋南北朝时，玄学之风盛行，佛学便与文学艺术紧密相连。慧远、惠休等僧侣的诗歌创作，久负盛名。但“诗僧”这个概念，到中晚唐时期才正式形成。“诗僧”群体的产生，得益于当时的社会背景。

唐代以诗赋取士，吟诗作赋与广大知识分子的前途命运相关，诗歌创作空前繁荣，这就为禅与诗的融合提供了强大的平台。到了宋代，“诗僧”这一群体愈加壮大，宋代的士人与僧人，不但在思想上相互靠拢，而且在身份上趋于模糊化。他们与文人学士交好，互相影响。

北宋道潜与苏轼交好，道潜诗名因苏轼而名声大振。据说苏东坡赴官杭州途中见其《经临平（道中）作》一诗，大为称赏，相寻于西湖，没想到一见如故，并为之改名“道潜”。除了诗，宋代“诗僧”们在词、散文、小说等方面也都取得杰出的文学成就。道潜以诗闻名，惠洪著有《筠溪集》《冷斋夜话》等书，在文学史上占得一席之地，而仲殊则是词僧之冠，他们均才华横溢且颇有名气。

知识小问答

李商隐的《无题》写道：“隔座送钩春酒暖，分曹射覆蜡灯红。”诗中的“送钩”是指什么？（ ）

A. 礼物　B. 定情信物　C. 行酒游戏

欧阳修，字永叔，号醉翁，又号六一居士，北宋政治家、文学家，唐宋八大家之一。

浪淘沙·把酒①祝东风

［宋］欧阳修

把酒祝东风，且共从容②。垂杨紫陌③洛城④东。
总是⑤当时携手处，游遍芳丛。
聚散苦匆匆，此恨无穷。今年花胜去年红。
可惜明年花更好，知与谁同？

解读赏析
JIEDU SHANGXI

“花期太短，恨太长。”

这首词是欧阳修与友人在春日重游洛阳东郊时有感而作。对景，词人惜春；对人，词人惜别；对世事，词人感叹人生聚散无常。

上片中，词人起首便发惜春之语，将“东风”拟人化，以为东风不走，春天就能长驻，所以词人手持一杯酒，祝祷说：“东风啊，请你干了这杯酒，只管慢点儿走，且和我们一起，再多看看那明媚的春光。”接着，词人开始追忆过往。曾经也是一个春天，也是洛阳城东，杨柳掩映，百花竞艳，东风拂动处，是词人和友人携手同游的身影。昨日已逝，但点点滴滴仍历历在目。可见，让词人珍惜留恋的，不仅仅是春天，更是那一份有关春天的记忆。

下片借景抒情。“洛城”和“花”就像打开词人记忆的钥匙，每每念及生情，引发遗恨，这种人生体验始终伴随着词人，并未随着岁月的流逝而消淡。“今年”的花果真比“去年”的花红吗？实乃境由心生，词人与友人重逢，内心喜悦，看柳柳更新，看花花更媚。然而，当词人想到明年此处的花可能更加鲜艳夺目，却不知自己又将与谁同游，便心生惆怅，只能徒叹世事变幻。

词人抓住过去、现在、未来三个时间点，将惜别娓娓道来，委婉平易中尽显真切之情。

①把酒：端着酒杯。②从容：悠闲舒缓。③紫陌：指洛阳的道路。
④洛城：指洛阳。⑤总是：大多是。

诗词AB面

SHICI AB MIAN

爱也东风，恨也东风

“东风”这个意象经常出现在古典诗词中，但扮演的角色却不尽相同。有时，东风是恶的化身，陆游在《钗头凤》中道：“东风恶，欢情薄。”有时，东风力量强大，杜牧在《赤壁》中道：“东风不与周郎便，铜雀春深锁二乔。”有时，东风是善解人意的，李白在《劳劳亭》中道：“东风知别苦，不遣柳条青。”有时，东风是有情的，欧阳修在本词《浪淘沙》中道：“把酒祝东风，且共从容。”有时，东风也是无情的，晏几道在《玉楼春》中道：“东风又作无情计，艳粉娇红吹满地。”可见，面对同一种事物，不同的人有不同的看法，同一个人在人生不同的阶段也会有不同的解读。

“六一居士”是哪六个一

古代文人骚客有时以“居士”自称，众所周知的如青莲居士李白，香山居士白居易，东坡居士苏轼。欧阳修改号“六一居士”的时候，已是花甲之年，经历了仕途的起起落落，晚年不再劳心于政治，日常生活悠闲而舒适，“六一居士”的称号便是他晚年生活和心态的真实写照。欧阳修在《六一居士传》中介绍说，藏书、金石遗文、琴、棋、酒，再加上欧阳修自己，就是“六一”了。而藏书、金石遗文、琴、棋和酒这五项，虽然是欧阳修晚年才从众多爱好中选拔出来的，实际上是他毕生的积累，一生所爱。

名人万花筒

MINGREN WANHUATONG

欧阳修：好稿子是改出来的

欧阳修之所以有许多优秀的作品流传于世，除了得益于他的勤奋和天资，更得益于他精益求精的治学态度，这位北宋文坛领袖用亲身实践证明：好稿子是改出来的。

相传，欧阳修替人写过一篇名为《相州锦堂记》的文章，完笔后差人送去。可是，送文章的人刚走不久，欧阳修便派人快马追回，把稿子重新修改后才又送出去。但修改稿仅仅是增加了一个“而”字，由“仕宦至将相，富贵归故乡”改为“仕宦而至将相，富贵而归故乡”，一字之差，既增添了韵律美，又丰富了作者想要表达的思想内容。

我们最为熟知的《醉翁亭记》“环滁皆山也”的绝妙开头，也是欧阳修精心修改出来的。这篇文章最初的开头是：“滁州四面皆山也，东有乌龙山、西有大丰山、南有花山、北有白米山。”欧阳修写完后，特地向人征求修改意见，有位当地人就直言文章开头太啰唆，欧阳修听后当即改道：“环滁皆山也。”短短五个字，简洁、有力、大气磅礴。

直到晚年，欧阳修还经常把自己写过的文章拿出来修改。而这种修改稿件的习惯，好多大家都有，比如曹雪芹、福楼拜等，不胜枚举。可见，古今中外，但凡大家，虽然他们身处不同的时代，拥有不同的文化背景，但治学严谨、精益求精的态度是一致的。

知识小问答

欧阳修曾说他平生所做文章多在“三上”，这“三上”不包括：（　　）

A. 枕上　B. 厕上　C. 书上

张先，字子野，北宋时期著名词人，世称张安陆、张三影。

渔家傲·和程公辟赠别

［宋］张 先

巴子①城头青草暮，巴山②重叠相逢处。
燕子占巢花脱树。杯且举，瞿塘水阔舟难渡。
天外吴门青霅③路，君家正在吴门住。
赠我柳枝情几许。春满缕，为君将入江南去。

解读赏析

JIEDU SHANGXI

“折柳送别，情深义重。”

张先与程公辟都是江南人，都在四川做官。他们在异乡相逢又将各赴任所，这首词是以程公辟的词为依托，词人和答友人，以词赠答抒发依依惜别之情。

翻开这首词的脉络，词人从饯别之宴的时间、地点和景象开始，巴子城头，凝重的暮色，翠绿的青草，这些景象深沉但不过分悲切，“燕子占巢”和“花脱树”用语清新，“占”“脱”二字用拟人手法，极富情趣。燕子归巢，花开复花落，时光以一种可以被看见的方式，慢慢逝去。并与前一句相应和，点明这次重逢的时间在暮春。举起酒杯吧，没时间再伤春，饯别之宴该痛饮一番。前方水路难行，互道珍重！

下片抒写惜别的情怀，将视线调往家乡所在的江南。张先六十三岁那年（公元1052年），以屯田员外郎知渝州，不久离任，此词正创作于离任时。吴门正是友人故乡，与诗人故乡湖州乌程相隔不远。所谓天外，是说巴山距离遥远，当时词人归而友人留，思乡之情在此种情形下更容易迸发。你不能回，那么我把你所赠的柳枝带回春光依旧的江南，为你传达一份思乡之情，这也算是一种美好的寄托吧！结尾三句婉转其意，用折柳赠别，来表达朋友间的依依惜别之情。口语化的语言表达，别有一番情趣。

①巴子：巴县，今属重庆市。②巴山：泛指巴地一带的山。
③吴门青霅（zhà）：吴门，苏州的别称；青霅，霅溪，浙江吴兴的别称。吴门和清霅分别为友人与词人的家乡。

诗词AB面

SHICI AB MIAN

“巴山”为何那么让人愁

古代诗词中，巴山是一个常被提及的地方，这个地方往往捎带着些许孤寂之意。四川被称为“巴蜀”，古代“巴山楚水”一般用来指代比较偏僻的地方。而古代诗词中提到“巴山”的作者，一般都是被贬到蜀地的。刘禹锡的“巴山楚水凄凉地，二十三年弃置身”；李商隐的“何当共剪西窗烛，却话巴山夜雨时”。偏僻的“巴山”，又多夜雨，在如此凄凉的氛围中，怎能不让孤独的文人们想起故乡呢?

杨柳曲

在古典文学中，“杨柳”是一个情思缠绵的常见意象。因“柳”与“留”同音，所以常常与送别、离愁结合在一起。“杨柳曲”是乐府《近代曲·杨柳枝》的别称，从梁、陈到唐代，杨柳曲多为伤别之词，以怀念征人为多。如“羌笛何须怨杨柳，春风不度玉门关”。且“杨柳曲”多为歌妓演奏。到宋初时，“杨柳曲”也成为寄予相思的载体。如《菩萨蛮》：“佳人学得平阳曲。纤纤玉笋横孤竹。一弄入云声，海门江月清。鬓摇金钿落，惜恐樱唇薄。听罢已依依。莫吹杨柳枝。”

名人万花筒

MINGREN WANHUATONG

“红杏三影”千百年后又成美谈

北宋词坛，词人众多，佳作迭出，能在此间成名真是殊为不易。张先因为名句而有“张三影”的雅称。他在两宋婉约词史上影响巨大，才华横溢，当时与柳永齐名。

众所周知，张先的豪华朋友圈里大咖云集，欧阳修、王安石、苏轼、晏殊……如此豪华的阵容里，也包括了宋祁，这位在北宋前期的政坛、文坛、学术领域都颇有建树的大家，因一首《玉楼春》的“绿杨烟外晓寒轻，红杏枝头春意闹”赢得了“红杏尚书”的美名。张先曾任安陆县的知县，因此人称“张安陆”，宋祁是安陆人，这也是一种缘分吧。而张先与宋祁的友情历来让人津津乐道。

有一天，宋祁去拜访张先，命人叩门：“我家尚书宋大人（宋祁时任工部尚书）想拜会‘云破月来花弄影’郎中。”张先在家中听闻后，回应道：“莫非是‘红杏枝头春意闹’尚书？”随即开门迎客。两大文坛才子遂把酒言欢，不亦乐乎。

他们的缘分不止于此，没想到数百年后王国维又把他们的名字紧密地联系在了一起。《人间词话》中一开头便提出，“词以境界为最上，有境界则自成高格，自有名句”。王国维先生将张先与宋祁两人的代表句提名并称，并高度赞扬其意境：“‘红杏枝头春意闹’，著一‘闹’字，而境界全出。‘云破月来花弄影’，著一‘弄’字，而境界全出矣。”张先与宋祁的这种朋友缘分，真是牢牢占据了“天时地利人和”。

知识小问答

唐朝哪位诗人秉性放达，自号“四明狂客”？（　　）

A. 贺知章　B. 韩愈　C. 李白

苏轼，字子瞻，又字和仲，号“东坡居士”。

鹊桥仙·七夕

［宋］苏　轼

缑山①仙子，高清云渺，不学痴牛騃女②。
凤箫声③断月明中，举手谢时人欲去。
客槎④曾犯，银河波浪，尚带天风海雨。
相逢一醉是前缘，风雨散、飘然何处？

解读赏析
JIEDU SHANGXI

“超乎尘垢之外，大有物我皆忘之味。”

一向洒脱的苏轼为何写送别的离愁别绪呢？一扫缠绵悱恻的哀怨，苏轼豪气纵横，驰骋想象，一展朋友间的情深意长。

这首词是为送别友人陈令举而作，词的上片借用了王子乔飘然仙去的神话故事。缑山仙子王子乔高洁出尘，不像痴心于儿女之情的牛郎织女。皎洁的月光中停下吹凤箫，举手告别家人，飘然而去。

这首词题为七夕，词人联想到牛郎织女和王子乔成仙的典故，一扬一抑，称颂不痴迷于俗世、不为柔情羁縻的飘逸狂放襟怀。

词的下片，词人发挥自己的想象，据说天河与海相通，友人乘坐的船直上银河，乘风破浪。在此之前，苏轼与杨元素、陈令举、张子野、刘孝叔在湖州府园之碧澜堂相会，称为“六客之会”，席上张子野作《定风波令》，即“六客词”，会后他们一起泛舟游江，畅饮高歌。其实，词人在这里借用神话传说来进行比况。“客槎”，一语双关，明指天河的“浮槎”，暗喻他们所乘的客船。“尚带天风海雨”，切合“浮槎”通海之说。最后两句话别，能够相逢共一醉，那是缘分，风雨散去，你将翩然离去，珍重啊朋友！

全词格调飘逸超旷，笔力纵横，穷极变幻，极具浪漫主义色彩。

①缑（gōu）山：在今河南偃师县。缑山仙子指在缑山成仙的王子乔。②痴（chī）牛騃（ái）女：指牛郎织女。在这里代指痴迷于俗世的芸芸众生。③凤箫声：王子乔吹笙时喜欢模仿凤的叫声。④槎（chá）：竹筏。

诗词AB面
SHICI AB MIAN

文人为何爱用王子乔的典故

李白有“吾爱王子乔，得道伊洛滨”的诗句，杜甫也有诗云：“范蠡舟偏小，王乔鹤不群。此生随万物，何处出尘氛。”为何文人们如此偏爱王子乔呢？王子乔是东周灵王姬泄心的太子，本名姬晋，字子乔，人称太子晋。据说他生而神异，幼而好道。不爱锦衣玉食，独爱静坐吹笙，乐音好似凤凰啼鸣。刘向《列仙传》载七月七日，王子乔在缑氏山驾鹤升仙，谢时人而去一事。王子乔虽出身显贵，却视富贵如浮云；居太子位时，敢于直言劝谏；修道时，不怕艰难，百折不回，最终成仙。难怪后人提到王子乔时，总是充满钦慕景仰之情。

仙人乘槎

乘槎，亦作“乘楂”，指乘坐竹、木筏。后用于比喻奉使，也指登天，又比喻入朝为官。仙人乘槎的典故出自张华《博物志》，按照描绘，天河与海相通，槎是仙人用来沟通天上人间的交通工具。但后来，乘槎故事的主人公却变成了西汉时期出使西域的张骞——张骞乘槎。文人墨客爱用此典，杜甫有诗云：“乘槎消息近，无处问张骞。”苏轼也写道：“岂知乘槎天女侧，独倚云机看织纱。”而李白说着“君不见黄河之水天上来”，心头盼望的其实是一艘能去天上的槎。

名人万花筒
MINGREN WANHUATONG

苏轼：行走文坛，谁不会来几句段子

苏轼一向乐观豁达，平常颇爱打趣，也许是物以类聚，也总能碰到能接话的人。

好朋友间的反唇相讥

王安石极为欣赏苏东坡的才华，二人惺惺相惜。一次，苏东坡与王安石同行，看见一房子的其中一面墙向东倾斜。王安石想出了一句话打趣苏东坡：“此墙东坡斜矣！”不愧是才子，苏东坡反应迅速，马上出下联反讥王安石：“是置安石过也！”真是互为损友。

送命题：死，是一件好事吗

苏轼临死前，问在床边侍疾的几个儿子一个问题：“你们说，死，是一件好事吗？”这题可不好答啊！小儿子却抢答道：“一定很好。”给出的理由是，如果不好，那些死去的人还不都回来了吗？这千百年无一人回来，可见死了一定很好！

哈哈，真要为他的机智鼓掌！

知识小问答

《敕勒歌》是由当时哪种语言译成汉语的？（　　）

A. 蒙古语　B. 鲜卑语　C. 契丹语

韩奕，字公望，元末词人，与王宾、王履并称“吴中三高士”。

逢故人

［元］韩　奕

相逢喜见白头新①，头白相逢有几人。
湖海②年来旧知识，半随流水半随尘。

解读赏析
JIEDU SHANGXI

“昨日种种，譬如昨日死。”

诗人韩奕一生无意仕途，本诗借与故人相逢以明内心隐逸之志。诗中的“故人”无名无姓无官职，诗人未写从前的情景，亦未写别后的思念，由此推断，这位“故人”可能只是交情一般的普通朋友。

首句“白头新”化用“白头如新，倾盖如故”的典故，意即长久相处的故人未必心灵相通，偶然结识的新人却如神交已久。尽管遇到的故人不是知己，诗人内心仍然是欣喜的，因为诗人此时年事已高，遇到故人的机会越来越少，所以诗人感激命运的安排。毕竟，跨过时间樊篱、打破地域阻隔之后的相逢，是多么不容易啊！权且把重逢看作隐逸生活中的一个小插曲，闲话家常，共叙往日。

也许是故人有意相问，也许是诗人自言自语：当年有诗书满腹，如今是否依然牢记于心呢？诗人给了否定的答案。身在江湖，心远世俗，诗人选择了忘却，那些治世的道理、仕途的学问，有的追随流水漂泊而逝，有的化作微尘随风入土。

“流水”和“尘”都是难以把控之物，同样难以把控的还有时间，诗人不愿把有限的生命消磨在庙堂上，过自己想过的生活才是诗人内心深处的呼唤。只有从旧的束缚中解脱出来，才能奔赴新的生活。

①白头新：古谚“白头如新”，在相识很久以后，还当新交一样看待。
②湖海：指隐于江湖。

诗词AB面 SHICI AB MIAN

“江湖”意义的嬗变

古人讲“江湖”，绝不仅仅指江河湖海，更多的是在说它的引申义。最初，“江湖”是道家隐逸的地方，隐逸跟出仕相对，相应地，“江湖”也跟“庙堂”相对，“江湖”和“庙堂”合起来便是天下。这时，“江湖”指无意于朝堂或失意于朝堂的隐逸之地，韩奕在本诗中所说的“湖海”也是这个意思。后来，经过武侠小说的渲染，“江湖”是朝廷力量触不到的地方，是侠客们竞技争名、快意恩仇的生死场。可见，“江湖”从最初到现在，其意义的变化非常之大。

“半”字的妙用

“半”即二分之一，“半”以上则多，“半”以下则不及，“半”是一种度的把握。著名学者林语堂提出过“半半哲学”，他说：“理想人物，应属一半有名，一半无名；懒惰中带用功，在用功中偷懒；穷不至于穷到付不出房租，富也不至于富到可以完全不做工；古玩也收藏一点儿，可是只够摆满屋里的壁炉架；书也读读，可是不很用功；学识颇广博，可是不成为任何专家；我相信这种中等阶级生活，是中国人所发现最健全的理想生活。”这种哲学观是对中国古人中庸处世态度的阐释。以“半”字入诗词，富有理趣。

名人万花筒 MINGREN WANHUATONG

不当官，就当美食家

相传，韩奕一生绝意仕进，隐逸山林，留下来的词作也不多，却对饮食很有研究，著有《易牙遗意》。为什么叫《易牙遗意》呢？易牙是春秋时期的名厨，因为烹饪技艺高超而得到齐桓公的喜爱，被厨师称为祖师，后人在撰写食经类著作时常常托名易牙，所以就有了《易牙遗意》。《易牙遗意》分为酝造类、脯鲊类、蔬菜类、笼造类、炉造类、糕饵类等十二个品类，记载了150多种调料、糕饼、蜜饯的制作方法。其中，仅仅制酒，韩奕就介绍了桃源酒、香雪酒、碧香酒、腊酒、建昌红酒、白曲酒、红白酒药等多种酒的制作方法，内容丰富详尽。

而说到在美食界有影响力的中国古代诗人，苏轼是不得不提的一位，他写过很多关于美食的文章，最为著名的便是《老饕赋》，文中探讨饮食之道，尽显“吃货”本色，而诸如“东坡肉”“东坡鱼”“东坡豆腐”等以“东坡”命名的菜肴，无不诉说着这位大诗人和美食之间深厚的渊源。但是，韩奕的不同之处在于，他能够系统地对饮食制作方法进行研究，并整理著述，因此，《易牙遗意》对现代饮食研究爱好者仍然有较大的参考价值。

美国前总统罗斯福有一句名言：“不当总统就当广告人。”而对韩奕来说，当官与当美食家，他从一开始就选择了后者。

知识小问答

以下哪一位诗人不是“元诗四大家”？（　　）

A. 虞集　B. 杨载　C. 韩奕

吴伟业，字骏公，号梅村，诗人，江左三大家之一，娄东诗派开创者。

遇旧友

［明末清初］吴伟业

已过才追问，相看是故人。
乱离[①]何处见，消息苦难真。
拭眼惊魂定，衔杯笑语频。
移家就吾住，白首两遗民[②]。

解读赏析
JIEDU SHANGXI

“烽火乱世，知交零落。”

这首诗以战乱频发的明朝末年为时代背景，讲述了诗人偶遇老友的整个经过。

首联写离别时间之久。在人潮拥挤的街道上，两个“陌生人”朝着彼此的方向走去，擦肩而过的一刹那，熟悉的感觉涌上心头。诗人连忙转身追问，仔细端详后，才发现原来是老朋友。颔联写乱世相逢之难。乱世之中，身如浮萍，往来书信更加困难，即便有消息，也不知是福是祸，是真是假。纵有无限牵挂，只能放在心中。

颈联写异地相逢之喜。“拭眼惊魂定，衔杯笑语频。”生动形象地表现出诗人内心情感的波动。得遇故人，诗人激动不已，有“犹恐相逢是梦中”之感。心情平复之后，两人移步酒馆，举杯畅饮，聊着往事，笑语连连。此时，诗人和老友那布满岁月痕迹的脸上，洋溢着喜悦的神情。尾联写白首相逢之悲。老来相聚，本是值得庆幸的事情，但改朝换代的历史始终萦绕于心，挥之不去，寥落之余不免伤悲。相同的际遇使两人能重温从前的欢乐，亦能对时下的痛苦感同身受，所以诗人希望友人能留下来，纵使无法改变现状，亦可互解愁肠。

本诗叙事手法高超，从相遇到相认再到相聚，场景依次展开，每一个画面都极为真实，其情其景，仿若就在眼前。

①乱离：指明清之际的战乱。
②遗民：改朝换代后的人。

诗词AB面
SHICI AB MIAN

古人如何传递信息

在古代，由于生产力等方面的限制，传递信息的工具少之又少。“烽火戏诸侯”的故事中，烽火就是一种传递信息的工具，万里长城上的烽火台在古代军事防御上发挥着不可替代的作用。古装剧中常出现的“信鸽”也是古人传递信息的有效工具。此外，明代还出现了专门为民间传递信件的“民信局”。从统治者的角度讲，为了更有效地下达命令、奏报军情，古代各朝都非常重视对驿站的管理，并建立相应的驿传制度。而一旦遭遇战乱，那些用于普通百姓间传递信息的工具，其效用就会大打折扣，所以杜甫说：“烽火连三月，家书抵万金。”吴伟业说：“乱离何处见，消息苦难真。”

江左三大家

提到江左，不禁让人想到影视剧《琅琊榜》中的江左梅郎。那么，江左究竟是哪里呢？实际上，“江”指长江，江左是一个区域名词，大致涵盖现在的苏南、皖南、浙北和赣东北等地。明末清初，有三个人名声较大，且都出生在江左，被当时人称作江左三大家，他们分别是钱谦益、吴伟业和龚鼎孳。其中，钱谦益是清初诗坛领袖之一，吴伟业开创了娄东诗派，龚鼎孳著有《定山堂集》。与钱谦益和吴伟业相比，龚鼎孳的诗词成就相对较小。因为三人都有着由明入清的相似经历，所以作品中都有朝代更替之叹。清代的顾有孝和赵澐选将钱谦益、吴伟业和龚鼎孳三人的作品整理成集，即《江左三大家诗抄》九卷。

名人万花筒
MINGREN WANHUATONG

吴伟业与卞玉京的爱情悲剧

明朝灭亡前的南京，有十里秦淮，是有名的烟柳繁华地，温柔富贵乡。秦淮河畔，“金陵八艳”名震江南，卞玉京就是其中之一，她双眸泓然，写字、绘画、弹琴，信手拈来。此时的吴伟业三十岁出头，已名满天下，才子佳人，自然一见倾心。

卞玉京勇敢地向吴伟业表达了自己的爱意，她含情脉脉地问吴伟业：“亦有意乎？”吴伟业并未正面回答卞玉京，可能是因为天性畏缩，他表现得颇为犹疑。聪敏如卞玉京，当即明白了吴伟业对这份恋情的回避，再未提起此事。其实，吴伟业对卞玉京是有意的，他一生写给卞玉京多首诗词，始终没有说出口的话，藏在了诗词的字里行间。

后来时局动荡，清兵南下，明朝灭亡，两人分处异地，很久都没有彼此的消息。吴伟业心中一直惦念着卞玉京，便托人打听她的消息。在老朋友钱谦益的帮助下，吴伟业终于见到了思恋已久的卞玉京。这一次，他可能已经下定决心，想要给卞玉京曾经的问题一个肯定的回答。奈何天意弄人，他是见到了卞玉京，不过，却是一个身着道袍的卞玉京。

吴伟业和卞玉京，都挣不脱国破家亡的命运枷锁，解不开从前坎坷经历的牵绊。最终，一个是至死不忘，一个是忧郁离世。

知识小问答

吴伟业的叙事诗艺术特色鲜明，被后人称为：（　　）

A. 骏公体　B. 长庆体　C. 梅村体

本章知识小问答答案

第 37 页　正确答案：C. 武将

第 39 页　正确答案：C. 顶真

第 41 页　正确答案：A. 韦应物

第 43 页　正确答案：B. 竹子上

第 45 页　正确答案：A. 戊

第 47 页　正确答案：A. 汉代

第 49 页　正确答案：A. 李白

第 51 页　正确答案：B.《登高》

第 53 页　正确答案：B. 韦应物

第 55 页　正确答案：B. 琴师

第 57 页　正确答案：C. 行酒游戏

第 59 页　正确答案：C. 书上

第 61 页　正确答案：A. 贺知章

第 63 页　正确答案：B. 鲜卑语

第 65 页　正确答案：C. 韩奕

第 67 页　正确答案：C. 梅村体

遥思篇

YAOSIPIAN

思念，是甜是苦，是期待是孤单，又是情谊的见证。低吟浅唱，抬头看明月，远方的好友，你可安好？远方的好友，你是否也在看这一轮明月，遥远地思念我？

陆凯，字智君，鲜卑族。出身名门，为人忠厚又刚正不阿，被称为良吏。

赠范晔①

［北魏］陆　凯

折花逢驿使②，寄与陇头人③。
江南无所有，聊赠一枝春④。

解读赏析

JIEDU SHANGXI

“赠一枝梅，寄一份牵挂。”

这是中国诗歌史上一首流传甚广的小诗，作者用简单朴实的二十个字，表达了自己对于远方友人的怀念之情。

首句故事性地记叙了赠诗的经过。春天已经悄悄到来，后院的梅花依旧开着，看到梅花开，诗人便怀念起友人范晔。恰逢此时传递书物的信使到来，特地折取一枝梅花，托信使带给范晔。这里的陇头人就是指范晔。当时范晔在陕西长安，陇山在陕西陇县，所以用陇头人代指他。

第三句作者说江南没有什么好的东西，也唯有这梅花可以用来相赠。江南的梅花在当时是十分出名的，作者以一枝江南的梅花相赠，具有特殊意义，他是以梅花的高洁象征他们之间的崇高友谊。

这首诗的艺术美在于朴素、自然而又借物寄喻，把自己的情感借梅花表达出来，把抽象的情感和具体的梅花形象相结合，清新淡雅。大概从陆凯赠诗开始，“一枝春”就成为梅花及赠别的代称，后来也成为词牌名。

①范晔：作者的朋友。②驿使：送信的使者。
③陇头人：指范晔。④一枝春：一枝梅花。

诗词AB面
SHICI AB MIAN

折梅

诗歌中的花鸟鱼虫作为意象，都有各自所代表的情感，而在送别诗中，常见的送别意象有柳树、长亭、南浦等，而我们这里提到的“折梅”在陆凯这首《赠范晔诗》之后，也变成友人之间一种表达思念不舍和朋友情深的意象。

梅花本身是一种富有文化意义的审美物象，因为其不畏严寒，凌霜开放的特点，而一直被人们视为孤傲高洁的品质象征，折梅相赠，表现了文人之间的深情，符合中国诗歌的传统审美。

梅妻鹤子

文人墨客对于梅花的赞颂数不胜数，然而写梅花写得最妙的莫过于北宋林逋在《山园小梅》里写的那句“疏影横斜水清浅，暗香浮动月黄昏”，堪称千古佳句。而沈括在《梦溪笔谈》中记载的“梅妻鹤子”的典故，也使得林逋成为文人们争先追逐学习的隐士典范。

据说林逋隐居于西湖孤山，种植满园梅花并饲养仙鹤，终身不娶，无儿无女。遂以梅为妻，以鹤为子，乐在其中。

名人万花筒
MINGREN WANHUATONG

不求甚解，只晓其情

有学者在进行诗歌作者考究时，提出这首诗的作者陆凯，不是历史上有文字记载的南朝宋代的官吏陆凯，而是另一个生卒年代不详的生活在江南的陆凯，因为这样才能和范晔有交往的可能。但是文学界一直将这首诗归于智君之下，因故我们就来了解一下这位以政绩传世的陆凯。

陆凯，字智君，鲜卑族。他出身名门，祖父陆俟官拜征西大将军，父兄也都是朝廷命官。陆凯十五岁时就官拜给事黄门侍郎，为皇帝亲近侍从。他是一名正直的官吏，为人稳重好学，忠厚朴实，被友辈们称赞。陆凯并不以诗歌著名，而以政绩传世，身居要职数十年，能够刚正不阿地处理政务。后来，又出任正平太守七年，被称为良吏。

《荆州记》记载，陆凯与范晔交好。我们尚且不管这里的陆凯是历史上的陆凯，还是只是同名的诗人，也无论这陇头的好友范晔，是《后汉书》的作者范晔，还是他人，我们只需用心去感受这简单的小诗里蕴含的对远方友人的挂念便足矣。

知识小问答

下面哪一个属于古诗词中送别的意象？（　　）

A. 南浦　B. 龙台　C. 楼兰

李白，字太白，号青莲居士，又号“谪仙人”，唐代伟大的浪漫主义诗人，被誉为“诗仙”。

闻王昌龄左迁①龙标②遥有此寄

［唐］李　白

杨花落尽子规③啼，闻道龙标④过五溪。
我寄愁心与明月，随风直到夜郎西。

解读赏析

JIEDU SHANGXI

“我心寄明月，万里常相随。”

这是一首李白写的遥寄之作，表达自己对友人被贬的同情和不平。首句作者用“杨花落尽”点明时节，现在已经是暮春时节，杨花已经落完，只听得杜鹃鸟悲切的哀鸣。作者听闻好友被贬龙标，想象这一路将要路过五溪的艰辛。便希望把这颗忧愁之心寄托给明月，让明月带着它一路跟随友人到达夜郎以西的地方。

杨花本是飘零无根之物，子规哀鸣又渲染了凄凉的氛围，将作者对于友人的担忧之情融入这些景物之中。但是李白的可爱之处就在于他很少将消极的情绪代入诗中，而是通过浪漫的想象，把内心那种深切的情感表达于深邃的意境中。

明月是诗歌当中很经典的意象，蕴含着思乡怀人的内涵。诗的最后两句，诗人把明月拟人化，赋予它传情的使命，使明月有了人的情感，由此表达了诗人对朋友的真挚友谊：既然我没办法亲自伴随你左右，就让明月替我去关照你，无论如何，我们的情意，犹如明月高悬，抬头就能望见。

①左迁：古时左卑右尊，故左迁为贬官降职之意。②龙标：古县名。
③子规：杜鹃鸟。④龙标：指王昌龄，以所任官地称之。

诗词AB面 SHICI AB MIAN

夜郎自大

古代西南有一个古夜郎国，汉武帝时，开发西南地区后，为了寻找通往印度的道路，汉武帝派遣使者到达现在云南的一个叫滇国的地方，却因为道路不通无法继续前行。在滇国期间，滇王就自大地问汉朝使者：“汉朝和我滇国相比，哪个大？”后来使者路过夜郎国的时候，夜郎国君也问了同样的问题，使者哑然失笑。其实，夜郎国只是汉朝西南地区一个小小的国家。因此，后来“夜郎自大”比喻骄傲无知的自负行为。我们诗中的“夜郎”是古县名，在今湖南新晃县，距离龙标县约有百公里远，并非指西南的古夜郎国。

五溪是五条溪吗

诗中提到的五溪是今湖南省西部与贵州省交界的五条溪流，最早在郦道元的《水经注》里提到，分别是辰溪、酉溪、巫溪、武溪和沅（yuán）溪。春秋战国时期，这里属于黔中地，这里的居民被称为“武陵蛮”，因为境内有五溪，六朝时被称为“五溪蛮”。

名人万花筒 MINGREN WANHUATONG

诗家天子王江宁

以“诗家天子”来称呼王昌龄足见他在盛唐诗坛的地位。实际上王昌龄的一生并非如我们所以为的那般顺风顺水，志得意满。历史上对于王昌龄本人的记载不多，在新旧《唐书》中，留给他的介绍加起来不过一百五十个字。

王昌龄一生中做的官都不大，最大的是江宁县丞，后人以他的官职称呼他为王江宁。他一生仕途较为坎坷，屡遭贬谪，先被贬岭南，后来返回长安，不久后又受到诽谤，又被贬到龙标，至于被贬的理由，史书上说的是“不护细行，谤议沸腾”，也就是说他的言行有违封建礼法，为朝廷所不容。实际上，欲加之罪，何患无辞，所以王昌龄愤懑不平，只能以“一片冰心在玉壶”表达自己的清白。

王昌龄一生经历坎坷，但是他的诗名扬天下，被人称为“七绝圣手”。明代杨慎就在《升庵诗话》中称赞他说“龙标绝句，无一篇不佳”，而明代王世贞更是在《艺苑卮言》中把他跟李白相提并论：“七言绝句，少伯与太白争胜毫厘，俱是神品。”

他与李白是好友，当时李白已被朝廷排挤，心情苦闷忧愤，当王昌龄被贬龙标的消息传来，他深感同情与不平，写下这首诗寄给好友，希望给予精神上的慰藉和道义上的支持。

知识小问答

子规这个意象与古代哪位皇帝有关？（　　）

A. 唐太宗　B. 望帝　C. 晋哀帝

刘昚（shèn）虚，亦作慎虚，字全乙，洪州新吴（今江西奉新县）人，盛唐著名诗人。

暮秋扬子江①寄孟浩然

［唐］刘昚虚

木叶纷纷下，东南日烟霜。
林山相晚暮，天海空青苍。
暝色况复久，秋声亦何长。
孤舟兼微月，独夜仍越乡②。
寒笛对京口③，故人在襄阳。
咏思劳今夕，江汉遥相望。

解读赏析
JIEDU SHANGXI

“孤舟一叶思远乡，长笛一曲慰寂寥。”

这是一首五言古诗。诗人通过对暮秋时节景物的描写，表达了对友人的深切怀念，并抒发了自己客居他乡的愁绪。开篇就描写了晚秋时节典型的落叶纷飞的景象，营造出一种肃杀冷清之感，而后点明了落叶纷飞的原因是东南地势低湿，暮秋时节雾大霜重。这里采用了因果倒叙的手法，先点明结果，再说明原因。接着写傍晚时分，长江两岸的树木相对，笼罩在暮色当中。而远方水天相接，一片苍茫。一个“空”字，生动地描绘出暮色当中，江面的空旷无垠。

“暝色况复久，秋声亦何长。”这两句通过视觉和听觉两个方面，描绘了江面上浓重的秋色和波涛汹涌的秋水之声，把眼前壮阔的景象与自己复杂的心情结合起来，做到了情景交融。夕阳西下，秋月渐起，乘着微月，诗人看到江面上有一叶孤舟，向故乡的方向而去，一下子就激起了诗人浓浓的思乡之情。从思乡自然而然转而怀念故人，于是诗人对着长江对岸的京口吹起了笛子，笛声在江面飘荡，但是友人远在襄阳，笛声难以到达。诗人正在惆怅之际，转念一想，也许在长江另一侧的友人孟浩然也正在抬头遥望，思念自己。作者运用对比手法，通过写友人思念自己来表达自己思念对方，婉转而深切地表达了自己的情谊。

①扬子江：长江。②越乡：此处是对东南地区的泛指。
③京口：古城名，今江苏镇江市。

诗词AB面
SHICI AB MIAN

扬子江中水煮茶的故事

王安石和苏轼虽然政治立场不同，但私下还是有很深的交情的。有一次苏轼被贬，临行前王安石嘱咐他，回京的时候记得取扬子江心水回来煮茶。等到苏轼回来的时候，在江上只顾欣赏山水美景，等过了江心才想起来取水之事。便取了下游水回来送给王安石，结果被王安石识破。当时王安石端起茶，喝了一口，便皱起眉头说：“这不是江心水吧？”苏轼理亏，连忙把情况说明，并请教王安石如何得知。王安石笑着说：“三峡水性甘纯活泼，泡茶皆佳，唯上峡失之轻浮，下峡失之凝浊，只有中峡水中正轻灵，泡茶最佳。”苏轼这才幡然醒悟。

京口的历史渊源

京口是江苏镇江的古称，三国时期孙权称霸江东，公元208年前后，于镇江北固山前峰筑铁翁城，其城凭山临江，古人把山的前峰一带称为“京”，取义自《尔雅》的“丘绝高曰京”，口则是指北固山下的江口，因此称为京口镇，是东晋和南朝时期长江中下游的军事重镇。东晋末年，孙恩率领的农民起义军曾与刘裕在此处大战。辛弃疾在《京口北固亭怀古》这首词中，写到了这个典故。

名人万花筒
MINGREN WANHUATONG

刘昚虚：被主角光环掩盖的诗人

刘昚虚是盛唐时期的一位诗人。他属于山水田园诗派，他的山水田园诗清淡空灵，情幽兴远，在诗歌创作上颇有建树，被一些名家褒奖。

在殷璠的《河岳英灵集》中，殷璠在24位所选诗人中，把刘昚虚放在第四位，在常建、李白、王维之后，并且给予了刘昚虚很高的评价：“昚虚诗，情幽兴远，思苦语奇，忽有所得，便惊众听……自永明以来，可杰立代表。”严羽在《沧浪诗话》中也将刘昚虚与王维、韦应物并列，称为“大名家”。

但是盛唐是一个诗歌巅峰的时代，李杜的光芒太过耀眼，王孟也占据诗歌的小高峰，因此，在群星璀璨的盛唐，刘昚虚的光芒就显得微弱。新旧《唐书》没有为他立传，其他文史资料，也很少有关于他的事迹的记载，因此刘昚虚在当时“虽有文章盛名”，但至今几乎湮没不称，仅有几句“性高古，脱略势利，啸傲风尘”和“孝友恭检，哲悟过人”的记载。

根据仅存的一些史料记载，刘昚虚有很广的交游对象，有他的前辈和同辈，也有他的晚辈，这些人除了提引他的老前辈吴兢外，大都是不得志的穷困之士，其中就有著名的孟浩然、王昌龄和高适等。在《江西通志》和《中国人名大辞典》中均有记载刘昚虚与孟浩然、王昌龄交好，从他们之间的赠诗也可见一二。他们三人写诗风格很相近，特别是孟浩然和刘昚虚，他们都是山水诗人，都擅长描写山林隐居者的幽居情景。

知识小问答

“乌台诗案”发生后，苏轼被贬到哪里？（　　）

A. 黄州　B. 密州　C. 徐州

孟浩然，名浩，字浩然，号孟山人，襄州襄阳（现湖北襄阳）人，世称孟襄阳。

夏日南亭怀辛大

［唐］孟浩然

山光①忽西落，池月②渐东上。
散发乘夕凉，开轩③卧闲敞④。
荷风送香气，竹露滴清响。
欲取鸣琴弹，恨无知音赏。
感此怀故人，中宵⑤劳梦想。

解读赏析
JIEDU SHANGXI

“微风凉夜，不及故人知音。”

这首诗写诗人夏夜在庭院乘凉的舒适之感以及对友人的怀念之情。首句描写的是夕阳西下和随之而来的月亮东升的景象。“忽”和“渐”两个字展现了日月交替出现的动态之感，活泼生动，也表现出诗人对于夏夜暑气渐消的期盼之情。

第二联写诗人沐浴梳洗后，打开窗户，在窗边南亭乘凉的闲适之态。通过随风而来的荷花的香气和竹露滴落到池面的声响来进一步说明周围环境的清幽，加深了诗人夏夜乘凉的愉悦感，也营造出一种清幽淡雅，富有情趣的意境。

如此美景在眼前，让诗人不禁想要取琴弹奏，应和这美景。刚要起身，却忽然想起，没有人能够欣赏。刹那间，便失去了弹奏的兴趣。这一联作为过渡句，使诗歌从夏夜景物的描写转到对友人的怀念。 最后，诗人表达了内心的感慨：今夜怀念远方的友人，却没能相见，十分惆怅，也许只能在梦中苦苦想念，作为慰藉。诗作以夏日的描写入手，以梦境的期盼作结，使整首诗变得生动而有层次。

①山光：山上的日光。②池月：池边的月光。③开轩：开窗。
④卧闲敞：躺在幽静、宽敞的地方。⑤中宵：半夜。

诗词AB面
SHICI AB MIAN

高山流水遇知音

春秋时期，楚国有个叫俞伯牙的人，他精通音律，琴技高超。但他总觉得自己还不能出神入化地表达对各种事物的感受。他的老师知道后，便把他带到东海的蓬莱岛上，让他欣赏自然的景色，在自然景物中体会万事万物。后来，他终于能够自如地把对世间万物的感觉融入音乐中，却无人能听懂他的音乐，他感到十分孤独和寂寞，苦恼无比。

有一天，俞伯牙乘船游览。面对清风明月，他不禁感慨万千，便取琴弹奏，琴声悠扬，忽然他听到有人拍手称赞，回头一看，是不远处的一位樵夫，樵夫道："琴声雄伟而庄重，好像高耸入云的泰山。"俞伯牙大喜，当即换了一首曲子表现奔腾澎湃的波涛，这时樵夫又说："琴声浩荡无边，好像看见滚滚的流水和无边无际的大海。"伯牙这时候激动地说："你真是我的知音啊！"这樵夫就是钟子期。后来钟子期早亡，俞伯牙知道后，在钟子期的坟前演奏了平生最后一支曲子，然后尽断琴弦，终生不再鼓琴。

名人万花筒
MINGREN WANHUATONG

回归山水之间

孟浩然是唐代著名的诗人，他出生在武则天登基之时，到唐玄宗肃清宫廷内乱、稳定政局的这三十多年里，他一直在风景秀丽的家乡襄阳过着安详宁静的生活。他四十岁时到长安考过一次进士，但是没有考中，也写过文人自荐求官的干谒诗《望洞庭湖赠张丞相》，但是并没有得到理想的结果，自己的政治抱负和入仕愿望得不到满足，他选择了归隐山水田园之间。

孟浩然的祖上家境殷实，给他留下了不需要他从事繁重劳动就能获得的生活基业，而儒家耕读的传统与东汉末年就盛行的隐逸风尚又培养了他好读书而且向往隐逸生活的品格。在仕途不顺之后，孟浩然内心归隐的火苗就越烧越旺了，终于成燎原之势，回到生活本身。

孟浩然的早年生活经历，形成了他简单淳朴的诗歌风格，这也使他成为继陶渊明之后最杰出的山水田园诗派的代表，他的诗歌中既有对隐逸生活的描写，也有对隐士情怀的向往之情。我们还是可以从一些细微处看到孟浩然心中那一丝不能建功立业的惆怅之情。

诗中的辛大，名谔，排行老大，因此称为辛大，是孟浩然的同乡好友，原来隐居西山，之前经常在夏日来南亭与诗人共赏月色，饮酒弹琴，后被征辟入京。由此推断，"恨无知音赏"应该有更深的意思。诗人身在江湖而心存抱负，却苦无机缘，只能在这消磨时光。

知识小问答

古人说的琴棋书画中的"琴"是什么琴？（　　）

A. 古琴　B. 扬琴　C. 古筝

元稹，字微之，别字威明，洛阳人，唐朝著名诗人、文学家。

酬乐天频梦微之

［唐］元　稹

山水万重书[1]断绝，念君怜我梦相闻。
我今因病[2]魂颠倒，唯梦闲人[3]不梦君。

解读赏析
JIEDU SHANGXI

“借梦寄意，深情绵邈。”

《酬乐天频梦微之》是元稹对白居易的《梦微之》（晨起临风一惆怅，通川湓水断相闻。不知忆我因何事，昨夜三更梦见君。）的和诗，构思奇巧，感情真挚。

元白两首诗都是用写梦来倾诉衷肠，以解相思之苦的。白诗的“不知忆我因何事，昨夜三更梦见君”，不直说自己苦思成梦，反以元稹为念，问元稹不知因何事“忆”我，致使我昨夜梦见了君，写尽了两人心心相印、灵犀相通的深厚情谊。元稹则反其意而用之，“我今因病魂颠倒，唯梦闲人不梦君”，用因为自己病困潦倒，不能入梦写自己的凄苦心境，另辟蹊径、出奇制胜。学者有评：“白诗用入梦写苦思，是事所常有，写人之常情；元诗用不能入梦写心境，是事所罕有，写人之至情。”元稹更妙一筹。

元稹此诗通篇白描，浅显易懂，并无难解之处。虽言简意赅，但将元稹自身的失意愁苦、为病痛所困、思人心急的形象描写得入木三分，情调境界感人肺腑。须知，作为一首次韵和诗，押韵韵脚都受到了严格限制。在这种情况下，元稹还能匠心独运，确实难能可贵。

①书：信件。②病：诗人在通州得过一种严重的疟疾，病后身体一直很差，记忆衰退，同时也包含内心的苦闷。③闲人：不相干的人。

诗词AB面

SHICI AB MIAN

元稹和白居易的唱和诗

唱和诗是古代诗人相互间应答酬谢所作的诗词，首作者称为“唱”，随应者称为“和”。唱和诗是在赠答诗、同题诗、联句诗的基础上发展而来的。

元稹、白居易都是中唐著名诗人，以诗齐名，并称“元白”。两人的交往唱和活动历时30年，唱和诗的数量约有135组。白居易《祭微之文》中哀叹：“行止通塞，靡所不同；金石胶漆，未足为喻。”精练地概括了两人一生的友情。正如罗宗强所说：“白居易一生写得最动情的诗，除《长恨歌》和《琵琶行》之外，恐怕要数他那些和元稹唱和的诗了。而他们之间的唱和之作，也恐怕是历代诗人中最多的了。”

梦里谈诗知多少

古往今来有大量描写梦境的文学作品，有将梦插入环境描写，以表现人物的心理和情绪状态，如唐代赵嘏的《吴门梦故山》：“心熟家山梦不迷，孤峰寒绕一条溪。秋窗觉后情无限，月堕馆娃宫树西。”也有通篇全写梦境，如欧阳修的《梦中作》：“夜凉吹笛千山月，路暗迷人百种花。棋罢不知人换世，酒阑无奈客思家。”比较有名的还有南唐后主李煜的《望江南》：“多少恨，昨夜梦魂中。还似旧时游上苑，车如流水马如龙，花月正春风。”写的是李煜被降沦为囚徒之后在美梦醒来时分的悲恨，表现出一代亡国之君极其愁苦而凄凉的心绪。陆游的《十一月四日风雨大作》：“夜阑卧听风吹雨，铁马冰河入梦来。”写的梦境是金戈铁马的征战，表现的是陆游收复失土、北定中原的宏伟心愿。

诗词小真相

SHICI XIAO ZHENXIANG

《莺莺传》里的张生是元稹本人吗

《莺莺传》是唐传奇的代表作之一，元朝剧作家王实甫根据《莺莺传》改编而成的《西厢记》更是家喻户晓。《莺莺传》中主人公张生、崔莺莺、红娘皆是典型的文学形象。不少读者好奇，风流才子张生的原型到底是谁？现在不少学者持“元稹自寓说”，张生即为元稹本人的观点。

曾为亡妻写下许多深情悼亡诗的元稹，其用情至深的形象深入人心。其实，元稹同韦丛结婚前，与类似莺莺型的女子，有过一段恋情，也正是这样一段情“恼乱君心三十年”。

“元稹自寓说”最开始由宋代学者王性之提出，后来得到了诸多学者的认可。陈寅恪在《艳诗及悼亡诗》附《读〈莺莺传〉》中明确指出：《莺莺传》为微之自叙之作，其所谓张生即微之之化名。鲁迅也在《中国小说史略》中说：“《莺莺传》者，即叙崔、张故事，元稹以张生自寓，述其亲历之境。”谁能想到，《莺莺传》里始乱终弃的张生也许是他，写下“曾经沧海难为水，除却巫山不是云”的痴情汉却也是他。

知识小问答

元稹的名句“贫贱夫妻百事哀”是什么意思？（　　）

A. 贫贱穷困的夫妻生活百般不易　B. 同贫贱共患难的夫妻，永诀时的哀切更深

李白，字太白，号青莲居士，唐代浪漫主义诗人，被后人誉为“诗仙”。

沙丘城下寄杜甫

［唐］李　白

我来[①]竟[②]何事？高卧[③]沙丘城。
城边有古树，日夕连秋声。
鲁酒不可醉，齐歌空复情。
思君若汶水，浩荡[④]寄南征[⑤]。

解读赏析 JIEDU SHANGXI

“思念如汶水，不舍昼夜。”

李白妙想，从天而来。此诗以情境入手，以环境带出思念之情，言辞朴素无华，率性成文。或行，或卧，或所见，或所感，絮絮叨叨皆入诗来，写得情深意长，凄怆感人，深刻地表现了两位伟大诗人的真挚友谊。诗开篇劈头自问：“我来竟何事？”言语之中颇有几分难言的恼恨和自责的意味。“高卧沙丘城”，实际上写的就是诗人自己闲居乏味的状态。这凌空而来的开头，正是把诗人那种友情欢快的生活消失之后的复杂、苦闷的感情，以一种突发的方式迸发出来。

三四句客观描绘。“城边有古树，日夕连秋声。”城边的老树，在秋风中日夜发出瑟瑟之声。一个“连”字用得十分巧妙，将眼观之景，转入耳闻之声。秋瑟之境更令诗人思念友人，追忆往事，愁思难解。此时此地，此情此景，非比寻常，酒也不能消愁，歌也无法忘忧。好像一切都失去了乐趣。“不可醉”，即没有那个兴趣去痛饮酣醉。“空复情”，因为诗人无意欣赏，歌声也只能徒有其情。

最后一句直抒胸臆，酣畅淋漓。“我的思君之情犹如这浩荡的汶水，日夜不息地紧随着你悠悠南行。”既深情，又辽阔无垠，语尽情长。李白的“天边看绿水，海上见青山。兴罢各分袂，何须醉别颜”是开阔洒脱的畅快；“思君若汶水，浩荡寄南征”是绵绵不绝的深情，纯真自然，脱口而出，不着痕迹。

全诗流畅自然，而含蓄蕴藉；感情极苦，而不失豪放本色。

①来：将来，引申为某一时间以后，这里意指自从你走了以后。②竟：究竟，终究。③高卧：高枕而卧，这里指闲居。④浩荡：广阔、浩大的样子。⑤南征：南行，指代往南而去的杜甫。一说南征指南流之水。

诗词AB面

SHICI AB MIAN

诗歌史上最伟大的相遇

李白和杜甫这样百年不遇的诗歌奇才，不仅是生活在同一时空的人，更不可思议的是，他们之间还有交往，并留下了一段可歌可泣、为后人称道的伟大友谊。

与杜甫相见的那年，李白44岁。此时的李白，人到中年，空有满腹才华，却不为权贵所容，被排挤出京城，只落得孤身一人四处飘零。年轻的杜甫尚未经历其他挫折，一腔热血。44岁的李白与33岁的杜甫，两个相差11岁的男人，因为诗歌成为忘年交。

对于李白和杜甫的第一次见面，闻一多曾经饱含激情地写道：“我们该当品三通画角，发三通擂鼓，然后提出笔来蘸饱了金墨，大书而特书。因为我们四千年的历史里，除了孔子见老子，没有比这两人的会面更重大、更神圣、更可纪念的。”

李白的齐鲁渊源

李白一生在漫游中度过，足迹踏遍祖国的大江南北，其诗歌也染上了不同的地域文化色彩。他生活时间最长的地方是蜀，其次是鲁。研究表明，李白寄居东鲁的时间二十余年，这一段“寄家东鲁”的岁月在李白的一生中占有重要地位，尤其是对他的思想和诗文创作产生了很大影响。因此鲁地可以说是李白的第二故乡。

李白寓居东鲁时，漫游各地，探访名胜古迹。据不完全统计，在李白的近千首诗文中，涉及齐鲁自然与人文的就近180首，可见他对这片土地的深厚感情。

名人万花筒

MINGREN WANHUATONG

李白，世间有你才是真正的幸运

坊间有句话“少读李白，老读杜甫”，李白所令人艳羡的，就是这种从天而来、无人能及的盖世才气。洒脱不羁，想落天外，澎湃激情，汪洋恣意。凭己之力，撑起大唐盛世气象。他的一世天真浪漫，令多少人喜爱。“天子呼来不上船，自称臣是酒中仙。”他本可以拎着一壶酒半醉半醒走在长安街市，好好当被世界宠爱的天之骄子。但六十几岁了，他还在愤世不平，出征报国，慷慨从军。他就是这样，有着忘乎所以的热情，有着不可一世的天真，一辈子都怀有少年感。

他开朗自信，胸中有宇宙，心志立天地。他说“仰天大笑出门去，我辈岂是蓬蒿人”“何当凌云霄，直上数千尺”“我本楚狂人，凤歌笑孔丘”，他于这个世界，是可亲的、积极的、闪耀的。可以说，他的才气保护了他的天真，支撑起他的自信；他的天真让他的才气有所容身，让他的自信干净透亮；而他的自信与进取让他始终保持着昂扬的斗志。陈凯歌在《妖猫传》里，借杨玉环说了一句话：“李白，大唐有你才是真正的幸运。”是的，世间有你，才是真正的幸运。李白，你就是这个世界最无可取代的呀！

知识小问答

李白一生中停留最久的地方是？（　　）

A. 蜀（四川）　B. 鲁（山东）　C. 长安（西安）

李益，唐代诗人，字君虞，以边塞诗作名世，擅长绝句，尤其工于七绝。

竹窗闻风寄苗发司空曙①

［唐］李　益

微风惊暮坐，临牖②思悠哉。
开门复动竹，疑是故人来。
时滴枝上露，稍沾阶下苔。
何当③一入幌，为拂绿琴埃④。

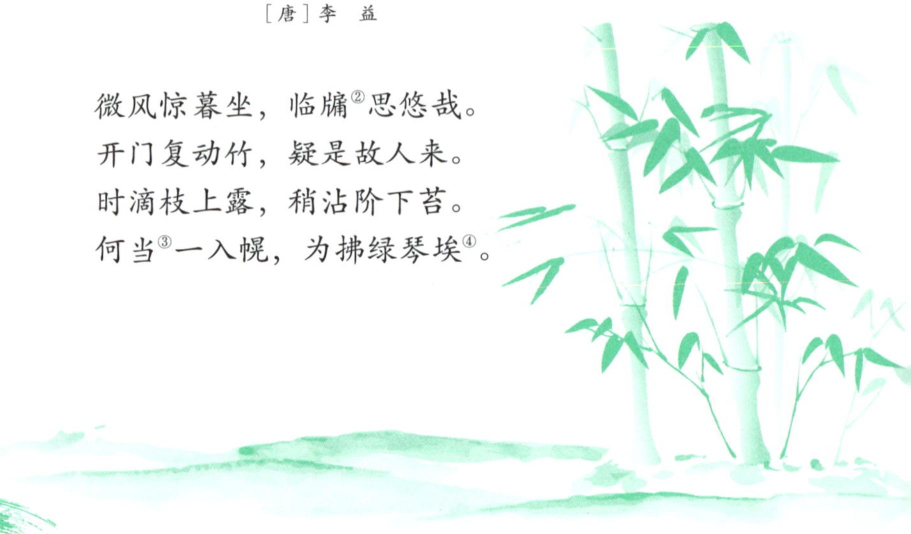

解读赏析
JIEDU SHANGXI

“望风怀想，能不依依？”

“竹窗闻风”四字一现，便可感受到穿竹微风徐徐而来，清爽通透。因风而思故人，借风以寄思情，是古已有之的传统比兴。

首联写的“望风怀想”状态。诗人临窗冥想，百无聊赖。只有微风作响，诗人倍感孤独寂寞，也因此分外思念远方友人。一个“惊”字生动形象地将诗人发呆、被风惊醒的神态表现出来。颔联写的是诗人的内心世界。诗人静听外界声响，微风吹动竹林，声音似有似无，好似友人入门而来。“疑”字巧妙，是将诗人无聊又期待的内心世界显露无遗。

颈联则是以环境写心境。竹叶上的滴露打湿台阶前的绿苔，有动有静，有声有色，环境和意象渲染得十分到位。这静谧凉静的深夜，如同诗人深沉的内心，藏着寂寞与思念。尾联诗人感慨这风太小了，未能掀帘进屋来，为他拂掉琴上的尘埃。语意双关。言外之意是：钟子期不在，伯牙也就没了弹琴的意绪。什么时候，故人真能如风来似的掀帘进屋，我当重理丝弦，一奏绿琴，以慰知音！

此诗匠心独运，才气逼人，有两大妙处，一是动词的连续运用。全诗运用了九个不同的动词：惊、思、开、动、疑、滴、沾、入、拂。将风的动态、人的心态描写得惟妙惟肖。二是以“风”比兴，全诗紧扣“闻风”，诗人因风而惊，因惊而思，因思而疑，因疑而思，因思而望，因望而怨，这一系列细微的内心活动，随风而起，随风递进，交相衬托，生动有致。

①苗发、司空曙：唐代诗人，李益的诗友，都名列“大历十才子”。②临牖（yǒu）：靠近窗户。牖，窗户。③何当：犹何日，何时。④“为拂”句：暗用俞伯牙、钟子期有关知音的典故。

诗词AB面 SHICI AB MIAN

绿琴为何琴

琴是中国传统的拨奏弦鸣乐器，古代称“琴”，亦称“瑶琴”“玉琴”“丝桐”“绿绮”，现代则称“古琴”“七弦琴”。在《诗经》《尚书》中，都有关于琴的记载，从先秦至唐代，琴一直深受人们的喜爱。在《全唐诗》所收的四万八千多首唐诗中，写琴诗约一千五百首。擅长操琴的人，有时也会自己制作琴来用，如楚庄王所造的“绕梁琴”，司马相如所造的“绿绮琴”，蔡邕所造的“焦尾琴”等。中国古代四大名琴即“号钟”“绕梁”“绿绮”“焦尾”。本诗中所指的“绿琴”即“绿绮琴”的简称，在诗中泛指琴。

风雨故人来

《竹窗闻风寄苗发司空曙》中名句“开门复动竹，疑是故人来”系写思人经典作。此类似句子诸多，可溯其渊源。南朝民歌《华山畿·夜相思》：“风吹窗帘动，言是所欢来。”马致远《寿阳曲·洞庭秋月》：“泛蟾光小舟一叶，豫章故人来也。”诗中提及的“所欢来”“故人来”都有异曲同工之妙。

元曲中也有一些诗句有此句式的影子，如《集贤宾·随调煞》：“风送画船开……抵多少月明千里故人来。”张可久《水仙子·梅边即事》：“好花多向雨中开，佳客新从云中来。”最妙的还是清代学者孙星衍的集句联：“莫放春秋佳日过，最难风雨故人来。”简单一句“风雨故人来”，熔铸了多少情怀与诗意，可谓情比天高。

名人万花筒 MINGREN WANHUATONG

唐朝少侠诗人李益

闻一多笔下的“天生一副侠骨，专喜欢管闲事，打抱不平”说的不只是骆宾王，也是许多唐朝诗人。唐朝是任侠之风大盛的时期，诗人之中最富有侠肝义胆的，莫过于李白，其《侠客行》中“十步杀一人，千里不留行。事了拂衣去，深藏身与名”的武侠风范，至今为人所乐道。同样出生于盛唐的李益也深受这种豪侠义气影响，身上流荡着一诺千金、肝胆相照、走马杀人、放浪形骸的游侠气质。

这样的游侠气质，在李益笔下随处可见。其诗有云“白马羽林儿，扬鞭薄暮时。独将轻骑出，暗与伏兵期”，也有“生长边城旁，出身事弓马。少年有胆气，独猎阴山下”。一个个自由来去、走马边塞的少年游侠形象跃然纸上。这些少年游侠形象从某种程度上来讲，寄托了诗人的豪侠意识和建功扬名的思想，体现了李益对不受拘束、不计穷达的理想世界的渴望。也或许因为这种渴望在当时无法实现，李益才会不厌其烦地在他的诗中描写这些潇洒与豪爽的游侠。

知识小问答

李益的主要创作时间是在哪个阶段？（　　）

A. 大历年间　B. 建中年间　C. 贞元年间

杜牧，字牧之，号樊川居士。唐代杰出的诗人、散文家，与李商隐并称“小李杜”。

寄扬州韩绰①判官

［唐］杜　牧

青山隐隐水迢迢②，秋尽江南草未凋。
二十四桥明月夜，玉人③何处教④吹箫。

解读赏析
JIEDU SHANGXI

“明月夜，扬州梦醉。”

扬州对于杜牧而言，是天上人间。此诗虽为调笑之诗，却清丽爽朗，并不轻薄。

起笔“青山隐隐水迢迢，秋尽江南草未凋”。大处着墨，远景毕现：青山逶迤，隐于天际，绿水如带，迢递不断。虽是深秋，草木仍盛，江南之秋，明丽高远。身处北方，诗人非常怀念繁华的扬州。这两句诗，既有呼应（“隐隐”“迢迢”叠用），又有转折（“秋尽江南”与“草未凋”），读来抑扬顿挫，悠扬有致。诗人浓郁怀念的感情也若隐若现。

“二十四桥明月夜，玉人何处教吹箫”点题。诗人设问：繁华独绝的扬州月夜，你在何处让歌女为你吹箫作乐呢？以问语隐隐传出悠然神往的意境。诗人本是问候友人近况，却故意用玩笑的口吻与韩绰调侃，使得韩绰风流倜傥的才貌依稀可见，同时调笑之中还微微流露了诗人对自己“十年一觉扬州梦，赢得青楼薄幸名”的感喟，使此诗平添许多风韵。

江南秋夜，繁华盛世，玉人吹箫，箫声悠扬，这样在风调悠扬、清丽俊爽的画面之中，佐以诗人的调笑寄寓，虽写艳情却不流于轻薄，反而流露出风流才子与江南风光的神之般配，还有无限的遐想：秋尽之后尚且如此美丽，当其春意方浓之时又将如何迷人？这是有着这样“可言不可言之间”的寄托、“可解不可解之会”的意向，使得这首诗读来微妙十足。

①韩绰：事不详，杜牧另有《哭韩绰》诗。时韩绰似任淮南节度使判官。②迢迢：指江水悠长遥远。一作“遥遥”。③玉人：貌美之人。这里是杜牧对韩绰的戏称。一说指扬州歌伎。④教：使，令。

诗词AB面

SHICI AB MIAN

二十四桥是几座桥

二十四桥自杜牧在《寄扬州韩绰判官》一诗中出现后，这座桥便笼罩着朦胧神秘的色彩，成为千百年来，文人墨客魂牵梦萦，心向往之的地方。杜牧之后，不少诗人提及过二十四桥。韦庄《过扬州》：“二十四桥空寂寂，绿杨摧折旧官河。”欧阳修：“都将二十四桥月，换得西湖十顷秋。”黄庭坚：“淮南二十四桥月，马上时时梦见之。”

不过二十四桥也给人们留下了一桩千古疑案：二十四桥究竟是一座桥，还是二十四座桥？姜夔在《扬州慢·淮左名都》中写道：“二十四桥仍在，波心荡，冷月无声。念桥边红药，年年知为谁生？”此情此景，当是指一座桥无疑。但北宋沈括在《梦溪笔谈·补笔谈》中，对扬州的二十四座桥逐一做了落实，并详细记载了二十四座桥的桥名和地理位置。这样看来又似乎是二十四座桥。不管二十四桥是一座桥还是二十四座桥，都给读者极美的艺术体验，成为扬州不可或缺的文化标记。

大历十才子

“大历十才子”是指活跃于唐代大历时期的一个诗歌群体。这个称号最早见于姚合的《极玄集》。“大历十才子”是一个自然形成的流派，他们之间没有组织和宣言，但有着共同的思想基础和审美趣味，遵循着共同的创作原则，又相互唱和，交往密切，所以后人将他们看作一个流派。“大历十才子”诗歌创作的基本类型是山水诗、隐逸诗，也有不少歌颂升平的诗。这个诗歌群体大多擅长五言近体，擅写自然景物及乡情旅思等，语词优美，音律协和，但题材风格比较单调。

名人万花筒

MINGREN WANHUATONG

知心人亦是有情人

写下“十年一觉扬州梦，赢得青楼薄幸名”的杜牧是位颇富同情心的诗人。唐文宗大和年间，杜牧路过金陵，曾为“穷且老”的昔日歌女杜秋，写了悲慨的《杜秋娘诗》；后杜牧在洛阳重逢歌女张好好，又为她沦为“当垆”卖酒之女，而“洒尽满襟”，写下《张好好诗》。这个逸闻也为后人所乐道。

杜牧进士及第后奔赴洪州，开始了长达十多年的幕府生涯。其时江西观察使沈传师辟召杜牧为江西团练巡官。沈家对当时的知名文人都很眷顾，与杜牧的关系也颇为密切。当时，张好好为沈家歌女，杜牧与其结为好友知己。后来沈家将张好好纳为小妾。

大和九年（公元774年）秋，杜牧与张好好在洛阳不期而遇。此时的张好好已经沦落为他乡之客，以当垆卖酒为生。杜牧感慨万分，为她的不幸遭遇而深感同情，于是写了一首五言长篇《张好好诗》赠给张好好。

知识小问答

杜牧以哪一种诗体著称？（　　）

A. 五言律诗　B. 七言绝句　C. 歌行体

元稹，字微之，河南府东都洛阳人，唐朝著名诗人、文学家。

闻乐天授①江州司马

［唐］元　稹

残灯无焰影幢幢②，此夕③闻君谪九江。
垂死④病中惊坐起，暗风吹雨入寒窗。

解读赏析
JIEDU SHANGXI

“病榻之上，放不下一颗静养的心。”

这是一首叙事言情之作，题目点明了写作的背景。首句通过写景，奠定了整首诗的感情基调。灯是“残”的，火焰是将熄的，只有微弱的烛光在墙上投下昏暗摇曳的影子，渲染了一种悲凉寂寥的氛围。这里的残灯也象征着生命即将油枯灯灭，当时诗人远谪通州，身染疟疾，大病数月，几近丧命。就在这时，诗人在病床之上听闻好友白居易被贬江州的消息，病危之人竟然从床上惊坐起。一个“惊坐起”，把元稹对于友人的关心之情表现得淋漓尽致。“惊”是心情，“坐起”是动作，动作随心情而起，没有丝毫犹豫，仿佛忘记自己是病重之身，由此可见元稹对白居易的无限情意。

最后一句，诗人以写景结尾，写惊坐而起所看到的景象。看似平淡，却蕴含千愁万绪。寒窗之外风雨不断，阴凉的风把雨吹进了未关严的窗户。诗人望着窗外，想象友人的处境，定也是这般凄风寒雨。寒意侵身尚有衣物可以御寒，但是冷意侵心，却无法排解。只这一句，就把诗人心中的悲痛、愤懑、惋惜写得婉转深切。

①授：授职，任命。②幢幢：灯影昏暗摇曳的样子。
③夕：夜。④垂死：病危。

诗词AB面
SHICI AB MIAN

元白之交

元稹追根溯源其实是前代北魏皇族拓跋氏的后裔，但是到了唐代，元稹家中已是家境清贫。元稹八岁丧父，但是由于幼时家中藏书甚多，他得以博览群书，少时即有才名。他与白居易同时及第，按照当时的习惯，两人成为“同年”，他们两个人一见如故，很快结成挚友，友谊一直延续到生命的尽头，成为文学史上的一段佳话。

两个人有大量的唱和之作，白居易在《与元九书》中就提到过他们唱和的事情。他们之间的友情可以通过他们的诗歌、书信往来作为印证，就如上文提到的这一首，后来人们就把他们之间这种相互酬唱的诗作称为“元和体”。他们对于文学的一大成就是共同倡导“新乐府运动”，历史上并称“元白”。

诗词小真相
SHICI XIAO ZHENXIANG

续弦的由来

在原配韦氏死后，元稹以其深情的悼亡诗为自己赢得了好名声，为仕途添砖加瓦。但是不久之后元稹便纳妾，之后续娶了裴淑。这虽然被现代人诟病，但是在当时却不足为奇。古代男子三妻四妾被视为常态，而妻子死后娶妻的行为也为人们所接受，称作“续弦”。那么为什么称“续弦”呢?

据说，俞伯牙的妻子很欣赏他的琴技，经常让俞伯牙弹奏琴曲给她听。但是后来，妻子不幸得了重病，病榻之上，妻子想再听听俞伯牙的琴声。于是俞伯牙赶紧搬来古琴，为妻子弹奏了一曲又一曲，听到优美的琴声，妻子露出了欣慰的微笑。正当雅兴正浓时，忽然“嘣”的一声，琴弦断了一根。而就在这时，俞伯牙的妻子猝然离去。俞伯牙痛苦地处理完妻子的后事，便不再弹琴了。

后来，亲戚朋友又给俞伯牙介绍了一个女子。俞伯牙本不想再娶，可禁不住众人的力劝，便答应了。双方见面，彼此都觉得不错，但是女方提出一个条件，想听俞伯牙弹琴。于是俞伯牙把之前为妻子弹断了弦的琴取来，换上一根新弦，为这位女子弹奏了一曲。后来，两人结夫妻之好。这个故事传开后，人们便把妻死后再娶的行为称作“续弦”，同时把妻子去世称为“断弦”。

知识小问答

历史上有名的俞伯牙和钟子期“高山流水遇知音”的典故出自哪本书? （　　）

A.《列子》　B.《庄子》　C.《春秋》

白居易，字乐天，号香山居士，又号醉吟先生，唐代伟大的现实主义诗人。

江楼月[1]

［唐］白居易

嘉陵江曲曲江池[2]，明月虽同人别离。
一宵[3]光景潜相忆，两地阴晴远不知。
谁料江边怀我夜，正当池畔望君[4]时。
今朝共语方同悔，不解多情先寄诗。

解读赏析

JIEDU SHANGXI

“此情可以寄诗达。”

这是白居易给元稹的一首赠答诗。元和四年（公元809年）春，元稹因公事不得不离开京城，离别友人白居易。元稹独自在嘉陵江岸边驿楼中，远望嘉陵江面遥思白居易，便写下七律《江楼月》寄给他，后来白居易写了十二首酬和之作，这是第五首。

诗首句从两人的位置写起，一个在嘉陵江，一个在曲江池畔。他们一起仰望同一个月亮，但是人分别两地。想象之前一起游玩欢聚的情景还在眼前，但是现在连对方所在地的阴晴都没办法知晓。诗人从简单朴实的日常生活着手，表达了两人的深切情思。

颈联“谁料”与“正当”相呼应：早知道如今会在江边思念友人，当初在池畔欢聚的时候就该及时抒发思念之情，免得如今暗自伤神。尾联“共语”和“同悔”说明诗人和友人双方都思念彼此，而如今相隔两地，唯有寄诗来表达情感。全诗情景交融，将心中之情，寄托于景物之中，看似写景，实则句句抒情。

①江楼月：白居易给元稹的赠答诗。②曲江池：一作曲江迟。
③宵：夜。④君：元稹。

诗词AB面 SHICI AB MIAN

白居易为何“逼死”关盼盼

除了与元稹一生挚交的友情故事，白居易还有一桩经常被后人提起的关于写诗逼死关盼盼的事情，这让我们对白居易这个诗人有了更立体的认识。关盼盼是当时有名的才女，不仅貌美如花，而且歌舞才气都十分出众。后来，关盼盼家中发生了变故，家道衰落，一度流落风尘，之后嫁给了当时的徐州太守张愔。夫妻两人恩爱非常。

张愔和关盼盼都很仰慕白居易的才学，恰巧有一次白居易到徐州游玩，他们便请白居易到家中做客。关盼盼特地向白居易展示了自己的绝技《霓裳羽衣曲》，白居易看完之后称赞不已。后来张愔不幸病逝，关盼盼在燕子楼为他守节十来年，其中苦楚，只有关盼盼自己知道。她在燕子楼写下的几首诗稿被张愔曾经的下属张仲素拿给白居易看，白居易看完之后为关盼盼的做法感动不已。他转念一想，既然关盼盼如此恪守妇道，为何不随张愔而去呢？因此他写了几首诗，把自己的想法隐晦地表达了出来，关盼盼看完这些诗，内心五味杂陈，竟绝食而亡。这也引起了后人对白居然此举的争议。

名人万花筒 MINGREN WANHUATONG

江州司马青衫湿

白居易出身于书香门第，祖父曾任巩县县令，父亲也为官，从小受到不错的家庭教育。白居易跟当时的文人一样，走学而优则仕的道路，十五岁准备考进士。除了认真备考，按照当时的惯例，他也拿着自己的作品到长安去拜见名人，以求得到引荐。

29岁的白居易以第四名进士及第，后通过吏部考试，被授予校书郎之职，后来授翰林学士，左拾遗。白居易狂狷的性格使得他被朝中贵臣排挤，后来又因为要求追查宰相被杀之事被冠上“越职进言”的罪名，再加上无端捏造的不孝罪名，白居易被贬江州，之后写下了千古名篇《琵琶行》。被贬江州是白居易仕途和心态的转折点，之后白居易以天下为己任的壮志被消磨了不少，反而产生了隐居的想法。

知识小问答

以下哪首是白居易写的关于杨贵妃与唐玄宗爱情故事的诗篇？（ ）

A.《长相思》 B.《长恨歌》 C.《霓裳羽衣曲》

黄庭坚，字鲁直，号山谷道人，北宋著名文学家、书法家。

寄黄几复[1]

［宋］黄庭坚

我居北海君南海，寄雁传书谢不能。
桃李春风一杯酒，江湖夜雨十年灯。
持家但有四立壁，治病不蕲[2]三折肱[3]。
想得读书头已白，隔溪猿哭瘴溪[4]藤。

解读赏析

JIEDU SHANGXI

“凄风苦雨，愿君保重。”

这是一首寄思之作。当时诗人黄庭坚在德州德平镇（在现在的山东地区），好友黄几复在广东四会，两个地方都属于海滨地区。因此诗人首句就化用《左传》中的典故，以“南海”“北海”说明两人距离之远。接着，诗人又化用鸿雁南飞止于衡阳回雁峰的典故，说明两人没有书信往来的条件，只能遥相挂念。

颔联两句，诗人用简单的名词组合，构成了一幅意境深远的画面：曾经在春风拂面的桃李树下举杯欢饮，如今好友相别十来年，形单影只在这江湖中漂泊，经历风霜雨雪，深夜难以入睡，只有孤灯相伴。颈联依旧化用典故，用司马相如的“四立壁”说明友人为官清廉，而用“三折肱”说明友人政绩突出，也暗含对友人无法重用的同情。

尾联诗人想象友人即使身处困境依旧坚持苦读，就算头发发白也不懈怠，最后通过描写岭南地区恶劣的生活环境点明了诗人对于友人的关心，岭南地区多瘴气，而且隔着溪流经常能够听闻猿声长鸣，十分凄凉悲切。

①黄几复：作者少年时的好友。②蕲（qí）：祈求。
③肱（gōng）：上臂，古代有三折肱而为良医的说法。④瘴溪：旧传岭南边远之地多瘴气。

诗词AB面
SHICI AB MIAN

北海南海风马牛不相及

这是《左传》当中的典故，僖公四年（公元前728年）春季，齐桓公率领诸侯联军攻打蔡国，蔡国军队崩溃，齐桓公进而攻打楚国，楚成王派遣使者传话给齐桓公说："君处北海，寡人处南海，唯是风马牛不相及也。"对于"风马牛不相及"的解释很多，有的解释为两地距离较远，牛马即使走失也不会走到对方的境内，比喻事物之间毫无关系。还有一种解释认为，"风"的意思是兽类雌雄相诱，所以这句话的意思是就像马和牛不会交配一样，齐楚两国没有任何关系，指责齐国为何要攻打楚国。

四立壁，三折肱

"四立壁"和"三折肱"分别是两个典故，"四壁立"化用了《史记·司马相如传》里的句子，说的是当时卓文君与司马相如私奔，来到司马相如家中，发现司马相如"家居徒四壁立"，生活十分贫苦，诗人用这个典故意在说明友人为官清廉。

而"三折肱"出自《左传·定公十三年》，当时晋国内部范氏和中行氏密谋起兵攻打晋定公，晋定公之前失败过，有人认为他又要失败，但是有人说晋定公就像三折肱为良医一样，手臂断了三次，积累了治疗的经验，就可以成为医生，而晋定公只要好好总结经验，就不会失败，因此后来用三折肱为良医比喻痛苦的教训会让人变得精明。

名人万花筒
MINGREN WANHUATONG

黄庭坚：诗名与孝名并存的诗人

黄庭坚是"苏门四学士"之一，以其诗歌盛名，与苏轼合称为"苏黄"，是江西诗派的创始人。江西诗派是一个以杜甫为祖，以黄庭坚、陈师道、陈与义为宗的诗歌流派。该诗派的作诗风格以吟咏书斋为主，重视文字的推敲技巧。

政治上，黄庭坚和苏轼一样，屡遭新党打击，也经历了官场的浮沉。正因如此，他们二人更能体会彼此的心境，也成为好友。当时，北宋党争，苏轼因故被贬至海南，在千里之外的异乡当官，四处奔波。而黄庭坚也受到牵连，在徽宗初年被贬至广西宜州。

在上任途中，黄庭坚与从海南归来的苏轼相遇了。好友相见，本该欢聚，奈何时间仓促，便在路旁的面摊一同就食。面摊只为行人提供温饱的条件，自然不能像酒馆一样美味。于是，面对粗粝涩口的面条，黄庭坚食不下咽，才吃了两口就放下筷子，不住地唉声叹气。苏轼却很快把面条吃完了。看着黄庭坚良久吃不下这汤面，苏轼说："九三郎，难道你还要去咀嚼它吗？"说完，留下尚未回过味来的黄庭坚，苏轼大笑着起身而去。

黄庭坚不仅诗名在外，他还十分孝敬自己的母亲，即使后来身居高位，依旧对母亲竭尽孝诚，因为母亲爱干净，他几乎每天晚上都为母亲洗便桶，在其跟前尽孝。

知识小问答

下面哪位词人与黄庭坚、秦观、晁补之合称为"苏门四学士"？（　）

A. 苏澈　B. 张耒　C. 陈师道

舒亶（dǎn），字信道，慈溪（今属浙江）人，工于小词，思致妍密。

虞美人·寄公度

［宋］舒　亶

芙蓉①落尽天涵②水，日暮沧波起。
背飞双燕贴云寒，独向小楼东畔、倚阑看。
浮生只合③尊④前老，雪满长安道。
故人早晚上高台，赠我江南春色、一枝梅。

解读赏析

JIEDU SHANGXI

“登高楼苍茫，思友人悠悠。”

这首词是词人寄赠给友人公度的作品。除了表达自己的挂念之情，还隐晦地传达出作者因触犯当政者而被撤职后既苦闷孤独又渴望得到帮助的心情。

上阕写景，词人于日暮时分登高远眺，看到荷花落尽，只剩江上水天茫茫，词人的愁绪也随着波涛荡漾而起。秋意秋情秋思涌上心头，与眼前之景融为一体，勾勒出一幅苍茫辽阔的画面。接着词人把视线由平远移向高远，看到一双燕子相背向云边飞去。双燕原指夫妻、情侣，这里喻指自己与友人。“贴云寒”说明燕飞之高，与云比肩，说明离别之远之悲。上阕尾句把视线移到高楼眺望之人身上，着重于“独”字，体现孤独之感。

下阕抒发怀远之情，首句表达时光易逝，在白雪铺满京城之时，唯有饮酒能够稍稍慰藉心灵，暂且忘记岁暮年华的忧伤。接着以想象友人和自己一样思念自己作结，从对方着笔，猜测对方一定会给自己寄赠一枝江南报春的早梅，委婉深切地表达出自己的情感。

①芙蓉：荷花。②涵：包含，包容。③合：应该。
④尊，同“樽”，酒杯。

诗词AB面 SHICI AB MIAN

高台

高台是一种历史悠久的文化建筑，据说从黄帝时期，就开始建筑高台。殷商时期，奴隶主就把房屋建在高高的台基之上，这是为了显示奴隶主的尊严，也是为了防潮。西周到春秋战国时期，是高台建筑的发展阶段，也是鼎盛阶段，不仅筑高台建宫宇，而且当时当权者要求仕求事，都会起高台举办一定的仪式。秦汉以及后来的魏晋时期，高台建筑依旧很流行，像我们熟悉的阿房宫、未央宫、铜雀台都是高台建筑。

不过后来随着佛教的传入和木架结构技术的发展，高台建筑逐渐被佛教的塔和高层阁楼取代，高台建筑慢慢走向衰落，但是高台也逐渐变成一种文化符号，既有登高望远的思乡怀人之情，也有举行祭祀仪式的权力和财富的象征，同时有对山川神仙的崇拜。而在诗歌当中，这些文化意义是比高台的最初意义来得重要的。

名人万花筒 MINGREN WANHUATONG

一位被历史故意遗忘的人——舒亶

舒亶是一位被历史故意遗忘的人。

他是北宋新党的重要人物，在他担任谏官时屡次进谏引发了不少的监狱案件，并且参与了炮制陷害我们伟大诗人苏轼的“乌台诗案”，这件事一直被后来的文人所不齿，“以其人而累其诗，故集不传耳”，因为这件让我们大文豪苏轼被贬的“乌台诗案”，士林人士认为他人品有问题，都故意不传抄他的作品，因此舒亶的作品存世很少，史书上对于他也多加批评。但是“乌台诗案”的爆发绝不单单是因为舒亶的推波助澜，其中的利害关系牵涉到很多人，更与当时的政治背景和党派之争等有诸多关联。

在诗歌方面，他的词继承了花间派的委婉，又不同于花间派，而发展出能够更好地抒发个人情怀抱负和身世离愁的雅化，诗化的宋词推进了宋词的发展。

1083年，舒亶因与尚书省意见相左被逐出京城，在家闲居十年后再次被任用，但入京之后物是人非，上文这首诗是作者为自己的身世感到孤独凄凉并且渴望得到友人信息时所作，情感深切中带着隐隐的绝望。

知识小问答

杜牧曾在《赤壁》中写道：“东风不与周郎便，铜雀春深锁二乔”，这里的铜雀台是谁建造的？（　　）

A. 袁绍　B. 曹操　C. 周瑜

孙道绚，女，号冲虚居士，宋代建安（今福建建瓯）人。善诗词，笔力甚高。遗词六首。

忆秦娥·季温老友归樵阳人来闲书因以为寄

［宋］孙道绚

秋寂寞。秋风夜雨伤离索。
伤离索。老怀无奈，泪珠零落。
故人一去无期约。尺书[1]忽寄西飞鹤。
西飞鹤。故人何在，水村山郭[2]。

解读赏析

JIEDU SHANGXI

“等闲老去年华促，只有江梅伴幽独。”

一个比常人有更敏锐洞察力的女词人，青年守志，孤独终老，不可谓不寂寞。她的内心世界确实是丰盈的，所以她笔下的雪是“悠悠扬扬，做尽轻模样”，灵动活泼。她的孤寂并不是绝望，而是怀着希望孤寂。此词开篇伤怀，寂寞无垠，结尾释然，人间烟火。抒发了词人老来寂寞无奈的情怀，也寄寓了对友人的深切怀念。

上片写女词人孤独的境遇。起句单刀直入呼出“秋寂寞”，继而述“秋风夜雨”，寂寞叠加，更显悲情离索。悲秋时节更思君，风雨之夜念无声。声音、场景、季节都透露着词人不可道语的心情。“伤离索”顶针强调，又前后呼应。词人不禁感怀，等闲老去年华促，他乡友人未可知，无可奈何，只有“泪珠零落”，寥寥数笔写尽寂寞情怀。

下片紧承上情。为何悲情离索？因为“故人一去无期约”，“尺书忽寄西飞鹤”更叫人徒增思念。这里的“忽”字体现两种心情，一种是“意外收到书信”的惊喜，另一种是“怎么才收到书信”的期盼和等待。此词若到此结笔便是普通诗词，但孙道绚笔锋一转，折入另一境界。“故人何在”，“水村山郭”，故人“归樵阳”，过着隐逸的世外生活，抛却了世念尘缘，能有书信问候，已是极佳，又何必拘泥于相会把晤？词至此，好似也不那么孤寂了，反而有点儿宽慰。

孙道绚留传下来的词不多，此词也是佳作了。

①尺书：指书信。
②水村山郭：出自唐杜牧《江南春》，指水边的村庄，靠近山的城镇。

诗词AB面 SHICI AB MIAN

能文有词的宋代女词人孙道绚

宋代才女辈出，李清照、朱淑真自然不必说。据统计，有记载的两宋期间约有78位女词人。宋女词人的诗词不仅构成了宋代文学史上一道亮丽的风景线，而且使得宋词的星空更加耀眼与辉煌。孙道绚亦宋代著名女诗人，生卒年均不详，宋高宗绍兴初前后在世。三十岁丧夫，守志以终。生平著词甚富，晚年时自己将诗稿焚毁。她的儿子黄株重金搜集其母亲留传于民间的诗稿，仅得六首。

《游宦纪闻》载：孙道绚为黄株母，号冲虚居士，富沙浦城人。其“笔力甚高……少聪明颖异绝人，于书史无所不读，一过辄成诵”，就其文学创作来看，孙道绚为文为诗词均颇有水准，《宋诗纪事》亦载：孙夫人“能文有词”。孙道绚存词虽少，但是艺术表现力不弱，几乎每篇作品都达到了相当的水平。

诗词小真相 SHICI XIAO ZHENXIANG

从前慢：古时书信有多美

古时书信有很多很美的别称，如尺牍、尺素、双鲤、鸿雁、函、札、笺等。书信别称的由来，大约可分为四种：

第一，用书写的材质来指代书信，例如：简(简书、简札、简帖)、牍(尺牍、书牍)、札(书札)、帛(帛书)、尺素、尺纸、笺、朵云(云朵)。最有名的莫过于《古诗十九首》中的“客从远方来，遗我一书札”，又如：王洋《回谢王参议启》“尚稷尺牍之驰，先拜朵云之赐”；李商隐《为举人献韩郎中琮启》“仰瞻几阁，伏待简书”；张九龄《当途界寄裴宣州》“委屈风波事，难为尺素传”；等等。

第二，用书写的工具来指代书信，例如：尺翰、书翰、札翰、华翰。翰，本义是指鸟羽。古时曾用羽毛为笔，故用“翰”代称笔，“翰墨”就是笔墨，“翰池”就是笔砚。写信要用笔，因此用与之相关的字词和“翰”构成双音节词来代称书信。如鲍照《拟青青陵上柏》“书翰幸闲暇，我酌子繁舷”；刘禹锡《谢窦相公启》“每奉华翰，赐之衷言”。

第三，用书信的包装来指代书信，例如：函、缄(缄札、缄索)、书筒、双鲤(双鲤鱼、双鱼)。如王禹偁《回襄阳周奉礼》“两月劳君寄两缄”；李商隐《春雨》“玉踏缄札何由远，万里云罗一雁飞”；明张羽《怀友》“携赏邈难期，庶望遗缄素”；等等。

第四，用与书信有关的动作来指代书信，例如：书(尺书、书尺、书问)、启。比如元稹的诗题《得乐天书》；杜甫《春望》“烽火连三月，家书抵万金”；韦应物《初发扬子寄元大校书》。本诗中的尺书，亦是指书信。

小问答 知识

以下哪位著名女诗人不是出生于两宋时代？（ ）

A. 朱淑真 B. 李清照 C. 蔡文姬 D. 孙道绚

柳永，原名三变，字景庄，后改名为柳永，字耆卿，北宋婉约派代表。

玉蝴蝶·望处雨收云断

［宋］柳　永

望处雨收云断，凭阑悄悄，目送秋光。
晚景萧疏，堪动宋玉悲凉①。
水风轻、苹花渐老，月露冷、梧叶飘黄。
遣情伤②。故人何在，烟水茫茫。
难忘，文期酒会，几孤风月③，屡变星霜④。
海阔山遥，未知何处是潇湘。
念双燕、难凭远信，指暮天、空识归航。
黯相望。断鸿声里，立尽斜阳。

解读赏析

JIEDU SHANGXI

“夕阳西下，断肠人在天涯。”

这首词借景抒情，把写景和叙事、忆旧和怀人、羁旅和离别、时间和空间，融汇为一个浑然的艺术整体，余味悠远。篇幅虽长，不难理解。此词较为明显的特点有三：

一是词中有画。“水风轻、苹花渐老，月露冷、梧叶飘黄”，水风、苹花、月露、梧叶等秋日意象组合，用特写镜头把秋天的色泽、质感、氛围展现在读者眼前。在“轻”“老”“冷”“黄”四个形容词的烘托下，一幅冷清孤寂的秋光景物图呼之欲出。

二是词中有情。“故人何在，烟水茫茫”两句统领全篇，思怀毕现。“烟水茫茫”是环境，更是心境。这迷蒙而不可尽见的氤氲水面，恰似作者此时怀念友人、茫茫不知所以的心境，情与景在这里交融。

三是词中有愁。“几孤”“屡变”，言离别之久，旨在加强别后的怅惘。但词中不只有思念友人之愁。“海阔山遥，未知何处是潇湘”句，天大地大，何处是你所在？又何处是我所在？这里道出的是思念之苦，也是作者自己长年羁旅、怅惘不堪的留滞之愁。故而“断鸿声里，立尽斜阳”，无限怅然。

这首词层次分明，结构完整，脉络井然，平中见奇，隽永有味，故能雅俗共赏。

①宋玉悲凉：指宋玉《九辩》，引申为悲秋。②遣情伤：令人伤感。遣：使得。③几孤风月：辜负了多少美好的风光景色。④屡变星霜：经过了好几年。星霜：星一年一周天，霜每年而降，因称一年为一星霜，亦以之喻年月也。

诗词AB面
SHICI AB MIAN

柳永词中的节庆礼俗文化

柳永《乐章集》里除了市井词和羁旅行役词外，还有很多反映都市君民宴安游乐、节庆、宫廷祭祀礼俗的词，描写的大多是国泰民安、经济富庶、社会太平的君民生活。

可分为几类：一是描写皇帝诞辰百官对皇帝朝贺庆祝寿诞礼俗的圣寿词（如《玉楼春·凤楼郁郁》《送征衣·过昭阳》《御街行·圣寿》等）；二是反映宫廷祭祀礼俗场面的祭祀词（如《玉楼春·昭华夜醮》等）；三是节日礼俗（如《玉楼春·皇都今夕知何夕》《长相思·画鼓喧街》等），柳永的节庆礼俗词如一幅幅民俗画，展现了北宋的社会气象和礼俗风情。

“宋玉之悲”是何典故

宋玉之悲，是说宋玉因萧瑟秋景而伤感。语出《楚辞·九辩》：“悲哉！秋之为气也。萧瑟兮，草木摇落而变衰。”宋玉是稍晚于屈原的楚辞作家，《九辩》是宋玉的作品。据《汉书·艺文志》记载，宋玉的作品今存十二篇，有《九辩》《风赋》《高唐赋》《登徒子好色赋》等。《九辩》是宋玉的自述伤情之作，在写法上受《离骚》影响明显。其借秋景以抒孤零之情的手法，因此宋玉也被誉为我国文学“悲秋”之祖。自古逢秋悲寂寥，柳永此词便是借此典故，感怀悲秋。

诗词小真相
SHICI XIAO ZHENXIANG

为何如此有才华的柳永却名落孙山

关于柳永的仕途，可谓是成也诗词，败也诗词。柳永才华横溢，原本以为自己参加科举考试应该轻而易举，没想到名落孙山。于是柳永写了一首词抒发自己落榜后的满腹牢骚。“黄金榜上，偶失龙头望。明代暂遗贤，如何向？未遂风云便，争不恣狂荡？何须论得丧。才子词人，自是白衣卿相。烟花巷陌，依约丹青屏障。幸有意中人，堪寻访。且恁偎红倚翠，风流事、平生畅。青春都一饷。忍把浮名，换了浅斟低唱。”这原本只是柳永科考失意的牢骚，没想到这首词传播四方，让皇帝看到了。

后来柳永参加科举考试，本来已经考中，谁知宋仁宗一看中榜名单中有柳永的名字，就把他的名字给画掉了，并且说：“且去浅斟低唱，何要浮名！”还在他的试卷上批了四个字：“且去填词。”

于是柳永流连花街巷尾，喝得酩酊大醉，还戏谑地称自己是“奉旨填词柳三变”。一生未仕或许是柳永的不幸，但对于词史而言却是大幸。柳永为社会底层著词颇多，坊中有歌：“不愿君王召，愿得柳七叫；不愿千黄金，愿得柳七心；不愿神仙见，愿识柳七面。”

知识小问答

柳永《玉蝴蝶》中的“星霜”是指？（　　）

A. 一年，又指年月　B. 霜露　C. 深夜的星辰

苏轼，字子瞻，又字和仲，号铁冠道人、东坡居士，世称苏东坡、苏仙。

卜算子·感旧

［宋］苏　轼

蜀客①到江南，长忆吴山好。
吴蜀风流②自古同，归去应须早。
还与去年人，共藉③西湖草。
莫惜尊前④仔细看，应是容颜老。

解读赏析
JIEDU SHANGXI

“因为一个人，思念一座城。”

此词虽为感旧，却无伤感之意，通篇读来，朗朗上口，清新可爱。

上阕作者写了对江南美景的怀念。“蜀客到江南，长忆吴山好。”用第三者的身份表述自己作为“客人”初到江南时的惊喜，掩饰不住对杭州的喜爱，即使离开之后依旧长相忆。事实上，苏轼写下了不少的诗篇赞美杭州。如“余杭自是山水窟”（《将之湖州戏赠莘老》），又如“故乡无此好湖山”（《六月二十七日望湖楼醉书五首》之五）。苏轼尽情讴歌和描绘美丽的西湖风光，留下了《饮湖上初晴后雨》《有美堂暴雨》等精美诗篇。在苏轼眼里，苏杭确实是天上人间。因此，他笔下的“长忆吴山好”，完全是出于真诚。“吴蜀风流自古同，归去应须早。”这句诗人把吴、蜀做了比较，表达了早归的愿望。所说的“归去”是指归杭州或是归故乡（蜀地）。如果说开篇一二句表达的是对苏杭山水的喜爱，这两句则表露出对苏杭人文的喜爱。

下阕作者想象归后与友人同游共饮的情景。“还与去年人，共藉西湖草。”两人坐在西湖边碧绿的草地上，共赏美景，赏心乐事，妙不可言。“莫惜尊前仔细看，应是容颜老”，篇末这两句想象两人尽情畅怀大饮，把酒细看。又不禁感慨，怕是许久未见容颜要老些了。共饮的情景，要友人在宴会上仔细看一下，怕是自己容颜变得衰老了。出语坦率而略带诙谐，这是真挚友情的一种自然表露。

言语赤诚，满心欢喜。对杭州是真真喜爱，对友人亦是真真喜爱。读来莫名欢喜。

①蜀客：词人自称。苏轼是四川眉山人，客居江南。②风流：此指风光景致美妙。
③藉（jiè）：坐卧其上。④莫惜尊前：指尽情饮酒行乐。尊前：在酒樽之前，指酒席上。

诗词AB面

SHICI AB MIAN

苏轼为何叫“东坡居士”

苏轼被谪放黄州后，朝廷只提供一点儿微薄的实物配给。而苏轼“俸入所得，随手辄尽”，为了把日子过下去，苏轼决定实行“计划经济”：每月初，拿出四千五百钱分作三十份，悬于房梁上。每天取一份消费。一旦有节余，便放进一只竹筒。等到竹筒里的钱足够多时，他就邀约朋友，或是和夫人沽酒共饮。即使维持着这种最低标准的生活，苏轼带到黄州的钱也花光了。苏轼思索着自己开垦种菜，刚好出门闲逛时看见了黄州城东那片荒芜的坡地。这本是一块被废弃的无名高地，因为它位于城东，让苏轼想起他心仪的诗人白居易当年贬谪到忠州做刺史时，也居住在城东，白居易还写了《东坡种花二首》《步东坡》。所以，苏轼干脆把这块地称为“东坡”。他从此自称“东坡居士”。

苏家日常——以文选婿

苏轼的妹妹苏小妹是个有名的才女。据说，苏小妹曾以文选婿，呈文求婚者不计其数。一豪门公子名方若虚，闻讯后连忙应选。他呈上得意诗文若干篇，谁知小妹一看，淡如白水，难上台面，便提笔在上面批了一联：“笔底才华少，胸中韬略无。”

苏东坡看到小妹的对联，为了避免是非，便悄悄在小妹的联语后面各添一个字，把对联改成：“笔底才华少有，胸中韬略无穷。”方若虚读后欣喜若狂，急于要见苏小妹以表衷肠。苏东坡生怕玩笑开大了不好收场，急忙托故阻止，说：“我妹妹文才是有些，但其貌不扬，脸长，额突（去年一滴相思泪，至今流不到腮边。未出房门三五步，额头先到画堂前）。”方若虚真以为苏小妹很丑，于是怏怏地走了。

名人万花筒

MINGREN WANHUATONG

太过有才以至于错过状元的苏轼

苏轼参加科考时，欧阳修时任主考官。欧阳修依照《大禹谟》中“罪疑惟轻，功疑惟重”这两句话，为考生拟了个策论题目《刑赏忠厚之至论》。

后来，欧阳修在众多考卷中发现了一篇与众不同的策论，策论中举了一个巧妙的例子说：有一个人犯了罪，“司法部长”皋陶非杀不可，并且连说三次。明君尧却说：“宥之，三。”尧也连讲了三次，说算了吧，不要杀头了。欧阳修越看越觉得这篇策论写得好，但由于考卷是密封的，欧阳修也不知道是谁的试卷。欧阳修便猜想如此有才华的考生大概就是自己的得意门生。为了避嫌，欧阳修“忍痛割爱”，把这位考生改成了第二名。

这位考生及第后拜谢恩师。欧阳修一看，咦，竟不是自己的学生，是一个名叫苏轼的四川人。欧阳修好奇地问他，你策论中举的例子是出自哪部书？因为欧阳修号称“书有未曾经我读”。但他从未在书中看过这个例子。苏东坡笑着说那是他“想当然”信手拈来的，没有书中依据。欧阳修暗自惊讶，感到既惊喜又佩服。这位学生有才有谋，敢想敢写。他自己编的这个例子正是“罪疑惟轻，功疑惟重”的最佳诠释。

知识小问答

以下哪个诗人不是“蜀客”？（　　）

A. 李白　B. 杜牧　C. 苏轼　D. 杜甫

王沂孙，字圣与，又字咏道，号碧山。又号中仙，因家住玉笥（sì）山，故又号玉笥山人。

踏莎行·题草窗词卷①

［宋］王沂孙

白石②飞仙，紫霞③凄调，断歌人听知音少。
几番幽梦欲回时，旧家池馆生青草。
风月交游，山川怀抱，凭谁说与春知道？
空留离恨满江南，相思一夜苹花老。

解读赏析

JIEDU SHANGXI

“知音故人，山河旧念。”

这首词是王沂孙怀念挚友周密的题咏词，寥寥数语便道尽友人周密的身世、创作和境界怀抱。词中亦可窥见两人相知之深、情谊之厚。学者史克振曾评论此篇“看似平淡的怀友题咏词，饱含着无限悲恨和凄情。怨慕哀思，青草含愁；幽情苦绪，恨满江南。清劲低回，沉郁顿挫。难言的旧恨新愁，可悲的人事、国事，尽在呜咽泣诉之中”。

上阕开篇以“白石飞仙”“紫霞凄调”来总结周密词的特色。既有姜夔词的“野云孤飞、去留无迹”的清空，又有杨缵词的凄婉情韵。但“断歌人听知音少”。南宋亡国后，两人一别经年，几次在惝倪的梦境中欲回故乡，却梦不到家，令人怅惘。旧居池沼，应已是一池绿水，然而物是人非家难回，几多伤感。

下阕“风月交游，山川怀抱”意义多重。一是提炼出周密的词境。将周密笔下的万千景物与心情笼于其中，清雅而凝重。二是昔日共赏的山河美景依旧，可如今两人分离，“凭谁说与”？三是风月依然，山川破碎，词人与友人身世浮沉如雨打浮萍，行踪无定。即便有满腔愁情，却无诉说之处。三重意义，结笔缓缓道出“空留离恨满江南，相思一夜苹花老”，无限惆怅。

统观全篇，情绪凄苦，悲从中来，作为题咏之作，王沂孙以其极强的概括力，准确精当地概括出了草窗词卷。由此而及的怀友之情，山河旧念，质朴深厚，诚挚动人。

①草窗：即周密。草窗词卷：指周密《苹洲渔笛谱》。②白石：指南宋词人姜夔。周密词即学白石词的清空俊雅。③紫霞：南宋词人杨缵，他善识曲创调。这里指周密的词严于音韵。

诗词AB面 SHICI AB MIAN

“白石先生”是哪路神仙

白石先生是中国古代神话传说中的人物，出自《太平广记 · 卷第七 · 神仙七》。白石先生并不热衷于得道成仙，只是希望长生不老，所以对人间的享乐都不放弃，他经常煮白石当饭吃，又住在白石山中，所以人们称他为白石先生。古代仙人彭祖在世时，白石先生已活了两千岁。彭祖有一次问白石先生：“你为什么不服用可以成仙的药呢？”白石先生回答说：“天上有人间这么多的欢乐吗？我只求不老不死就满足了。再说天上有那么多的神仙，我去侍奉他们，比在人间苦多了。”所以当时人们都称白石先生为“隐居世人的神仙”。此词中的“白石飞仙”是用白石先生指代“白石道人”姜夔。

宋末四大家

王沂孙与周密、张炎、蒋捷并称为“宋末四大家”。他们交往甚密。宋亡之前，四人都过着钟鸣鼎食、雍容华贵的生活。作为一介贵家公子，他们常与友人一起乘船载酒、泛波西湖、吟诗作词，流连于声色歌舞、湖光山色，陶醉在西子湖畔的软风香尘中。他们在仕途上不太通达，就寄情于山水，效仿姜夔，仰慕晋宋间人物，追求独善其身。宋末四大家继承了姜夔词清雅的传统，又融入词的情志，提高了词的格调。遗憾的是，南宋覆亡后，王沂孙诸人由豪华的贵公子沦落为四处漂泊、寄人篱下的遗民。

名人万花筒 MINGREN WANHUATONG

《花间集》与《花外集》的交集

后蜀赵崇祚纂集成《花间集》十卷，收录了18位词人的作品，凡500首。《花间集》是最早的文人词总集。欧阳炯《花间集序》云：“绮筵公子，绣幌佳人，递叶叶之花笺，文抽丽锦；举纤纤之玉指，拍按香檀。不无清绝之词，用助娇娆之态。自南朝之宫体，扇北里之倡风。”《花间集》主要抒写男欢女爱之情，言情不离伤春伤别，场景无非洞房密室、歌筵酒席、芳园曲径，充斥着脂香腻粉的气息。后人将其风格概括为“花间词风”。

王沂孙将自己的词集取名为《花外集》，似乎表明有意超脱花间蹊径，追求雅正，开创新的词境、词风。王沂孙也确实做到了这一点。王沂孙青年时期的词作，还有花间词的味道。南宋灭亡之后，王沂孙常用词来表现故国之思和故土之恋。其词的艺术特色是不黏不脱、不滞色相，用典贴切、精思巧构，沉郁顿挫、立意高远。可以说，王沂孙的词作，提供了一种独特的审美范式，丰富了诗词苑囿，为词学的发展做出了贡献。

知识小问答

以下哪个词牌名不是《踏莎行》的别名？（　）

A. 虞美人　B. 柳长春　C. 踏雪行

本章知识小问答答案

第 71 页　正确答案：A. 南浦

第 73 页　正确答案：B. 望帝

第 75 页　正确答案：A. 黄州

第 77 页　正确答案：A. 古琴

第 79 页　正确答案：B. 同贫贱共患难的夫妻，永诀时的哀切更深

第 81 页　正确答案：A. 蜀（四川）

第 83 页　正确答案：A. 大历年间

第 85 页　正确答案：B. 七言绝句

第 87 页　正确答案：A.《列子》

第 89 页　正确答案：B.《长恨歌》

第 91 页　正确答案：B. 张耒

第 93 页　正确答案：B. 曹操

第 95 页　正确答案：C. 蔡文姬

第 97 页　正确答案：A. 一年，又指年月

第 99 页　正确答案：B. 杜牧

第 101 页　正确答案：A. 虞美人

知交篇

ZHIJIAOPIAN

知交，是彼此相知而结交的挚友，是千万人中可遇不可求的知音，是一个眼神就能明白你所愿的知心朋友，是哪怕分隔天涯也不会忘却的存在。

白居易，字乐天，号香山居士，又号醉吟先生，祖籍太谷。

梦微之①

［唐］白居易

夜来携手梦同游，晨起盈巾泪莫收。
漳浦②老身三度病，咸阳宿草③八回秋。
君埋泉下泥销骨，我寄人间雪满头。
阿卫韩郎相次去，夜台茫昧④得知不？

解读赏析 JIEDU SHANGXI

“梦中同游，恍惚时光回转。”

这是一首悼亡诗，是白居易在好友元稹去世九年后写的。首句诗人从梦境入手，梦中两人同从前一般，秉烛夜游，欢快畅谈，举杯尽兴。但是后半句急转直下，写诗人早晨醒来，泪水沾满巾帕，悲痛之情从心底升起，又无限荡漾开去。

颔联诗人写自己这渐渐衰老的身躯在南方小镇已生过几次病，而时光易逝，长安城那些墓地上的草也经历了八年春秋。如今好友长眠九泉之下，泥土渐渐侵蚀了骨头，有一天将与大地融为一体。而诗人自己，也只是带着满头的白发暂时客居于人间，将来有一天，也要在地下相见。颈联作为千古名句，其中蕴含的深切怀念之情不禁让人为之动容和无限伤怀。

尾联诗人如同话家常般，跟故友元稹诉说人间的事情，微之啊，黄泉之下渺茫昏暗，你自己要好好保重。你可能不知道，你的小儿子阿卫走了，你的女婿韩郎也走了，我告诉你一声，你不要挂念。但是诗人自己也知道，这些话，是没有办法得到回应的。

①微之：作者好友元稹。②漳浦：地名，今福建漳州南部。
③宿草：指墓地上隔年的草，用为悼念亡友之辞。④茫昧：模糊不清。

元稹有几个孩子

在白居易这首诗中提到了阿卫和韩郎，这里的阿卫是元稹的小儿子，韩郎是元稹爱婿，他们都先后离世。从元稹一些诗作和历史记载里，元稹应该有六个儿子一个女儿。他和韦丛育有五个儿子和一个女儿，女儿唤作保子，但是儿子不幸都夭折了。韦丛死后，他与续娶的裴淑还育有一个儿子，据说白居易也是同年生子，但是两年后元稹就去世了。

古代坟墓有哪些称呼

古人是很看重坟墓选址的，认为好的下葬地点能够荫庇子孙后代，同时为了避讳或者表达情感，也衍生出不少坟墓的别称。例如，他们把英雄的坟墓称为英雄冢，把女子的坟墓称为香丘或者青冢。此外，帝王之墓，称为陵，而皇妃之墓，称为园寝。在诗文里，我们也会看到茔、垄、穴、封堆、九源、京观以及本诗提到的夜台等，都是指坟墓。因为闭于坟墓，不见光明，所以称为夜台，后来也用来指代阴间。

母亲的言传身教，胜过诗书万卷

一个孩子的成长跟家庭教育的好坏密不可分，而在古代，家庭教育的承担者大多是母亲，因此，母亲对于孩子的影响非常大，被誉为“元才子”的元稹有后来文学上的成就，与母亲对他的教育分不开。

元稹虽然出身于书香门第，但是他的父亲在他八岁的时候就生病去世了。他的母亲郑氏是元稹父亲的第二任妻子，丈夫去世，妻儿没有经济来源，他的母亲郑氏只好带他回凤翔投靠娘家，但是嫁出去的女儿泼出去的水，郑氏回娘家也只是暂得一处容身之地，他们一直过着艰难的生活。好在元稹的母亲郑氏是一位伟大贤能的女子，她不仅想办法供给元稹基本的衣食需求，还在家找了个位置，弄了间小学馆，亲自教授元稹诗书，并鼓励元稹通过科举考试改变命运，后来白居易知道之后，对元稹母亲称赞不已。

元稹天赋过人，学习能力很强，九岁便能作诗，才华显露，为了早点儿改变现状，他很早就参加科举考试，十五岁时便明经及第。虽然明经科比进士科简单一点儿，但也是不易。自此，元稹算是不负母亲所望。

知识小问答

下面哪一篇是元稹写的传奇小说，后来被改编为戏曲千古传唱？（　　）

A.《莺莺传》　B.《西厢记》　C.《牡丹亭前传》

李白，字太白，号青莲居士，又号“谪仙人”，唐代伟大的浪漫主义诗人，被誉为“诗仙”。

赠孟浩然

［唐］李　白

吾爱孟夫子，风流①天下闻。
红颜弃轩冕，白首②卧松云。
醉月频中圣，迷花不事君③。
高山④安可仰，徒此揖清芬。

解读赏析
JIEDU SHANGXI

“高山仰止，独君一人。”

通常古人写诗讲究含蓄美，无论是抒情还是泄愤都说得委婉含蓄。但是我们的“诗仙”李白可不管这些，首句直截了当地表白孟浩然：我爱孟夫子啊，因为你才华横溢，风度潇洒，胸怀坦荡是天下皆知的。这里的“夫子”是对于孟浩然的尊称。

颔联中，李白还是毫不吝惜自己的赞美之词，字里行间都是对孟浩然的崇敬之情。称赞孟浩然年轻时就对官职仕途荣华富贵不甚看重，而老年之后也过起隐居生活，与这代表高洁的青松和白云相伴，品质高洁。一个“卧”字，把孟浩然那种神情疏朗，潇洒自如的形象刻画得十分生动。

颈联则写了孟浩然惬意自在的隐居生活，几次把酒临风，沉醉于清风明月之下，迷失在花丛中，流连忘返以至于不想侍奉皇帝，表现了孟浩然对于仕途富贵的淡泊。中间两联描述了孟浩然身上优秀的品格，诗人忍不住在尾联再一次表达了自己的敬佩之情：孟夫子你的品格如同高山般巍峨，我怎么能够仰望到呢？只能在此遥遥望着你，诚心地作揖致敬了。

①风流：指有文采，擅辞章，风度潇洒。②白首：白头，指老年。
③事君：侍奉皇帝。④高山：指品格高尚。

诗词AB面

SHICI AB MIAN

中圣是什么

曹魏时期，曹操严禁下属私自饮酒。有一个叫徐邈的尚书郎，十分喜欢喝酒。有一次他私自饮酒，违犯禁令，当下属向他询问事务的时候，他竟说“我是中圣人”，意思是自己喝酒了。因为曹操下的禁酒令，因此当时人们避讳说“酒”字，就把清酒叫作圣人，浊酒叫作贤人，“中圣”就是喝醉酒之意，而且是饮清酒而醉。

高山景行

“高山安可仰，徒此揖清芬”这一句用了《诗经·小雅·车舝》中“高山仰止，景行行止”的典故，这句话本来的意思是说抬头仰望高山，沿着宽阔的大路往前走，后来司马迁又在《史记·孔子世家》中用这两句话来赞美孔子，同时在后面加上了“虽不能至，然心向往之”。意思是虽然不能达到这种程度，但是心里是非常向往的，李白在此就借用了这个意思，表达了自己对孟浩然的景仰之情。高山后来也有品德高尚的意思。

诗词小真相

SHICI XIAO ZHENXIANG

古代诗人之死

俄国诗人莱蒙托夫为了悼念普希金写有一篇《诗人之死》，表达了自己的哀痛。诗人因其不朽的诗篇或者富有魅力的人格存活在我们心中，但是归根结底，他们如所有人一样，都只是普通人，要经历无法跨越的死亡终点。但是又因为他们身负诗名，不同于常人，所以我们为他们的辞世而无限惋惜。

我们所熟悉的很多诗人，他们有的安享晚年，有的英年早逝，有的死于非命，有的疾病缠身，不尽相同。比如写下名垂千古的《滕王阁序》的王勃，少年英才却不幸溺水早逝，年仅27岁，给后人留下了无尽的叹息。除此之外，还有李贺、夏完淳等，他们都是天妒英才，不幸早逝。

也有的诗人疾病缠身，痛苦而亡。诸如我们伟大的诗人杜甫，晚年多种疾病缠身，还过着穷困潦倒的生活，一度连饭都吃不上。而孟浩然则是背部受伤而后又受到感染，因饮食不当而感染身亡。还有卢照邻晚年半身不遂，生活不便，痛苦不堪。他们一生以天下为己任，却终究拯救不了一己之身。

像嵇康、谢灵运、陈子昂、王昌龄等虽然没有疾病缠身，但是生逢乱世，或者政局动荡之时，不幸死于战乱或政变之中。只有幸运如陆游、沈德潜、袁枚等人得以安享晚年，自然终老，也算成全了后人的心愿。但是最浪漫的当如传说中李白的死亡。李白的死因至今仍然是个谜，但是大家更愿意相信“捞月”的版本。据说李白在一次饮酒之后，湖中捞月而亡，死得神秘，浪漫而充满幻想。无论生死，这些诗人，永远活在后人心中。

知识小问答

在李白被征召到长安之后，是在玉真公主和哪位诗人的推荐下，得到了唐玄宗的接见？（ ）

A. 王维 B. 王昌龄 C. 贺知章

杜甫，字子美，自号少陵野老，唐代伟大的现实主义诗人，与李白合称“李杜”。

天末[1]怀李白

［唐］杜　甫

凉风起天末，君子[2]意如何。
鸿雁几时到，江湖[3]秋水多。
文章憎命达，魑魅喜人过。
应共冤魂[4]语，投诗赠汨罗。

解读赏析
JIEDU SHANGXI

“关心，可以是一草一木，可以是阴晴风雨。”

这首诗是杜甫挂念李白的诗作。首句以凉风写起，设想李白在流放时的情景：你那里现在应该是凉风乍起的时候了，你过得怎么样呢？心情如何？接着颔联用诗歌中常见的意象“鸿雁”来喻指书信。诗人不知道寄去的书信何时能够到达，而这一路充满风险，诗人心中有无限的忧虑。担心友人路途奔波，担心人事变迁，担心会遭遇不测。

颈联从天下文人的命运说起，说很多有文才的人总是命途多舛，而那些邪恶势力的坏人却在背后幸灾乐祸。暗指李白被贬实际上是受到了奸人的陷害，诗人在此为李白打抱不平。

尾联用了屈原投江的典故，说明李白也是抱着爱国之心跟随永王李璘，却受到诬陷而被流放，跟屈原有相似的经历，而且两人的文采都出类拔萃，李白可以把诗投到汨罗江中与屈原共赏，共同诉说内心的不平。

全诗情感真切而婉转，充满了诗人对好友的牵挂之情。

①天末：天的尽头。秦州地处边塞，犹如天之尽头。②君子：指李白。
③江湖：喻指充满风险的路途。④冤魂：指屈原。

诗词AB面 SHICI AB MIAN

魑魅魍魉魃魈魁分别是什么

诗中的魑魅原是指小鬼，后来喻指小人。那他们分别是什么鬼呢？魑（chī），是传说中的山神；魅（mèi），是指传说中的山间精怪。鲍照在《芜城赋》中说：“木魅山鬼，野鼠城狐，风嗥雨啸，昏见晨趋。”魍（wǎng）和魉（liǎng）也是山川木石中变化而来的小鬼，爱捣乱，后来人们经常用魑魅魍魉来泛指祸害人的山间鬼怪或者引申指人间各式各样的坏人。

魃（bá），也叫旱魃，传说中能引起旱灾的鬼。在《山海经·大荒北经》里谈到，据说穿着青色的衣服，是黄帝的女儿。魈（xiāo），晋代葛洪在《抱朴子·登涉》中说，山魈，山中精怪，山精形如小儿，独足向后，夜喜犯人，名曰魈。魁（kuí）是北斗星中第一星，也是第一星至第四星的总称，同时魁还是中国神话中所说的主宰文章兴衰的神。

名人万花筒 MINGREN WANHUATONG

李白为何被流放夜郎

唐天宝十四年（公元755年），以安禄山、史思明为首的“安史之乱”爆发，李白避居庐山，恰在此时永王李璘出师东巡，出于保家卫国的信念，李白应邀入幕，成了李璘的幕僚。

当时唐王朝同安史叛军相对抗的势力主要有两股：一股以太子亨（即肃宗）为首，一股以永王李璘为核心。李白入幕后，劝说永王灭贼，但是永王李璘擅自出兵东巡，导致后来肃宗发兵征讨李璘，李璘兵败自杀，李白也因此受到牵连，在浔阳入狱。后来幸得崔涣和宋若思营救，从狱中出来，成为宋若思的幕僚，李白受到宋若思的重视，并以宋的名义再次向朝廷推荐，希望能再度得到朝廷的任用。但不知为何未见任用，反以“从逆”罪被判流放夜郎，夜郎在现在的贵州遵义附近。

李白被押解着从江西出发，沿着长江西上。那年正值全国大旱，肃宗按照古来“天人合一”的理论，认为是百姓生怨，使得上苍发怒，不降甘露。另外，肃宗也为了庆祝新立皇太子，就下了一道大赦令，释放全国被判刑的罪犯。当时李白在流放路上，刚走到白帝城便接到了赦令，于是，他便掉头返回。在返回途中，写下了千古名篇《早发白帝城》。

知识小问答

下列哪一首不是杜甫在深刻感受民间疾苦后写下的“三吏三别”的诗作？（　　）

A.《新安吏》　B.《无家别》　C.《阳关吏》

刘长卿，字子房，宣城人，唐代诗人，大历诗风的代表。

碧涧别墅①喜皇甫侍御②相访

［唐］刘长卿

荒村带返照③，落叶乱纷纷。
古路无行客，寒山独见君。
野桥经雨断，涧水向田分。
不为怜同病，何人到白云。

解读赏析 JIEDU SHANGXI

“你若安好，便是晴天。”

这是一首感于友人来访的作品。题目中一个“喜”字点明了诗人对于友人来访的欣喜之情，当时诗人被贬，心情自是不佳，但是友人到访，给愁苦的心境增添了一份不一样的色彩。

首联诗人以秋天特有的落叶纷飞的场面，极力渲染了一种凄清萧索的氛围。夕阳西下，诗人住所周围的一切都笼罩在落日的余晖中，这是静态的凄清。接着诗人以一个“乱”字写落叶纷纷，这是动态的萧索，不仅落叶乱飞，诗人心中也是愁绪纷乱。

颔联用“古路”和“寒山”写出诗人住所的偏僻，门前冷落，早已没有行人来往，但是不经意间却发现远处友人竟然独自上山来访。一个“独”字突出人烟稀少和友人的赤诚之心，也呼应了题目中的“喜”。因“独”而更显“访”的珍贵。

颈联点明了友人来访时恶劣的气候特征和艰难的行走状况：正是山野小桥被暴雨冲断，山涧溪水漫过河岸向田野流去的时候，道路应是泥泞不堪，行走困难，但是友人依旧到来。要不是因为心意相通，同病相怜，谁会到这白云深处、幽深僻静的地方来呢？全诗既有对友人来访的喜悦之情，也有对自己与友人同病相怜的唏嘘之叹，情感婉转深切，让人动容。

①碧涧别墅：诗人所居住所。
②皇甫侍御：即皇甫曾，宫中侍御史，诗人好友。③返照：夕阳的余晖。

诗词AB面
SHICI AB MIAN

复姓的由来

日常生活中，或多或少都会遇到一些姓氏是两个字的情况，这就是复姓。复姓的由来有很多种，有的是由封邑而来。如令狐氏，据说是周朝时有个名叫魏颗的人建立战功，受封于令狐邑，后人就以“令狐”为姓；又如段干氏，老子裔孙李宗受封于段干，其后人就以“段干”为姓。此外，还有梁丘、上官、钟离等复姓，都属于这种情况。

有的则是因居地而来。如东郭氏，周朝时齐国公族大夫有居住在国都临淄东郭的，后人便以“东郭”为姓；又如闾丘、南门、西门等复姓，也是因居地而得。还有一种，由官名、王父之字、爵系、族系而来，如司马、司空、司徒等复姓都由官名而来。

诗中提到的“皇甫”也是一个复姓，这个复姓出自西周后期。当时宋戴公有个儿子叫公子充石，字皇父。皇父的孙子以祖父字为姓氏，称作皇父氏。古代“父”与“甫”同音也通用，因此西汉时皇父鸾从鲁国地迁徙至汉武帝陵墓，把皇父改为皇甫，称为皇甫氏。皇甫这个复姓也就流传了下来。

名人万花筒
MINGREN WANHUATONG

仕途坎坷的刘长卿

对于刘长卿，大家比较熟悉的应该是他的那首《逢雪宿芙蓉山主人》：“日暮苍山远，天寒白屋贫。柴门闻犬吠，风雪夜归人。”当时刘长卿人生中第二次被贬，心灰意冷退居碧涧山庄家中。百无聊赖之际，诗人独自出游，不料风雪来临，诗人只得投宿芙蓉山的一户人家，来时山路坎坷，站在看似简陋如今却能够遮风避雪的白屋前面，看着远处笼罩在夕阳余晖下的山丘，诗人心中应该有无限的感慨。

和大多数诗人一样，刘长卿在仕途上也是坎坷不断。刘长卿中进士之后，先任监察御史，后被贬为南巴尉，但是刘长卿并没有真正去任职。后来刘长卿出任转运使判官，但是被吴仲孺诬告贪污，被投入监狱。至于被贬，史书上说的“性刚，多忤权门”大概是最重要的原因了，身在官场，性格刚正又能够保全自身的不多。

诗人遭诬陷后贬官到睦州当司马，他在碧溪坞建筑“碧涧别墅”，作为自己的落脚之地。两度被贬让诗人对政治失去了当初的热情，他独居于此，与山林为伴，与日月为伍。难得好友皇甫侍御还记得自己，雨后来访，两人在碧涧别墅倾诉衷肠。皇甫曾与刘长卿也是同病相怜的患难知己，因而也更为交心。

虽然仕途不顺，但是刘长卿对自己在诗歌上的才华却是十分“自负”的，他曾自诩为“五言长城”，而且每次写诗的时候落款都不写姓，只写“长卿”二字，认为天下没有人不认识他。

知识小问答

上文这首《碧涧别墅喜皇甫侍御相访》是一首什么类型的诗？（　　）

A. 五言律诗　B. 五言绝句　C. 五言古诗

王维，字摩诘，号摩诘居士，盛唐著名诗人，有“诗佛”之称，著有《王右丞集》。

少年行

［唐］王 维

新丰美酒斗十千①，咸阳②游侠多少年。
相逢意气为君饮，系马高楼垂柳边。

解读赏析
JIEDU SHANGXI

“鲜衣怒马，少年游。”

盛唐都市繁华，市井中充斥着各色人等，展现着多样的生活方式，游侠便是其中一种。王维这首诗即描绘了唐代游侠与朋友市井相逢的生活图景。

前两句陈述了当时社会存在的两个现象：一个是新丰的美酒醇香而价高，一个是长安的游侠潇洒而年少。一说酒，一说游侠，看似毫无关联，实则是为后两句做铺垫。

第三句承上，巧妙地将游侠和酒联系在一起。少年游侠血气方刚，快意恩仇，轻生死，重豪情，遇到意气相投的朋友，怎能无好酒相伴？就算新丰酒价值万贯，也要与君携手到酒楼畅饮。

落句写景。游侠和朋友来到一处高筑的酒楼，只闻酒香四溢，醉了指尖清风，软了楼旁垂柳。“系马高楼垂柳边”，“柳”有“留”意，诗人借此表达游侠与朋友之间的依依不舍之情。此时，楼上，两个好友把酒言欢，楼下，两匹骏马静静等待；楼上，人声嘈杂，楼下，骏马无言。诗人在一高一低和一动一静的对比中，将楼上、楼下的两个情景完美地融合，相映成趣，使画面更具结构美。

整首诗表现了游侠洒脱不羁、重义轻利的精神品格，诗人笔法恣意跳荡，刻画画面鲜明灵动，其情其景，如在眼前。

①斗十千：指美酒名贵，价值万贯。
②咸阳：本指战国时秦国的都城咸阳，这里代指唐朝都城长安。

诗词AB面
SHICI AB MIAN

组诗何以成诗

在古今的诗篇中，存在着一种独特的现象，即同一个诗名对应着多篇诗作，且采用同一体裁，表现同一主题，这样的诗便叫作组诗。而构成组诗的每一首诗之间既有紧密的内在联系，又可单独成诗。与单体诗歌不同，组诗的结构形态多种多样，有联章组诗、联句组诗、同题共作组诗，还有因某种目的编辑而成的编辑组诗。组诗有少有多，有时两三首，有时几十首。数量上的优势使组诗比单体诗能更全面、更广泛地表现诗人的内心情感，因而受到许多诗人的偏爱。如李白有《古风五十九首》，杜甫有《秋兴八首》。《少年行》便是王维《少年行四首》中的一首。

鱼龙混杂的游侠圈

唐人思想开放，个性昂扬，尚义任侠是当时社会的一大风气。而作为反映社会生活的载体，文学创作亦不乏对这种社会风气的体现。唐传奇《虬髯客传》中讲述了著名的“风尘三侠”的故事，《全唐诗》中也存在着以“游侠”为题的诗篇。诗人们歌颂着游侠身上所拥有的精忠报国、行侠仗义和不拘小节等优良品质。但是，游侠当中，鱼龙混杂，既有锄强扶弱、保家卫国的正义之士，也有杀人抢劫、横行乡里的不法之徒。前者是盛唐少年游侠中的主流群体，也是诗人们极力歌颂的对象，后者是游侠群体的阴暗面。

名人万花筒
MINGREN WANHUATONG

王维：因诗获赦的幸运儿

“安史之乱”爆发，叛军攻陷长安，安禄山关押了一批名人，逼迫他们投诚，王维也在关押之列。面对叛军，王维有如秀才遇上兵，无力正面反抗，便暗中服药让自己生病，饶是如此，仍没有逃脱安禄山的掌控。不过，的确有成功脱逃之人，比如杜甫，可能是因为杜甫在当时的名气不及其他名人，所以有机会逃出去，而王维的诗才、画才和音乐之才声名远播，连安禄山都“素怜之”，可谓焦点人物，出逃难上加难，最终被迫出任伪职。

战乱平定后，奖惩自然成为唐王朝的第一件要务。参与平定的有功之臣，要奖；身陷伪朝的官员，要罚。曾出任伪职的王维却得到了赦免，这其中固然有其弟王缙自请削官以为兄赎罪的功劳，更多的则是因为王维在“安史之乱”期间作的一首《凝碧诗》，诗云：“万户伤心生野烟，百僚何日再朝天？秋槐叶落深宫里，凝碧池头奏管弦。”其中“百僚何日再朝天”明确地表达了自己坚贞的心志，获得了唐肃宗的赞赏。

在学而优则仕的理念熏陶下，诗文功底常常是古代文人得以进阶的凭仗。但诗文对士人命运的影响是双面的，有因诗得到统治阶级青睐从而青云直上的，也有因诗触怒当权者从而遭受牢狱之灾的。王维是幸运的，他作了一首诗，成为能够自证其身的有力证明。

知识小问答

“味摩诘之诗，诗中有画；观摩诘之画，画中有诗。”是哪位诗人对王维的评价？（　　）

A. 苏轼　B. 严羽　C. 欧阳修

杜甫，字子美，自号少陵野老，唐代现实主义诗人，被誉为“诗圣”，有《杜工部集》。

客 至

［唐］杜 甫

舍南舍北皆春水，但见群鸥日日来。
花径不曾缘客扫，蓬门①今始为君开。
盘飧市远无兼味②，樽酒家贫只旧醅③。
肯与邻翁相对饮，隔篱呼取尽馀杯④。

解读赏析
JIEDU SHANGXI

“诗意地栖居。”

成都草堂落成后，颠沛流离的诗人终于有了栖息的港湾，这首诗便是诗人在草堂居住期间所作。

诗人先写草堂周围的自然环境，描绘出一幅清爽怡人的水墨乡村图：草堂坐落在两川春水之间，清风徐来，点点群鸥贴着水面起起落落，偶尔有三两只停落在草堂屋顶上。首联既交代了草堂明丽如画的春景，又道出了家中访客稀少、每日只有群鸥相伴的落寞。

颔联写迎客之景，更加突出了家中冷寂。因为无人造访，所以诗人放任落花铺满小径，从不打扫，而那简陋的草门，也是因为好友前来探望才第一次打开。

客人的到来为草堂添上了些许喜意，诗人心中分外愉悦，待客真挚而殷勤。一番寒暄之后，诗人为客人准备好了酒菜，但是，由于“市远”和“家贫”，桌上菜肴简单，酒水陈旧。诗人在颈联将生活的拮据如实相告，可见，诗人与来客非常相熟，双方都不拘小节，举杯对酌，极为尽兴。

酒意浓浓之际，诗人忽然想到隔壁爱喝酒的老翁，就向客人征求意见道：“如果你不介意，那我就去篱笆墙旁把隔壁的老翁唤过来一同畅饮。”以问句作结，使人浮想联翩，意犹未尽。

这首诗朴素而细致，简单而有趣。通过一次平常的客至，江村的美景，草堂的幽清，民风的淳朴，都得以一一显现。

①蓬门：用蓬草编成的门户，以示房子的简陋。②兼味：多种美味佳肴。
③旧醅：隔年的陈酒。④馀杯：余下来的酒。

诗词AB面
SHICI AB MIAN

古人做客有讲究

古代礼仪知识丰富而复杂，有吉礼、喜礼、宾礼、军礼和凶礼五礼之说，其中，宾礼指的就是宾客之间的礼仪。五礼之中，宾礼普通常见却不容小觑，上至宫廷宴会，下到百姓饭局，宾礼都是保持和谐主客关系的必做功课。那么，在古代，去别人家做客，都要注意些什么呢？这里简略介绍几点。首先，登门拜访总要拿点儿东西才好，《周礼》中说："以禽作六挚，以等诸臣。孤（帝王）执皮帛，卿执羔，大夫执雁，士执雉，庶人执鹜，工商执鸡。"来到主人家里，是不能随便落座的，父子不能同席，男女不能同席，同席而坐时要遵循"长者先，卑者后"的原则。和主人聊天时，要等主人先发问，《礼记》中说："主人不问，客不先举。"意即不要抢主人的台词。

一生低首杜工部

杜甫在创作上受到后世众多诗人的推崇与模仿。南宋时期，有一个人特意从杜甫的诗篇中选摘诗句，根据表情达意的需要，对其进行灵活组合以生成新诗，并整理成册，名为《集杜诗》，该诗集包含五言绝句多达200首，这个人便是文天祥。杜甫以诗歌记录时代，文天祥也用诗歌记录了自己的生命历程与人生选择，他在《集杜诗（自序）》中说："凡吾意所欲言者，子美先为代言之……予所集杜诗，自余颠沛以来，世变人事，概见于此矣。"

名人万花筒
MINGREN WANHUATONG

杜甫：失落的"京漂族"

"北漂一族"早已经成为一种现象，他们之中，有的人一展宏图，成功实现自己的理想；有的人普通平庸，饱尝生活的艰难，心中仍怀有一份希望。

翻开历史的画卷，在"漂"这件事上，今天的"北漂一族"和古代的"京漂族"有着跨时空的共鸣。唐代都城长安，是一众有志之士"漂泊之地"的首选。但是，与李白、王维、孟浩然、白居易等同是选择京漂的大诗人相比，杜甫的京漂经历怕是最为不幸和曲折的了。

繁华长安，居大不易。如果自身经济条件不错，尚可维持体面的生活；如果家境惨淡，不能承受米价、房价等高昂的生活成本，那么在长安生活便凄凄惨惨戚戚了。当然，长安的机会还是很多的，一来你可以凭借万人瞩目的才华，一鸣惊人，短时间内获得统治阶级的青睐，比如王维；二来若是无力结交权贵，你也可以参加科举考试，获得功名，比如白居易。

遗憾的是，杜甫的这两条路都没有走通。"朝扣富儿门，暮随肥马尘"的杜甫并没有像王维、李白一样受到热捧。其间，杜甫也参加了科举考试，却因为李林甫向唐玄宗上奏"野无遗贤"而落选。就这样，杜甫在长安前前后后漂泊了有十年之久，终于被唐玄宗授予了一个参军的小官职，可上任未久，"安史之乱"爆发，杜甫只能逃出长安。

知识小问答

"礼尚往来"这个成语出自下面哪部著作？（　　）

A.《论语》　B.《大学》　C.《礼记》

孟浩然，字浩然，世称孟襄阳，唐代山水田园派诗人，有《孟浩然集》。

送朱大入秦①

［唐］孟浩然

游人五陵②去，宝剑值千金。
分手脱③相赠，平生一片心。

解读赏析
JIEDU SHANGXI

“彼时欢畅笑脸，此刻相顾无言。”

这是一首送别诗，朱大是谁已无从知晓，从诗中可以看出，诗人和朱大相熟已久，感情深厚。

首句切题，再次点明朱大要远游的目的地是长安。天子脚下，权贵云集，此去不知前路如何，临别之际，诗人不免要叮咛嘱咐，同时赠上自己心爱的物件。

从第二句可以得知，诗人所赠之物是一把宝剑，这把宝剑价值千金，分外珍贵，可在诗人看来，与两人的友谊相比，宝剑不算什么。于是，诗人毫不犹豫、十分利落地从身上解下宝剑赠予朱大。从此，宝剑成为两人友谊的象征，他日分隔两地，亦可睹物思人。

朱大深知宝剑蕴含的浓浓情谊，望着宝剑，过往相交时的种种情形在眼前浮现，千言万语竟不知从何说起，诗人也不多言，只道“平生一片心”。结句简而有力，表面上看，诗人什么也没有说，细品之后，方能感受到诗人那颗赤子之心，可谓“此时无声胜有声”。清人王士祯在《唐人万首绝句选评》中评价道：“落句五字，斩绝中有深味。”观点颇为中肯。

作为唐代山水田园派诗人的代表，孟浩然诗风自然平淡，但《送朱大入秦》这首简短的送别诗却磊落豪放，彰显了孟浩然慷慨仗义、洒脱不羁的一面。

①秦：指长安。②五陵：地点在长安，唐朝时贵族聚居于此。
③脱：解下。

名剑自带故事光环

在古代，剑被认为是“百兵之王”，是古人对其功能的认可，同时，剑也是身份地位的象征，唐人喜佩剑，“诗仙”李白就喜欢随身佩剑。历史上，凡是名剑，必有一段与之相关的记载或者传说，最为今人所熟知的便是干将、莫邪的故事。其他轩辕、湛泸、赤霄、泰阿、七星龙渊、鱼肠、纯钧、承影等名剑故事也在古籍中有相关记载。有趣的是，金庸作品《倚天屠龙记》中有一把绝世名剑——倚天剑，而三国时期曹操的佩剑亦名倚天剑。

长安富豪聚居区

五陵在长安附近，得名于汉朝五个皇帝的陵墓，分别是长陵、安陵、阳陵、茂陵和平陵。其中，长陵是汉高祖刘邦的陵墓，安陵是汉惠帝刘盈的陵墓，阳陵是汉景帝刘启的陵墓，茂陵是汉武帝刘彻的陵墓，平陵是汉昭帝刘弗陵的陵墓。从刘邦开始，汉朝统治者每当在此建成陵墓，便令高官和富豪迁居于此。到了唐朝，五陵已然成为当时贵族和富豪的聚居区，“五陵少年”也成为富家子弟的代称。本诗中，孟浩然的好友朱大要去的地方正是五陵，由此推测，孟浩然赠其宝剑的原因，可能也是希望朱大在五陵有名贵之物傍身。

名人万花筒
MINGREN WANHUATONG

因一句牢骚而失去良机

在盛唐诗人群中，孟浩然是终身不仕的一位诗人，但是，孟浩然是有济世的雄心壮志的。游历长安期间，曾因一句“微云淡河汉，疏雨滴梧桐”名震京师。他之所以终身没有做官，不是不想做，而是求仕无门。欣赏孟浩然的人虽多，能够为他引荐的人却不多，一次偶然的拜访，让王维成为孟浩然的间接引荐人。

孟浩然来到长安后，与王维相交甚厚。王维是个爱才之人，一次邀请孟浩然来自己府上做客，正当两人尽情畅谈的时候，玄宗突然来了，吓得孟浩然赶紧藏在床下。待玄宗进来后，王维将孟浩然在他府上的事如实相告。

玄宗早知孟浩然的名字，只是未见其人，听了王维的奏报后很是高兴，命孟浩然出来拜见，并询问他的诗作情况，孟浩然便将自己的一首《岁暮归南山》吟诵给玄宗听。当孟浩然吟至“不才明主弃，多病故人疏”一联，玄宗立马心生不悦道：“是你孟浩然不来求官，不是我弃你不用，你这样说不是诬陷我吗？”孟浩然遂被放还。

法国作家巴尔扎克说：“机会来的时候像闪电一样短促，全靠你不假思索的利用。”孟浩然得遇玄宗，是难得的际遇，却选诗不当，因一句牢骚而失去良机，着实令人叹息。

知识小问答

被后人誉为“天下第一剑”的是哪柄宝剑？（　　）

A. 轩辕剑　B. 越王勾践剑　C. 倚天剑

李白，字太白，号青莲居士，唐代浪漫主义诗人，被誉为“诗仙”，有《李太白集》。

赠汪伦①

［唐］李　白

李白乘舟将欲行，忽闻岸上踏歌②声。
桃花潭水深千尺，不及③汪伦送我情。

解读赏析
JIEDU SHANGXI

“尘世千年，唯你踏歌而来。”

这首诗是李白离开桃花潭时，写给好友汪伦的诗。

那天，春光明媚，轻风送水，正好行船，诗人回味着在桃花潭度过的美好时光，心想，是时候离开了。在天地间遨游惯了的诗人，从来去留凭心，既想走，便痛快地起身。也许是怕汪伦伤感，诗人独自来到渡口，登上小舟，准备去往下一个地方。

就在诗人以为自己会像往常一样平淡离去时，一阵歌声传来，和着潭水，更觉悠长。那歌声是如此熟悉，诗人的心弦为之一颤，忙掉转头，果然，岸边有个载歌载舞的身影，而身影的主人正是多日来尽心款待自己的汪伦。

汪伦热情相迎，复踏歌相送，诗人内心分外感动，感动到什么地步呢？诗人说：“桃花潭水深千尺，不及汪伦送我情。”诗人在此化虚为实，“情”为虚，“水”为实，如单说“情”深，他人难以领会，以“水深”并举，“情”则真切可感了。

当然，诗人的高明不止于此，落句更是生辉，运用“不及”二字将友情进行升华：桃花潭的“水深”尚有“千尺”之数可以估量，汪伦送友之“情”深却不可限量，有限的“水深”怎么比得上无限的“情”深呢？

《赠汪伦》虽为赠别诗，却一扫赠别诗哀伤低靡之风，风格昂扬向上，语调活泼欢快，抒情真切动人，被后世经久传唱。

①汪伦：李白的朋友。②踏歌：唐代流行的民间歌舞形式。
③不及：不如。

诗词AB面 SHICI AB MIAN

汪伦到底是何人

如果没有李白，恐怕鲜少有人知道汪伦。关于汪伦的身份，后人说法不一。有人说，汪伦是一个爱好诗歌、仰慕李白的普通村人；有人说，汪伦是一个隐逸山间的酿酒专家，宋本《李太白文集》中的注言说：“白游泾县桃花潭，村汪伦酝美酒以待白。”还有人考证说，汪伦可能是唐代开元年间泾川县的县令官，且出身望族，甚至还有家族宗谱存世。然而，不论汪伦到底是何人，他和大诗人李白之间真挚深厚的友谊却是无从质疑的。

喜欢踏歌的唐人

踏歌，是唐代盛行的一种文娱活动。在一些重要场合，宫廷和民间都有踏歌的习惯。《新唐书·礼乐志》中记载：“宣宗每宴群臣，备百戏……士女踏歌为队。”可见，宫廷举行踏歌活动时，气氛欢快热闹，场面宏大壮观，好比现代的歌舞晚会。逢重要节日，民间会踏歌相庆，《全唐诗中的乐舞资料》中有相关介绍：“唐代民间风俗，中秋节妇人在月下连臂踏歌。”众人踏歌的情景也多次出现在唐代诗人的作品中，如刘禹锡《踏歌词》中亦有“春江月出大堤平，堤上女郎连袂行”之句。

名人万花筒 MINGREN WANHUATONG

“诗仙”也曾被“忽悠”

李白的《赠汪伦》传颂千古，连带汪伦也成为妇孺皆知的名人。后人常说汪伦幸运，其实，这份幸运中也有汪伦主动争取的成分，这就不得不说一说诗歌《赠汪伦》背后的趣事。

当时，李白住在其南陵叔父李冰阳家，在他的行程规划中，原本没有桃花潭这个地方。而后游览桃花潭，竟是因为一封信。在唐代，李白可谓是明星诗人，所到之处，无人不知，何况李白叔父家距离泾县很近，住在泾县的汪伦一听到自己仰慕多年的大诗人来了，激动不已，立马写了一封书信托人送给李白。

这封信写得十分具有诱惑力，精准地抓住了李白喜游历和好饮酒的特点，信中说：“先生好游乎？此地有十里桃花。先生好饮乎？此地有万家酒店。”李白一看，有美景可赏，有佳酿可品，真是一个好地方，便十分开心地赴约了。就这样，汪伦见到了自己的偶像，可李白却没有看到十里桃花和万家酒店，汪伦只得如实相告：“桃花者，十里之外潭水名也，并无桃花；万家者，店主人姓万也，并无万家酒店也。”李白听后放声大笑，感动于汪伦的用心，在桃花潭一连待上数日，这才有了《赠汪伦》。

李白发现自己被“忽悠”后，并没有一丝不快，反而与汪伦建立了深厚的友谊，格局阔大之外，更显可爱。

知识小问答　因参与永王李璘事件，诗人李白被判流放哪个地方？（　　）

A. 四川　B. 夜郎　C. 楼兰

杜甫，字子美，自号少陵野老，唐代现实主义诗人，被誉为“诗圣”，有《杜工部集》。

别房太尉①墓

［唐］杜 甫

他乡复行役②，驻马别孤坟。
近泪无干土，低空有断云。
对棋陪谢傅，把剑觅徐君。
唯见林花落，莺啼送客闻。

解读赏析
JIEDU SHANGXI

“故人的花，落了。”

长年漂泊他乡的诗人，偶然经过老友之墓，前尘往事涌上心头，胸中难耐萧索凄凉，于是创作了这首《别房太尉墓》。

首联描写了诗人的生活情状。在老友墓前，诗人向好友诉说着自己的经历：“你走以后，我啊，还是四处奔波，居无定所，今日阆州暂留，终于有空来看看你了。”好友相见，定要互问近况，而今朋友早已不在人世，只剩下诗人自言自语。

颔联的环境氛围更加烘托了诗人失去好友的沉痛心情。诗人抑制不住内心的悲痛，泪水止不住地往下流，打湿了墓前的泥土，天空压得很低，愁云也为之黯然。

颈联化用谢安和季札的典故，通过今昔对比，表达了诗人对老友的无限追思：从前你我对弈的日子，是多么安逸静好，你就像晋朝的谢安那般淡定自若，未承想，你却像徐君离开季札一样离开了我。往事有如重担，压在诗人的肩头。生存的折磨，好友离去的打击，让饱经沧桑的诗人越发苍老。

诗人以景收尾，情思绵延，意蕴幽深：离去时，天地间一片肃杀，林花坠落，耳闻莺鸟悲啼。一切的一切，仿佛都在哀叹生命的流逝，而此时诗人单薄的身影更显凄怆和孤寂。

①房太尉：房琯。②复行役：指一再奔走。

诗词AB面
SHICI AB MIAN

淡定的谢安

本诗中"谢傅"指的就是东晋名士谢安。魏晋名士风流，个性张扬，如果可以给名士贴上性格标签，谢安的标签可能就是"淡定"了。古语有云："泰山崩于前而色不变。"危急关头，谢安的反应可谓生动演绎出了这句话的真谛。据《晋书·谢安传》记载，谢安和孙绰等人一起出海航行，海上突然风浪翻滚，众人都非常害怕，只有谢安吟啸自若。后来，桓温发动兵变，人们纷传桓温要杀谢安和王坦之，王坦之吓得一身冷汗，谢安仍然神色不变地盘算应对之策。"对棋陪谢傅"，杜甫拿房琯比作谢安，房琯对弈时淡定的神情跃然纸上。

季札挂剑

春秋时期，有"南季北孔"之说，其中，"北孔"指大圣人孔子，"南季"则是指另一位圣人季札。季札为人正直，品德高尚，很重信义，经常作为使臣出使其他国家。有一次，季札在访问晋国途中路经徐国，结识了徐国国君，受到徐君的热情款待。当时，徐君看上了季札身上佩带的宝剑，流露出喜爱之情，却不好意思说出口。季札发觉后，决定等从晋国归来再拜见徐君，亲自送上宝剑。完成访问晋国的任务后，季札果真再次来到徐国，但没想到徐君已经过世。尽管季札之前没有做出任何承诺，他仍然将宝剑悬挂在徐君的墓前，以示不忘故人。在《别房太尉墓》中，杜甫即用此典故表明自己对房琯的思念。

名人万花筒
MINGREN WANHUATONG

"诗圣"的抉择

房琯在唐肃宗时期曾任宰相之职，从深受肃宗器重到接连贬官，房琯的一生曲折坎坷。杜甫和房琯是布衣之交，二人感情深厚。一直以来，杜甫都认为房琯是有治国之才的，因此，当得知房琯被肃宗罢免宰相之职后，杜甫震惊之余，毅然到肃宗面前为房琯辩护，甚至顶撞天子，说房琯为人正直，勤勤恳恳，更是在"安史之乱"期间献过良策。

然而，怀有一颗赤诚之心的诗人可能并不知道，房琯被罢相的原因是多方面的。首先，房琯确实有文采，但在沙场上缺乏运筹帷幄的谋略，自请上前线，却吃了败仗；其次，房琯的门客董庭兰，在当房琯门客期间收受贿赂也是导致房琯罢相的一个因素；最后，据《旧唐书·房琯传》记载，与房琯同朝为臣的贺兰进明，曾向肃宗说过房琯效忠的是玄宗而非肃宗的话，以至肃宗与房琯之间的嫌隙更深。房琯罢相，是必然之势。

在这种情形下，杜甫为房琯说情，自然惹得肃宗发怒，要治杜甫的罪，多亏宰相张镐进言劝谏，杜甫才免遭刑罚。不过，杜甫还是因此受到牵连，之后再未获得重用。

明知为房琯辩护会触怒龙颜，杜甫却选择勇往直前。在"诗圣"的心中，对朋友仗义相助，挽救国家栋梁之材，是他听从内心的抉择。

知识小问答

以下哪件事与季札无关？（　　）

A. 让国　B. 挂剑　C. 编纂《春秋》

李白，字太白，号青莲居士，唐代浪漫主义诗人，被誉为“诗仙”，有《李太白集》。

君马黄

［唐］李　白

君马黄，我马白。
马色虽不同，人心本无隔。
共作游冶[①]盘，双行洛阳陌。
长剑既照曜，高冠何赩赫[②]。
各有千金裘，俱为五侯客[③]。
猛虎落陷阱，壮士时屈厄[④]。
相知在急难[⑤]，独好亦何益。

解读赏析

JIEDU SHANGXI

“人生乐在相知心。”

《君马黄》是乐府古题，隐喻交友不终，诗人李白对其进行灵活引申作此篇。整首诗语言明快，气势豪荡，情感激昂，表达了朋友之间贵在患难相扶的思想。

前四句“黄”与“白”相对，“马色”与“人心”相对，诗人在此以马起兴，由“马色”念及“人心”：你的骏马是黄色的，我的骏马是白色的，虽然我们的骏马颜色不同，但你我二人的心灵是相通无隔的。中间六句追忆了诗人和友人过去同享富贵的时光。那时候，两人携手共游，头上高冠熠熠生辉，腰间宝剑光芒万丈，身上穿的衣服都是千金之裘，结交的朋友皆为达官显贵，行走在洛阳的大道上，风采卓然，万众瞩目，是何等意气风发！不承想一朝落难，生活全变了模样，人心也不复以往。

诗人落难以后的境遇与往昔的富贵时光形成鲜明的对比。“猛虎落陷阱，壮士时屈厄”，诗人借落入陷阱的猛虎和遭遇困窘的壮士自比，强调自己即使落难，仍然具有猛虎之姿和壮士之风。最后二句直抒胸臆。经历了大起大落之后，诗人方知有些朋友同富贵易，共患难难。然而，友情的可贵之处，不正是急人之所难吗？如果大难临头各自飞，这样的朋友之交还有什么意义呢？诗人以反问的修辞落句，掷地有声，讽刺了那些只顾独善其身而不顾朋友死活的人。

①游冶：游荡娱乐。②赩赫：赤色光耀貌。③五侯客：即五侯之门客，泛指公侯权贵。
④屈厄：困窘。⑤急难：指兄弟相救于危难之中。

诗词AB面

SHICI AB MIAN

盛唐三绝

“盛唐三绝”之名出自唐朝文宗皇帝的诏书，能被最高统治者如此推崇，定然都是出类拔萃之辈。“三绝”分别是李白的诗歌、张旭的草书和裴旻的剑舞。李白的诗歌自不必说，他“笔落惊风雨，诗成泣鬼神”，是古今唯一的“诗仙”；张旭是草书中的“狂草大师”，草书境界高超无人能出其右，被后代书法家尊为“草圣”；至于裴旻，其人走马如飞，剑术出神入化，诗人王维曾在《赠裴旻将军》中形容裴旻的剑术“腰间宝剑七星文，臂上雕弓百战勋。见说云中擒黠虏，始知天上有将军”。“盛唐三绝”虽然各有所指，却共同反映出盛唐瑰奇壮伟的精神气质，是盛唐魅力的代表。

李白既是诗人也是侠客

李白喜欢舞剑，《新唐书·文苑传》中说李白“喜纵横术，击剑，为任侠”，后人所绘的李白画像中，也经常能看到其腰佩宝剑的身影。但是，李白在诗歌上的境界之高、光芒之盛，往往掩盖了其高超的剑术。而对于学习剑术这件事情，李白从少年时便开始了，只因为他十分崇尚那些“千里不留行”的侠客。后来，李白终于“剑术自通达”，甚至可以独当一面。那么，是谁教会了李白剑术呢？有传闻说，李白是师承“盛唐三绝”之一的剑圣裴旻。

名人万花筒

MINGREN WANHUATONG

太白的酒量

爱喝酒，是世人对“诗仙”李白的普遍认知，杜甫那句“李白斗酒诗百篇”，仿佛更加坐实了李白爱喝酒且酒量不小的特点。实际上，李白爱喝酒是真的，酒量如何有待商榷。

一来古代量酒用的斗跟我们现代人说的斗并不相同，现代人所说的斗是用来称粮食的，而古代的斗常指盛酒的器具，大概有饭勺那么大，一斗酒的量并不算多；二来与现代的酒相比，古代的酒度数不太高，唐代的酒类似于现代的米酒，对普通人来讲，喝上一斗米酒，难度不大。由此推断，“诗仙”李白的酒量可能如常人一般，可“诗仙”就是“诗仙”，酒量一般，酒品却不一般，这不一般便是常人无法企及的文思泉涌。

当“诗仙”遇上酒，擦出的火花催生了无数动人的诗篇，因此，“酒”是李白诗中经常出现的意象之一。开心时，他高喊“五花马，千金裘，呼儿将出换美酒”；孤独时，他低吟“花间一壶酒，独酌无相亲”；闲逸时，他轻语“两人对酌山花开，一杯一杯复一杯”；消愁时，他感叹“抽刀断水水更流，举杯消愁愁更愁”。

可见，酒在李白的创作中扮演着重要的角色。在今人众多有关李白记忆的文学作品中，最喜欢诗人余光中《寻李白》中的一句诗：“酒入豪肠/七分酿成了月光/余下的三分啸成剑气/绣口一吐，就半个盛唐。”

知识小问答

“飞鸟尽，良弓藏；狡兔死，走狗烹”出自以下哪位名人之口？（　　）

A. 范蠡　B. 勾践　C. 文种

张九龄，字子寿，一名博物，谥文献。唐开元年间名相、诗人。

答陆澧①

［唐］张九龄

松叶堪②为酒，春来酿几多。
不辞山路远，踏雪也相过③。

解读赏析 JIEDU SHANGXI

“淡而有味。”

饮酒小叙，以酒为引，小巧可爱。

前两句“松叶堪为酒，春来酿几多”可解三层意。一是叙事直言。“松叶”清香，可以作为酿酒的作料，引出下文之“山路”。“春来”二字，点明时间。二是调侃逗趣。次句采用问句的形式，似问非问，略显诙谐，直接道来。是常见的好友之间的逗趣，足见诗人与友人的浓浓真情。三是饮酒续情。古往今来，饮酒交情。饮酒时最容易沟通与别人的感情，诗人开篇即选取这种极为平常却又极富深情的事物，随意而问，显得浓情依依，轻快自然。

后两句“不辞山路远，踏雪也相过”亦可解三层意。一是贪杯。为了喝朋友的松叶酒，千里迢迢，山路崎岖，在所不惜。二是贪情。路远赴约不只是为了喝酒，更为了与朋友饮酒倾谈，朋友情深，可见一斑。三是自表态度。由“春来”可知，此时已是春天，山中已然冰融雪化，这里诗人做了一个假设：即使积雪满地，也要前往拜访。此句既是说诗人自己，又似告诉友人，交友当如此、赴约当如此。语意更进一层，心意更进一层。结句看似平淡，实则蕴含丰富。

四句读来，短小而质朴，亲切而自然。诗中用语极为平实，几乎就是口头语，然而从容写来，淡而有味，语浅情深，言有尽而意无穷。颇有陶渊明田园诗的影子。在这里，我们读到了山水田园诗的味道。

①陆澧：作者友人，生平不详。②堪：可以，能够。
③过：拜访、探望。

诗词AB面 SHICI AB MIAN

九龄风度，流落今何处

《唐诗三百首》的开篇，便是张九龄的《感遇》，恰如“九龄风度”为盛唐开篇——“当年唐室无双士，自古南天第一人”（王夫之语）。张九龄作为一代名相，以诗文和风度名动唐朝。他为人正直，一心“致君尧舜上”，但唐玄宗在李林甫巧言令色下罢免了张九龄。据传，颇有艺术家气质的玄宗以一种诗意的方式表达了自己的不满——在秋天给张九龄送去一把扇子，暗示已经用不着他了。但，“安史之乱”爆发后，唐玄宗在逃往蜀地的路上，想起曾警醒过自己的已故老臣张九龄，不禁老泪纵横，在悔恨中写下：“蜀道铃声，此际念公真晚矣；曲江风度，他年卜相孰如之。”此后，每逢荐引宰相，他总不禁要问一句“风度得如九龄否”。“九龄风度”因此而来。

松叶真的可以做酒

是的，松叶酒是一种治疗脚痛、活血化瘀的非处方药酒，《备急千金要方》《太平圣惠方》《奇效良方》《圣济总录》中都有记载。其实不只松叶酒，人类自开智以来，便热衷于把各种植物做成酒。这些植物包括龙舌兰、苹果、大麦、玉米、栎树、葡萄、马铃薯、粳稻、黑麦、高粱、甘蔗、甜菜、小麦、香蕉、波罗蜜、仙人掌、芦荟……它们有的有毒，有的极为古怪，有的和恐龙一样古老，但每一种植物都为全球的饮酒传统和人类历史做出了独特的文化贡献。

名人万花筒 MINGREN WANHUATONG

自幼聪慧过人的张九龄

张九龄作为一代名相，深受百姓爱戴，民间也流传着许多关于张九龄的传说故事。

传说，张九龄七岁那年随家人游宝林寺，恰遇知府大人进香。九龄当时手握一束鲜花，见知府大人前呼后拥，有些害怕，赶忙用衣袖拢起鲜花。谁知知府大人早已看见，也觉得这小孩天真可爱，便对张九龄说：“小童生暗藏春色。”张九龄应道：“府大人明察秋毫。”知府大人闻之大喜，从此经常赐予纸笔墨砚。

又闻，知府大人一日漫步江边，欣赏山光水色，不料乌云骤起，顿时风雨交加，衣襟尽湿。是夜月色朦胧，知府大人夜不成寐，回想起白天的情景，有感而发，提笔写下：“风吹海水千重浪，雨滴砂珠万点窝。”第二天张九龄上学看到府衙门口的对联，驻足凝视，知府大人看见了，便问道：“这副对联你觉得怎么样？”张九龄应道：“绝对。”知府大人听了很高兴。但张九龄随后又说：“美中尚有不足。”知府大人惊问何故，九龄不慌不忙地念道：“风吹海水重重浪，雨滴砂珠点点窝。”知府大人听罢啧啧称奇。

知识小问答

“海上生明月，天涯共此时。”是哪位诗人写的？（　　）

A. 李白　B. 杜甫　C. 张九龄

苏舜钦，北宋词人，字子美。与宋诗“开山祖师”梅尧臣合称“苏梅”。

哭曼卿①

［宋］苏舜钦

去年春雨开百花，与君相会欢无涯。
高歌长吟插花醉，醉倒不去眠君家。
今年恸哭来致奠，忍②欲出送攀魂车。
春晖照眼一如昨，花已破颣③兰生芽。
唯君颜色不复见，精魂飘忽随朝霞。
归来悲痛不能食，壁上遗墨如栖鸦。
呜呼死生遂相隔，使我双泪风中斜。

解读赏析
JIEDU SHANGXI

“可惜亡魂掩，惟余醉墨传。”

这首挽诗多处对照。物是人非，更显其哀。

第一处对照是诗人以一年前的春天与石延年欢会的场景和一年后的春天为他送葬的场面互衬，突出了石延年去世出人意料，难以接受。曾经相会，细雨绵绵，百花盛开，其“欢无涯”。插花时“高歌长吟”，醉倒后“眠君家”。既写出了欢乐，更表现了二人的亲密无间。如今，“今年恸哭来致奠”，转笔之间，气氛陡然一变，增强了事变的突发感。

第二处对照依旧是时空对比。“春晖”句与前文“春雨”“百花”相照应：百花盛开，春光依旧，但故人不可复见。“花已破颣”句则与“插花”相呼应：一年前的春天插的花已经破蕾发芽了，可是插花的主人已经离花而去，“颜色不复见”了。

第三处对照是隔空睹物更思人。写诗人送葬归来后，目睹亡友遗物，再次勾起的内心波澜。亡友挂在壁上的遗墨还在，人却已空。石延年善书，宋人评论他的书法“气象方严遒劲，极可宝爱，真颜筋柳骨”。诗人用“栖鸦”来形容石延年的遗作，点出了石延年书法的神韵和骨力，也巧妙地暗示睹物思人、黯然神伤的感情。这一切使诗人发出了无穷悲叹：死生之隔，竟如此不可逾越；遗墨在即，而音容难再现了。于是极度悲痛的泪水又一次夺眶而出。

此诗真挚奔放，构思精巧，感人至极。

①曼卿：作者友人石延年，字曼卿。②忍：怎忍，不忍。
③破颣（lèi）：破蕾。颣，丝上的结，比喻花蕾。

诗词AB面

SHICI AB MIAN

“酒怪”石曼卿

苏舜钦此诗中的曼卿原名石延年，字曼卿，是宋代的文学家和书法家。他性格豪放，饮酒过人，被称为“酒怪”。

石延年不仅酒量过人，而且别出心裁地创造了多种荒谬怪诞的饮酒方式。例如，他与人痛饮时，蓬乱着头发，赤着脚，还戴着枷锁，说这种饮酒方式叫“囚饮”。有时他与人在树上饮酒，说这是“巢饮”。有时与客豪饮，用稻麦秆束身，伸出头颈，说这是“鳖饮”。有时夜晚不点蜡烛，与客摸黑而饮，说是“鬼饮”。有时与客饮酒时，一忽儿跳到树上，一忽儿跳到地上，说这是“鹤饮”。名堂稀奇古怪，可谓是古代行为艺术了。

卖了四万钱的明月清风

如今已是世界文化遗产的沧浪亭，在苏州现存诸园中历史最为悠久。

沧浪亭始为五代时吴越国广陵王钱元璙近戚中吴军节度使孙承祐的池馆。北宋庆历四年（公元1044年），苏舜钦在汴京遭贬谪，翌年流寓吴中，以四万贯钱买下废园，进行修筑，傍水造亭，因感于“沧浪之水清兮，可以濯吾缨；沧浪之水浊兮，可以濯吾足”，题名“沧浪亭”，自号沧浪翁，并作《沧浪亭记》。欧阳修应邀作《沧浪亭》长诗，诗中以“清风明月本无价，可惜只卖四万钱”题咏此事。自此，“沧浪亭”名声大振。

诗词小真相

SHICI XIAO ZHENXIANG

什么才是最好的下酒料

苏舜钦是可爱的，他豁达任性、豪放不羁，有别于普通书生，这点从他读书就可以看出来。苏舜钦读书能把书读活了。在陆友仁《研北杂志》中记载了这样一则故事：苏舜钦在岳父杜祁公的家里时喜欢饮酒，动辄一斗。岳父对此深感疑惑，不敢相信苏每天能喝那么多酒，于是派人去偷偷观察他。

只见苏舜钦读《汉书·张良传》，当他读到张良与刺客行刺秦始皇抛出的大铁锤只砸在秦始皇的随从车上时，他拍案叹息道：“真可惜呀！没有打中。”于是满满地喝了一大杯酒。读到张良说：“自从我在下邳起义后，与皇上在陈留相遇，这是天意让我遇见陛下呀！”他拍案叹道：“君臣相遇，如此艰难！”又喝下一大杯酒。观察苏舜钦的人回来向杜公报告，杜公听后大笑说：“有这样的下酒料，一斗不算多啊！”以书佐酒，豪放率性，一个很有个性的书生跃然纸上，让人知道读书之乐如此，痛快！

知识小问答

梅尧臣与哪位北宋诗人并称为“苏梅”？（　　）

A. 苏轼　B. 苏舜钦　C. 苏辙

辛弃疾，字幼安，号稼轩，南宋豪放派词人、将领，有“词中之龙”之称。

虞美人·同父见和再用韵答之

[宋] 辛弃疾

老大那堪说。似而今、元龙臭味，孟公瓜葛。
我病君来高歌饮，惊散楼头飞雪。
笑富贵千钧如发。硬语盘空①谁来听？
记当时、只有西窗②月。重进酒，换鸣瑟。
事无两样人心别。问渠侬③：神州毕竟，几番离合？
汗血盐车④无人顾，千里空收骏骨⑤。正目断关河路绝。
我最怜君中宵舞，道“男儿到死心如铁”。看试手，补天裂。

解读赏析
JIEDU SHANGXI

“稼轩不平之鸣，有英雄语。”

此词叙事抒情夹议，结合巧妙，以情感人，激情洋溢。

周济云：“稼轩不平之鸣，随处辄发，有英雄语，无学问语。”确实如此，辛弃疾作为抗金志士，胸中沸腾的激情难以遏制，直泻笔端。“老大那堪说”直抒胸臆，感情沉郁。英雄垂老，壮志难酬，但“老骥伏枥，志在千里”志士之心，不会熄灭。“似而今、元龙臭味，孟公瓜葛”两句，抒发了词人的壮怀及与志同道合之友的合拍。“我病君来高歌饮”句，是词人与友人交谈情景的实录。词人时在病中，一见好友到来，立即与之高歌痛饮，彻夜纵谈。他们志在恢复中原，心无俗念，视富贵如毛发，正笑世人之重它如千钧。写景与叙事胶着一体，词人心中狂怒之情挥挥洒洒而下。

下阕词人抒发了对南宋统治集团的批判和愿力挽狂澜的壮怀。面对时世，山河破碎，爱国志士痛心疾首，而南宋统治者却偏安一隅，把家耻国难全都抛在脑后。“问渠侬：神州毕竟，几番离合？”神州大地，山河一统，自古已然，当政者不思恢复中原，反而议“和”“离”国，是何居心？词语中凛然正气，足以使统治者无地自容。“汗血盐车无人顾，千里空收骏骨”，词人连用典故，曲折而又贴切地表达了对当政者昏庸的怨愤。山河分裂的惨痛局面，激起了词人收复中原的热情，故而唱出“道‘男儿到死心如铁’。看试手，补天裂”的最强音。

笔健境阔，格调高昂，稼轩词确有英雄语！

①硬语盘空：形容文章的气势雄伟，矫健有力。②西窗：思念。③渠侬：渠：他；侬：你，指南宋当权者。系吴语方言。④汗血盐车：汗血马拉运盐的车子。比喻人才埋没受屈。⑤骏骨：比喻招揽人才。

诗词AB面
SHICI AB MIAN

元龙、孟公何许人也

“元龙臭味”中的“元龙”是指东汉末年的将领、官员陈登。陈登是《三国演义》里的知名人物，才智过人，少有扶世济民之志，并且学识渊博。关于他的故事最经典的是智取吕布。建安元年（公元196年），吕布夺徐州，逐刘备。陈登面上改属吕布，实际上对吕布深恶痛绝，设法解除了吕布与袁术的联姻，并出使许都，向曹操献上除吕布的计谋。后来陈登又屡破孙权进攻，守护了广陵，深得广陵百姓爱戴。

“孟公瓜葛”中的“孟公”是指西汉王侯陈遵，是当时的著名游侠。平乱有功，被王莽赏识，封为嘉威侯。陈登、陈遵，都与辛弃疾的好友陈亮同姓，又都是豪士，所以诗人在《虞美人》词中用他们比喻陈亮。

名人万花筒
MINGREN WANHUATONG

满腔热血，一代人杰

朱熹作为一代大儒，因为敢于直谏，得罪了权贵，去世后身份也由大儒变成了伪学逆党的魁首，成了人人攻击的对象。

朱熹门生众多，去世时朝廷提心吊胆，如临大敌，严加防范，唯恐他的门生在悼念的时候，“妄谈时人短长，谬议时政得失”。此时天下“谈朱色变”，朱熹门生“识时务以避祸端”，甚至公开表示与朱熹脱离干系。故而朱熹门前冷清，甚至，“门生故旧至无送葬者”。正是这种敏感的时刻，辛弃疾来了。

两人交情有多深厚，也谈不上。辛弃疾敬服朱熹的德行学问，视为师长辈，朱熹也欣赏辛弃疾的气节性情，虽然比辛大十岁。但二人都坚持对金作战，反对议和，故彼此惺惺相惜。辛弃疾坚持自我，公然逆浪潮而立。不单是前往朱家凭吊，还带来了令天下震动的祭文。他称朱熹“所不朽者，垂万世名。孰谓公死，凛凛犹生”，一个“凛凛犹生”，万世师表的形象跃然纸上。言辞坚定，丝毫没有妥协的余地。辛弃疾一代人杰的形象也更加巍然。

知识小问答

《虞美人·同父见和再用韵答之》中的“我最怜君中宵舞”的“中宵舞”是什么意思？（　　）

A. 一种舞蹈名　B. 闻鸡起舞　C. 一种仪式，半夜舞蹈

辛弃疾，字幼安，号稼轩，豪放派词人的代表，与苏轼合称“苏辛”。

贺新郎·把酒长亭说

［宋］辛弃疾

陈同父[①]自东阳来[②]过余，留十日。与之同游鹅湖，且会朱晦庵[③]于紫溪，不至，飘然东归。既别之明日，余意中殊恋恋，复欲追路。至鹭鹚林，则雪深泥滑，不得前矣。独饮方村，怅然久之，颇恨挽留之不遂[④]也。夜半投宿吴氏泉湖四望楼，闻邻笛悲甚，为赋《乳燕飞》以见意。又五日，同父书来索词，心所同然者如此，可发千里一笑。

把酒长亭说。看渊明、风流酷似，卧龙诸葛。
何处飞来林间鹊，蹙踏[⑤]松梢微雪。要破帽多添华发。
剩水残山无态度[⑥]，被疏梅料理成风月。两三雁，也萧瑟。
佳人重约还轻别。怅清江、天寒不渡，水深冰合[⑦]。
路断车轮生四角，此地行人销骨。问谁使、君来愁绝？
铸就而今相思错，料当初、费尽人间铁。长夜笛，莫吹裂。

解读赏析 JIEDU SHANGXI

“千里相隔，心有灵犀。”

这首词有小序，记叙了写作的缘由。

词的上阕写词人与好友在长亭饮酒话别，词人称赞陈亮才情洒脱如陶渊明，满腹经纶堪比诸葛亮。接着似是抱怨之语，说不知道这林间哪里飞来的鹊鸟，站在松树枝上把积雪踩踏下来，落在破帽上，好像多添了几缕白发。这时，正值寒冬，凋敝的山水早已不成样子，只有几枝疏落的梅花装点着风景，抬头望去，几只大雁在广阔的天空徘徊，一片萧索。这里以景物的萧索映衬词人心中的寂寥。

词的下阕着重抒情，好友陈亮与自己相聚匆匆，而这天气严寒，使得江水冻结，无法渡江。道路断绝，车轮仿佛生出四角，难以前进。这种无法追随相送的悲伤深入骨髓，让人不禁发问，究竟如何才能消散这无尽的愁绪。我们之间深厚的友谊，让我们心意相通，有了共同的目标，如同当初费尽人间铁才铸就的错刀钱币一样，带着万千愁绪。心有愁绪，耳听笛声，更加凄凉，希望吹笛的人不要把笛子吹裂了。

①陈同父：即陈亮，字同父（甫），号龙川。②来：访问，探望。③朱晦庵：即朱熹，字元晦，号晦庵。与辛弃疾、陈同父政见相左。④不遂：没有成功。⑤蹙踏：踩踏。⑥无态度：不成样子。⑦冰合：冰封住了江面。

诗词AB面
SHICI AB MIAN

长笛吹裂典故

在《太平广记》中记载了这样一则故事。唐代笛师李蓦有一次从教坊请假出行到了越州，与当地的州客在镜湖上游船赏景。州客们纷纷邀请李蓦献笛曲一首，李蓦也不推辞，便吹笛一曲。笛声悠扬，众人都称赞不已，唯有一个叫独孤生的老者，面不改色，不出一言。

众人都有点儿生气，觉得这个老人家自视甚高。李蓦脸上也有点儿挂不住了，调整了一下情绪，又吹奏了一支自己最拿手的曲子，然而这个老者还是不为所动。李蓦就把自己的长笛拿给那位老者，请他吹奏，独孤生看了一眼长笛说：“这支长笛制作得太粗糙了，我连拿它吹奏的想法都没有。”李蓦压住心头的怒火，转身从自己的随行包裹中拿出另一支更为精致宝贵的长笛。老者接过笛子说这长笛吹至乐曲“破”这个阶段必定会裂开，你不心疼这长笛吗？李蓦料想他是在夸大其词，便说没事，先生只管吹奏吧。

独孤生便吹起长笛，笛声响入行云。不待一曲终了，只到“入破”阶段，果然将长笛吹裂，震惊四座，众人也都心悦诚服。这里借用这个典故以契合题序“闻邻笛悲甚”之意，希望他不要把笛子吹裂，自己实在受不了这笛声之悲。

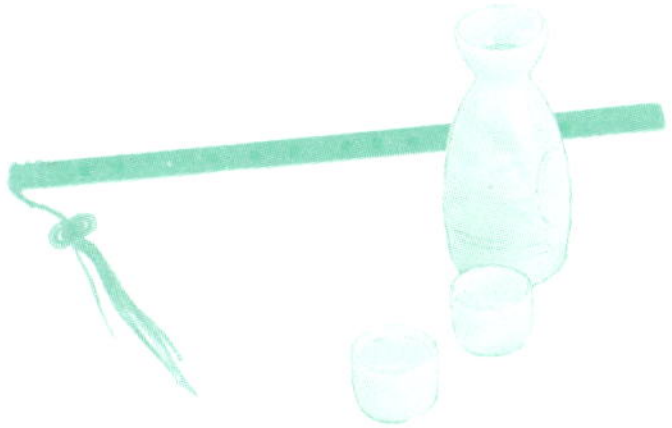

名人万花筒
MINGREN WANHUATONG

矢志不渝的爱国情怀

上文的这首《贺新郎》是好友陈亮自东阳赶赴上饶拜访退闲在家的辛弃疾后，两人用同一词牌填词唱和之作。虽然陈亮和辛弃疾这次相会为期只有十天，但是在辛弃疾的一生中，这是一次很有意义的会面。

陈亮东归之后，辛弃疾写了这首《贺新郎》，两人往返唱和，各自写了三首。在词中，他们回忆了两人同游鹅湖，谈论世事的情景，同时也述说了他们因人生短暂，而壮志难酬，报国无门的压抑和苦痛，抒发了萦绕在两人心中那矢志不渝的爱国情怀。

南宋君臣偏安一隅，仿佛已经忘记北方被夺的河山，早已经忘记国家分裂的耻辱，而一些爱国志士，仍然把抗金北伐作为自己终身的使命，辛弃疾和陈亮就是这样的爱国志士。然而自己的力量实在有限，况且，没有得到南宋君主的支持，自己是根本没办法实施恢复中原的宏伟愿望的，写这首词的时候，辛弃疾赋闲在家，一个热血男儿，一代风云人物，正值壮年却被迫离开政治舞台，离开可以建功立业的战场，这对于辛弃疾来说，是无法忍受的。幸而友人来访，给了辛弃疾满心愤恨以排解的出口。但是，欢快畅饮后，词人也只能在词中抒发自己的愤懑之情，以及在词中对南宋君臣不思进取进行无情的揭露，仅此而已。

知识小问答

辛弃疾死后，宋恭帝追赠辛弃疾为少师，谥号“忠敏”。少师、少保与什么合称为“三孤”？（　　）

A. 少公　B. 少傅　C. 少官

刘克庄，初名灼，字潜夫，号后村。南宋豪放派诗人、词人、诗论家。

沁园春·梦孚若①

［宋］刘克庄

何处相逢，登宝钗楼，访铜雀台。
唤厨人斫②就，东溟③鲸脍④，圉人⑤呈罢，西极龙媒。
天下英雄，使君与操，余子谁堪共酒杯。
车千乘，载燕南赵北，剑客奇才。
饮酣画鼓如雷。谁信被晨鸡轻唤回。
叹年光过尽，功名未立，书生老去，机会方来。
使李将军，遇高皇帝，万户侯何足道哉。
披衣起，但凄凉感旧，慷慨生哀。

解读赏析 JIEDU SHANGXI

“梦里相逢，共饮此酒。”

这首词是词人梦见已故21年的挚友方孚若后所作。词的上阕叙述了梦境中的景象：恍惚间，我们在哪里相逢，一起相约登上咸阳的宝钗楼，再一同登上曹操所建的铜雀台。实际上当时南宋朝廷偏安一隅，宝钗楼和铜雀台已被金人占领，词人连做梦都在怀念故国土地，并以此诉说内心的悲愤。在梦中，词人唤来厨子，让他用刀将东海鲸鱼的肉砍成细块，又唤来养马的马夫，让他牵来西域的名马。这里体现了梦境的浪漫性，夸张却不失豪迈的气度。

接着词人以曹操煮酒论英雄的典故，说天下的英雄，除了你我二人，其余的人都没办法与我们一同饮酒抒情。最后希望能够有千辆车马，将大江南北的人才都载到身边，共同收复失地。以对故土的拳拳爱国之心作结，表现了词人对故友的思念之情以及满腔的爱国情怀。

词的下阕写梦醒后的情景。畅饮之后，词人酣然入睡，但晨鸡鸣叫无情地唤醒了词人。梦醒之后他面对年华老去、功名未立的现实，不禁发出这样的感慨：难道要等到书生老去，建功立业的机会才会到来吗？感慨无果，词人便以李广的典故表达了自己渴求明主的期盼：倘若李将军能够遇到像高祖皇帝刘邦那样爱惜人才的君主，那么区区一个万户侯又算什么？但这也仅仅是期盼，词人叹了口气，披着衣服起身，只觉得凄凉伤感，再想到已故的好友，更是悲痛无限。

①孚若：方孚若，名信儒，福建莆田人，以使金不屈著名。②斫（zhuó）：用刀砍。
③东溟（míng）：东海。④脍：切细的肉块。⑤圉（yǔ）人：养马的官。

诗词AB面
SHICI AB MIAN

古代四大名马

词中提到的“龙媒”是指骏马，出自《汉书·礼乐志》，后来也喻指俊才或者举行求雨仪式中的土龙。而说到骏马，古代有四大名马就不得不说了。

首先最出名的当数三国时期“人中吕布，马中赤兔”的赤兔马。赤兔马原先是吕布的坐骑，后来由曹操送给关羽，浑身赤红，四蹄踏雪，日行千里，威风凛凛，是一等一的骏马。第二是刘备的的卢马，虽不及赤兔马那般出名，但是也由于辛弃疾的一句“马作的卢飞快，弓如霹雳弦惊”而扬名。第三和第四分别是绝影和爪黄飞电，绝影是曹操的坐骑，据说就是传说中的“汗血宝马”，因奔跑速度飞快，连影子都跟不上，由此得名“绝影”。而爪黄飞电是曹操的爱驹，高大威武，体态庄严，俊美非常。据说曹操每次打仗凯旋都会骑着爪黄飞电回来，以其高贵非凡的体态彰显自己的威武。

名人万花筒
MINGREN
WANHUATONG

半生仗义执言，却晚节不保

刘克庄，南宋中后期著名词人，作为辛弃疾的粉丝，他深受辛弃疾的影响，无论是在爱国情怀上还是写词风格上，都追随着辛弃疾的步伐。他的词作刻意模仿辛弃疾的痕迹很重，喜欢用典作豪放之语，但是整体水平比不上辛弃疾。不过刘克庄在词中表现出来的那种爱国情怀以及收复中原无望的悲愤跟辛弃疾如出一辙。

在南宋中后期的词人中，大致可以分成我们常说的豪放派与婉约派两类，豪放派是以辛弃疾为主的一派词人，他们的词作多抒发爱国主义情怀，以及内心的愤懑不平，这一派词人也被称为辛派词人，刘克庄就是辛派词人。婉约派则是受北宋词人周邦彦的影响，词作婉转细腻，主要词人是姜夔、吴文英等人。

在刘克庄所处的时代，南宋朝廷政权已经摇摇欲坠。刘克庄一生经历了孝宗、光宗、宁宗、理宗、度宗五朝，仕途坎坷波折，他曾经多次被罢官，最后官至龙图阁直学士，因此，他的作品中多有抒发怀才不遇之感。他早年仗义执言，抨击时弊，弹劾权臣，是一个正直刚强的人物。但是他晚年攀附于贾似道，在贾似道身边阿谀奉承，多做媚态，书写谄媚之作，也成为他一生的污点，被后来的人所讥讽。

知识小问答

曾经对李广说过“遇高皇帝，万户侯何足道哉”的皇帝是谁？（　　）

A. 汉文帝刘恒　B. 汉景帝刘启　C. 汉武帝刘彻

张炎，字叔夏，号玉田，又号乐笑翁，临安人，南宋最后一位著名词人。

琐窗寒

［宋］张　炎

王碧山[①]又号中仙，越人也。能文工词，琢语峭拔，有白石意度，今绝响矣。余悼之玉笥山，所谓长歌之哀，过于痛哭。

断碧分山，空帘剩月，故人天外。香留酒殢[②]。蝴蝶一生花里。想如今、醉魂未醒，夜台[③]梦语秋声碎。自中仙去后，词笺赋笔，便无清致。

都是，凄凉意。怅玉笥埋云，锦袍归水。形容憔悴。料应也、孤吟山鬼。那知人、弹折素弦，黄金铸出相思泪。但柳枝、门掩枯阴，候蛩[④]愁暗苇。

解读赏析

JIEDU SHANGXI

“君已逝，万物皆是君。”

词人在词之前写了段小序，介绍了好友王碧山，并说明写这首词的缘由是感于好友离世，以此悼念。王碧山，又号中仙，擅长写文作词，语言雕琢峭拔，有姜白石的风格，如今却成为绝响。我写此词悼念好友王碧山，正是因为用歌声表达的悲伤，胜过号啕痛哭。

词的上阕便是一派凄凉的景象：远处起伏的山峦将天空割裂，冷风吹拂起窗帘，只有一轮残月在天空挂着，而故人你却在天空之外，无处追寻。我独自饮酒，沉湎于酒香之中，妄图以酒消尽愁绪，就好像蝴蝶一生在花丛中游荡。从前我们欢饮达旦，如今我一人借酒消愁，酒醉未醒却梦见你在夜台孤独入眠，萧瑟的秋风把我的喃喃自语吹散，也不知道你是否能够听到。自从你走后，我写词作曲，都提不起兴趣了。

词的下阕以“都是，凄凉意”起句，承上阕的描述，接下阕的抒情，也点出了词人的心境，满目凄凉。故友已魂归天地，衣袖入坟。我哀痛于他的离开，以至于变成这般消瘦憔悴的模样，不知道谁才像那独自哀鸣的山间野鬼。搬出素琴，拨弄琴弦，琴声低沉，相思的泪水滴在琴面之上铮铮作响。词的最后一句以景物描写收束全文：柳条拂过，大门掩映在枯树的阴影里，蟋蟀在芦苇丛里为这片昏暗的天空发愁。而在作者看来，失去了故友，也如同这蟋蟀一般，失去了生活的色彩。

①王碧山：即王沂孙，字圣与，又字咏道，号碧山，又号中仙，因家住玉笥（sì）山，故又号玉笥山人，南宋会稽（今浙江绍兴）人。②酒殢（tì）：即殢酒，意思是沉湎于酒，醉酒。③夜台：坟墓。④蛩（qióng）：蟋蟀。

诗词AB面
SHICI AB MIAN

蛩是什么动物

在上文中提到的“蛩”实际上是蟋蟀，蟋蟀是一种无脊椎动物，属于昆虫。除了被称为蛩（吟蛩、寒蛩、斗蛩）之外，蟋蟀还被称为促织、趣织、趋织等，俗名叫蛐蛐儿。蟋蟀最早在文学作品中出现是在《诗经 · 七月》里：“七月在野，八月在宇，九月在户，十月蟋蟀入我床。”这里用昆虫来反映季节的变化，还没有实际的人文色彩。

后来经过《诗经 · 唐风 · 蟋蟀》以及宋玉的《九辩》中的描述：“悲哉，秋之为气也！萧瑟兮草木摇落而变衰……独申旦而不寐兮，哀蟋蟀之宵征。”蟋蟀渐渐变成了悲秋的象征。后来，随着文学形式的不断发展，蟋蟀在文人作品中出现的频率也很高，也形成了蕴藉丰富的意象，除了悲秋之意，还具有生命之忧、故国之思、思乡之愁以及友情之和等意义。

名人万花筒
MINGREN WANHUATONG

易代词人张炎：南宋绝音

张炎，一个生活在宋元之间的易代词人，他的一生犹如过山车般跌宕，但是仅有俯冲而下的沦落，而没有回升的可能。张炎本是南宋中兴名将之后，于淳祐八年（公元1248年）生在一个贵族之家，前半生过着逍遥的生活。然而元军长驱直入，临安沦陷，张炎祖父被元兵所杀，张家也遭到血洗，一夜之间家破人亡，妻离子散。从此家道中落，贫难自给，当时张炎29岁。三年后，南宋灭亡，之后张炎就隐居了。晚年归隐杭州，靠在四明书肆卖卜为生，潦倒而终。

如果不曾感受过在云端的滋味，就不会有这种跌入泥土的落差。从贵公子到落魄王孙的境遇，让张炎真切地感受到国仇和家恨，抒发在词中的情感也渐渐有了黍离之悲和苍凉悲壮之态。即使是描写山川草木、湖光山色，都蕴含着自己的身世沦落之悲和国破家亡之痛。

清人王昶（chǎng）曾说“南宋词多黍离之悲”，黍离之悲，即指对国家残破，今不如昔的哀叹。特定的历史背景造就南宋词人特定的心理和情感，南宋词人亲身经历国破家亡，外族入侵的伤痛，自然而然就多了几分凄凉哀怨。

张炎还有一个重要的贡献，他创作了中国最早的词论专著《词源》，总结整理了宋末雅词一派的主要艺术思想与成就。诗歌史上有一个很特别的现象，就是张炎是宋词的最后一位重要作者，一般选宋词的书，选到最后，都会选张炎。而他的家国情怀，苍凉凄婉的词作，仿佛也成了南宋的送别之曲。

知识小问答

下面哪一位是与张炎、蒋捷、王沂孙合称为“宋末四大家”的词人？（ ）

A. 周邦彦 B. 姜夔 C. 周密

本章知识小问答答案

第 105 页　正确答案：A.《莺莺传》

第 107 页　正确答案：C. 贺知章

第 109 页　正确答案：C.《阳关吏》

第 111 页　正确答案：A. 五言律诗

第 113 页　正确答案：A. 苏轼

第 115 页　正确答案：C.《礼记》

第 117 页　正确答案：B. 越王勾践剑

第 119 页　正确答案：B. 夜郎

第 121 页　正确答案：C. 编纂《春秋》

第 123 页　正确答案：A. 范蠡

第 125 页　正确答案：C. 张九龄

第 127 页　正确答案：B. 苏舜钦

第 129 页　正确答案：B. 闻鸡起舞

第 131 页　正确答案：B. 少傅

第 133 页　正确答案：A. 汉文帝刘恒

第 135 页　正确答案：C. 周密

劝抚篇

QUANFUPIAN

我们总因『知交零落』感伤，殊不知『海内存知己，天涯若比邻』才是真气概。这世间知己之情从不会因距离而变得疏淡。天下无不散之筵席，然，当知『青山一道同云雨，明月何曾是两乡』。

高适，字达夫，唐代著名边塞诗人，世称“高常侍”，与岑参并称“高岑”。

别董大

［唐］高　适

千里黄云①白日曛②，北风吹雁雪纷纷。
莫愁前路无知己，天下谁人不识君。

解读赏析
JIEDU SHANGXI

“相信未来。”

这是一首带有边塞诗色彩的赠别诗。诗人在前两句运用白描手法写出了送别的时间与地点，通过“黄云”“白日”“曛”“北风”“雁”“雪”等意象勾勒出一幅塞外送别图：塞外的旷野上，日光黯淡，北风如刀，千里黄沙漫卷，天地一片苍茫，不时可见行行雁阵，它们不辞路途遥远，不畏风雪阻挡，坚毅勇敢地向南飞去。这里虽是说大雁，但又何尝不是借此隐喻即将远去的挚友呢？

从来壮景引豪情，在营造了塞外雄浑壮阔的离别场景后，诗人终于说出了那句流传千古的赠言：“莫愁前路无知己，天下谁人不识君。”由“莫愁”二字可知，面对离别，董庭兰内心是愁苦的。而高适却希望董庭兰能够化愁苦为力量，勇敢前行。

如今，跨越千年，仿佛看到高适站在董庭兰面前，铿锵有力地对他说：“你是多么优秀的一个人，早已声名远播，普天之下，没有不知道你董庭兰的，前行路上何愁遇不到知己呢？”勉励之情溢于言表。

殷璠在《河岳英灵集》中评价高适说：“适诗多胸臆语，兼有气骨。”本诗最后一句“天下谁人不识君”即是这种“气骨”的显现，如此潇洒豪迈的基调只属于那个慷慨昂扬的大唐，而如此气质沉雄的送别也只有拥有边塞生活体验的高适才能挥洒而就。

①黄云：天上的乌云，在阳光下，乌云呈暗黄色，所以叫黄云。
②曛：昏暗。

诗词AB面
SHICI AB MIAN

董大是个音乐家

董大，即董庭兰，是唐代著名的琴师，师从陈怀古。董庭兰因琴艺高超而受到当时宰相房琯的青睐，成为其门下客，史书上有“朝官亦往因庭兰而见琯”的记载。董庭兰一生专心钻研琴曲，为了学习琴技，他走出琴室，周游四方，向优秀的艺人虚心求学。他擅弹《胡笳十八拍》，唐代诗人李颀《听董大弹胡笳声兼寄语弄房给事》中对董庭兰的琴技进行了生动形象的描绘：“先拂商弦后角羽，四郊秋叶惊摵摵。董夫子，通神明，深松窃听来妖精……川为静其波，鸟亦罢其鸣。”唐代琴师众多，但不止一次出现在唐诗中的，唯有董庭兰。

接地气的唐人称呼习惯

若是有人问，你认识唐代诗人李十二、杜二、王十三、刘十八、白二十二、韩十八、王大、元九吗？猛地一听，你可能会略微迟疑，这不像诗人的名字啊，倒像是村里隔壁王二家的小伙伴。但如果告诉你他们另外的称呼，必定如雷贯耳，他们依次是李白、杜甫、王维、刘禹锡、白居易、韩愈、王昌龄、元稹。唐人习惯用排行数字来称呼人，这在当时既流行，又显亲厚。“以行第系于名者”并不少见，如本诗中的董庭兰，因在家族兄弟中排行第一，故称“董大”。而从杜甫诗句中出现的“黄四娘”“公孙大娘”可以推断，用排行称呼人的对象并不限于男性。这种根据排行称人的习俗一直延续到后世。

名人万花筒
MINGREN WANHUATONG

唐版伯牙、子期

春秋战国时期，伯牙善鼓琴，却一直没有遇到能听懂自己琴声的知音，直到一次野外弹琴，结识钟子期。子期虽为樵夫，却极善听琴，凡是伯牙心中所想，子期必能通过琴音知晓。伯牙志在高山，子期便说：“峨峨兮若泰山。”伯牙志在流水，子期便说：“洋洋兮若江河。”二人心意相通，引为知己。从此，高山流水成为世人传颂的佳话。

一千年后的唐代，琴师董庭兰像伯牙一样身怀绝技，善弹七弦琴，但当时朝野盛行筚篥演奏的胡乐，所以欣赏董庭兰琴技的人始终寥寥。而高适略通音律，与董庭兰结识后，深知其技艺不凡，欣赏其琴声优美，被董庭兰视为知音。再加上当时的高适正是仕途失意的时候，同样的不得志使得两人彼此之间更是惺惺相惜。

可天下没有不散的筵席，子期的离去是伯牙心中永远的痛，墓前摔琴永不复鼓，后人在感怀其知己情深的同时，不免感到遗憾和悲凉。反观高适和董庭兰，即将远去的董庭兰，有了高适的信任和鼓励，前行路上想必亦无所畏惧，这对唐版“伯牙、子期”带给我们的更多的是一种积极乐观的人生态度。朋友，人生确实艰难，但请你尽管昂首迈步向前。

知识小问答

“大弦嘈嘈如急雨，小弦切切如私语”形容的是哪种乐器的声音？（　　）

A. 古琴　B. 琵琶　C. 二胡

王勃，字子安，初唐诗人，与杨炯、卢照邻、骆宾王并称为“初唐四杰”。

送杜少府之任蜀州①

［唐］王　勃

城阙②辅③三秦，风烟望五津④。
与君离别意，同是宦游人。
海内存知己，天涯若比邻。
无为在歧路，儿女共沾巾。

解读赏析

JIEDU SHANGXI

“记挂一个人，只盼能重逢。”

这首诗是王勃在长安送友人赴蜀州做官时所作。首联中“城阙”和“五津”分别指代长安城和蜀州，一个“辅”字尽显长安城的雄伟壮观，一个“望”字把长安和蜀州连到了一起。阻碍诗人远望的“风烟”乃一语双关，既指眼前实景，又暗指缥缈难测的前行之路。蜀州，与长安隔着千山万水，云雾重重，远非目力所能及，但诗人仍然要去眺望，只因那里是好友即将去的地方。

颔联直抒胸臆，诗人的笔触由外物转至内心，着眼于抒发自己和友人的离别之情。为了入仕，诗人从家乡山西来到长安，杜少府离开长安去往蜀州，同样宦游在外的经历引起两人的情感共鸣。不过，诗人的感伤点到为止，颈联由抑转扬，眼界也从主观自我扩大到茫茫寰宇。“海内”和“天涯”，尽言空间之广，然既为知己，心意相通，就算远隔天涯，也如近在咫尺。此联贵在把抒情上升到哲理的高度，朋友之间只要真心相交，就从来不怕山高水远，王勃和杜少府如是，你我亦如是。

尾联上承颈联，对友人进行劝慰，既然知己之情不会因时空的阻隔而变得淡薄，那就不需哭哭啼啼，好男儿当志在四方。以此作结，别有一番昂扬向上的英雄气概。整首诗感情真挚明朗，格调高远，是初唐送别诗中最为人称道的佳作。

①蜀州：现在四川崇州，也作蜀川。②城阙：指唐朝都城长安。
③辅：以……为辅，这里是护卫的意思。④五津：岷江的五个渡口，这里泛指蜀州。

诗词AB面
SHICI AB MIAN

三秦缘何而来

“三秦”作为地名要追溯到秦朝末年楚汉相争时期。项羽从楚地起兵，通过巨鹿之战消灭秦军主力，最终率领猛将雄兵直取咸阳，杀死秦王子婴。破秦之后，项羽自立为西楚霸王，封刘邦为汉王，统领巴、蜀、汉中等地。作为项羽的强劲对手，刘邦的实力让项羽很是忌惮。为了防止刘邦继续东进，项羽把关中划成三个区域分封给秦朝的降将，以做军事缓冲地带，即“三分关中”，其中封章邯为雍王，占据咸阳以西；封司马欣为塞王，占据咸阳以东至黄河；封董翳为翟王，占据上郡。这便是三秦的由来，而本诗中“辅三秦”的说法，也表现出三秦作为古代京畿之地的护卫功能。

四杰排位之争

若按文词品第排名，“王杨卢骆”的排位顺序是最为常见的。大诗人杜甫的《戏为六绝句》中也有“王杨卢骆当时体”之句。不过，“王杨卢骆”的顺序在当时和后世都有争议。四杰里面就有不同的声音，比如排名第二的杨炯，明确表示自己是“愧在卢前，耻居王后”，可见他对于这个排名很不服气。明代诗论家胡应麟也提出过不同的看法，他在《诗薮》编卷五中说：“王为最，骆次之，杨、卢次之。”虽然四杰排位时有争议，但疑义主要集中在杨炯、卢照邻和骆宾王身上，王勃居四杰之首却是众望所归。

名人万花筒
MINGREN WANHUATONG

天才少年王勃

王勃六岁便才思敏捷，通晓文辞，会写文章。九岁的时候通读《汉书》，能够在读书时有自己的思考，敢于质疑，认为名儒大家颜师古的《汉书》注解有瑕疵纰漏，并为此专门写了《指瑕》做出纠正。

十岁的王勃已熟读《诗》《书》《礼》《易》《乐》《春秋》六部经典著作。遇到前来关内巡视的刘祥道，便洋洋洒洒写了一篇文章，慷慨激昂地表达了自己建功立业的决心，刘祥道看过后赞其为“神童”，那一年，王勃才十四岁。

十六岁时，王勃参加科试，被朝廷授为朝散郎，作《乾元殿颂》，气势磅礴，辞藻华丽，高宗亦惊为奇才。本诗《送杜少府之任蜀州》成作之时，王勃也不过二十岁左右，便能写出如“海内存知己，天涯若比邻”这样的千古名句。

王勃在家里排行第三，上有兄长，下有幼弟。其中，王勔、王勮和王勃三兄弟名声最大，有人夸赞他们为“三株树”。王勃的两个弟弟王助、王劼也都享有才名，是那种典型的“别人家的孩子”。而他们的父亲王福畤平时又特别喜欢向朋友夸赞自己的儿子，碰到不相信的，还会马上把自己儿子写的文章拿出来给人看，被朋友打趣说有“誉儿癖”。

知识小问答

《为徐敬业讨武曌檄》是初唐四杰中哪位诗人创作的檄文？（　　）

A. 王勃　B. 骆宾王　C. 杨炯

陆龟蒙，字鲁望，唐朝文学家、农学家、藏书家，与皮日休为友，世称“皮陆”。

别离

［唐］陆龟蒙

丈夫非无泪，不洒离别间。
杖剑①对尊②酒，耻为游子颜③。
蝮蛇④一螫⑤手，壮士即解腕⑥。
所志在功名，别离何足叹。

解读赏析
JIEDU SHANGXI

“大丈夫应有的格局和胸怀。”

陆龟蒙科考失利，转而回乡避世，以隐士自诩。可看这一首《别离》，“修身、齐家、治国、平天下”的理想又见于笔端，与其说是一首送别诗，反而更像是诗人内心的自我理想的写照。

开篇就自我代入一个“不洒离别间”的大丈夫形象，进一步给了一个更加具象的框架：真正的大丈夫在送别友人时，不应拘于离别的小情绪中黯然神伤，而是对坐豪饮，仗剑欢歌，慨然相送。颔联的反衬手法，用离愁满面的游子之态，衬托壮士的豪情壮志。

随即以“蝮蛇一螫手，壮士即解腕”自证这股侠情，壮士断腕，本义是说，毒蛇咬手后，为了不让蛇毒攻心而致死，壮士不惜斩断手腕，保全性命。“一”和“即”为因果关系，所呈现的是不带丝毫犹豫的状态，树立大丈夫的世界观：为了保全心中志向，可以斩钉截铁地做出牺牲。

那陆龟蒙的大丈夫志向具体是什么呢？是“所志在功名”，是“家国天下”，而这也是他毕生所求之事，既然决心闯荡天下建功立业，早就做好了放弃一切的准备。而友人现在正走在这条功名路上，该是踌躇满志、意气风发。至于离别一事，与前路多艰和家国天下相比，只不过是一件不足挂齿的小事，又何必悲伤到落泪呢？

①杖剑：同“仗剑”，持剑。②尊：酒器。③游子颜：游子往往因去国怀乡而心情欠佳，面带愁容。
④蝮蛇：一种奇毒的蛇。⑤螫（shì）：毒虫刺人。⑥解腕：斩断手腕。

诗词AB面
SHICI AB MIAN

“丈夫”无关性别

丈夫在现代多指男性，然而在古时候多指“有作为的人”，“丈夫非无泪”中的“丈夫”便是此意，它的范围划分只和品德相关，无关性别。最早给“丈夫”下定义的是孟子：“富贵不能淫，贫贱不能移，威武不能屈。此之谓大丈夫。”只要时刻自省，树立自己的品德，便可称得上是大丈夫。没了性别的限制，在中国历史上也涌现出很多女丈夫，比如，花木兰、梁红玉、秋瑾等，同“巾帼英雄”一词异曲同工。

因茶结缘的“皮陆”

唐朝诗坛多“组合”，陆龟蒙和皮日休便是其中很雅致的一组。陆龟蒙爱茶，是个地道的茶客，在顾渚山下拥有自己的茶园。后来在苏州与皮日休相遇，一见如故，更是成为诗友兼茶友。相识后，二人便时常以诗唱和，皮日休首唱一首，陆龟蒙就奉和一首，成为一对亲密的诗友，时人戏称为“皮陆”。在两人间的这种诗歌交往中，诗歌主题多围绕茶，皮日休有《茶中杂咏》十首，陆龟蒙有《奉和袭美茶具十咏》，歌咏了茶坞、茶人、茶笋、茶籯（篮）、茶舍、茶灶、茶焙、茶鼎、茶瓯、煮茶等，简直是诗歌版的《茶经》。

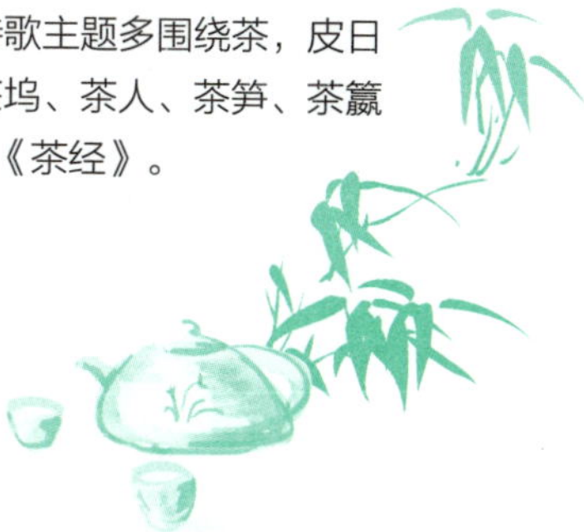

诗词小真相
SHICI
XIAO ZHENXIANG

陆龟蒙被元好问冤枉的那些年

陆龟蒙是唐朝隐逸派的代表诗人，却因为“隐逸”被元好问写诗批评，一直流传至今。但这事，陆龟蒙是不知道的。

元好问是金、元之际的著名文学家，著《论诗》绝句三十首，品评前人诗作褒贬不一，在文学批评史上极具地位，不凑巧的是，陆龟蒙是被贬的其中之一。元好问《论诗》中评价陆龟蒙的原文是：“万古幽人在涧阿，百年孤愤竟如何？无人说与天随子，春草输赢较几多？”

其中“春草输赢较几多”对的是陆龟蒙写的“恐随春草斗输赢”，大概意思是批评生在晚唐动荡时期的陆龟蒙，归隐乡野后，将国家大义抛掷一边，是忧国之心的缺失。

可这话真是冤枉了陆龟蒙，先不说他讽刺现实的作品，《新沙》《筑城池》《记稻鼠》等比比皆是，只说他的生平，便足以平反。陆龟蒙自幼通经博典，年少时也曾一心入仕，却屡试不第，后随湖州刺史张博四处游历，抱负也未得施展，无奈回乡隐居，可隐居后的陆龟蒙并非不问世事，他始终胸怀儒家之志，只看《别离》一诗，一腔热血仍是未凉。

说到陆龟蒙归隐后也并非一味玩乐，虽说家底丰厚：良田百亩，屋三十楹，牛十头，帮工二十多人，完全可以过闲散生活，可他却事事躬行，横跨农业、植物、动物、渔业、茶业、藏书等多个领域，撰写了流传千年的农学巨著《耒耜经》，将自己过成了一个实干家。

小问答 知识

元好问是在几岁左右写下“问世间，情为何物，直教生死相许”名句的？（　　）

A.18岁　B.16岁　C.20岁

高适，字达夫，唐代著名边塞诗人，与岑参并称“高岑”，有《高常侍集》。

夜别韦司士①

［唐］高 适

高馆张灯酒复清，夜钟残月雁归声。
只言啼鸟堪求侣，无那②春风欲送行。
黄河曲③里沙为岸，白马津④边柳向城。
莫怨他乡暂离别，知君到处有逢迎⑤。

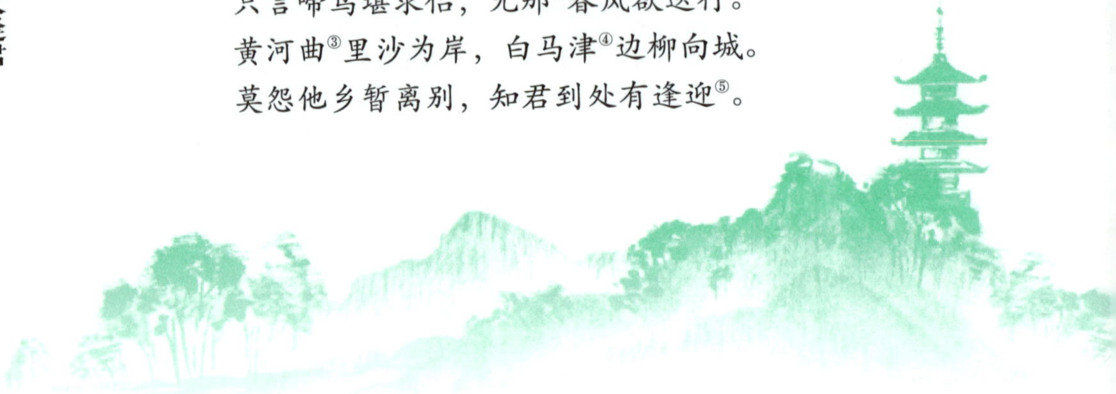

解读赏析
JIEDU SHANGXI

“乐莫乐兮新相知。”

这首以送别为题的七言律诗，是高适的应酬之作。

诗作伊始，诗人交代了这次送别的场景：灯火通明的城中客馆里，宾朋满座，宴会正酣，清冽的美酒早已斟满了一杯又一杯，觥筹交错间，好不热闹。直至夜钟敲起，残月高悬，雁鸣不断，众人方才醒悟，已是酒后各自分散的离别时分。

颔联“只言”与“无那”相对，“啼鸟”与“春风”相对，先述喜悦，后表无奈。上句借虚景写真情，以啼鸟暗喻自己：就连鸟儿都知道时时啼叫寻求伴侣，诗人又怎会不为结识新朋友而感到开心呢？下句转折，诗人的心境由刚刚相识新朋友的喜悦转为不忍分别的无奈，虽说无奈，却不感伤，因为送友人远去的不是险恶的人情世态，而是那温暖又和煦的春风。诗人对“春风”的拟人化运用使送别多了一丝轻快舒畅的意味。

颈联对友人前行之路展开设想，笔法直白自然，景象清晰明朗，预示着友人将有一个不错的前程：离别后，你将踏过黄河湾边的沙岸，穿过白马津旁的细柳，回首处，意气风发。

尾联劝解友人不必怨怅，因为诗人相信，凭借友人的才名，无论走到哪里都会受到热情的款待。此联在用意上与“莫愁前路无知己，天下谁人不识君”有异曲同工之妙，气势上虽略逊一筹，但其乐观昂扬之精神亦是盛唐高调。

①司士：官名。②无那：无奈。③黄河曲：黄河湾。
④白马津：古代黄河津渡名。⑤逢迎：迎接。

诗词AB面 SHICI AB MIAN

宴集诗歌，玩法有讲究

古代诗人参加聚会时免不了要作诗，那应该怎么作诗才能迎合聚会的氛围呢？就像游戏要有规则一样，古人也为宴集诗歌制定了玩法，即分题分韵。

作诗之前，需由特定的人定好题目和韵脚，众人通过抓阄的方式随机选取，然后按照抓到的题目和韵脚赋诗，考验参与者的文学功底和临场反应能力，带有一定的竞技性。

唐代文人相聚时，分韵赋诗环节常常作为宴会的重要项目出现，分韵诗得到大肆发展，如杜甫《白水明府舅宅喜雨(得过字)》、骆宾王《初秋于窦六郎宅宴(得风字)》、岑参《奉陪封大夫宴(得征字)》。本诗就是高适在抓阄时得“城”字而作。

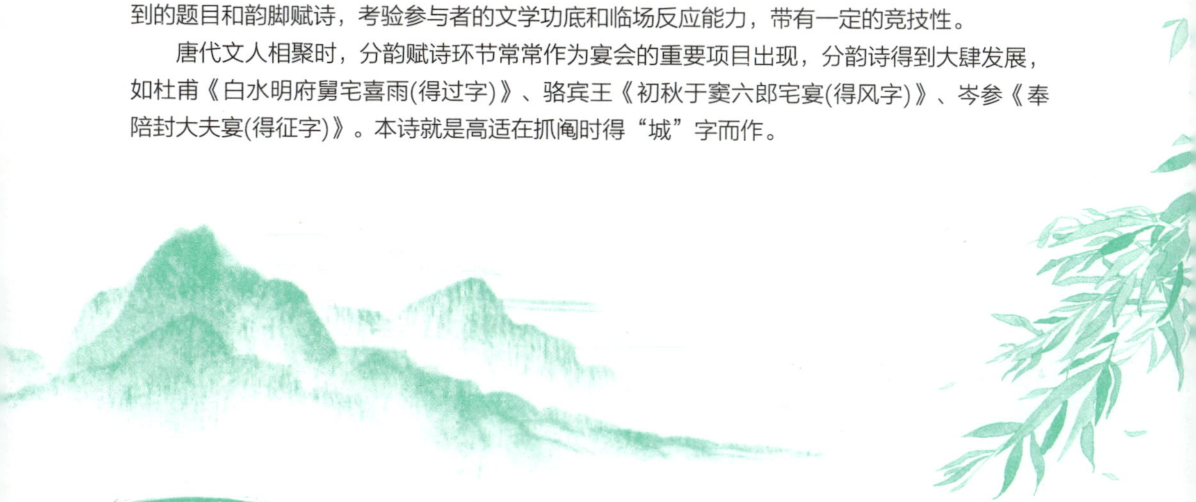

名人万花筒 MINGREN WANHUATONG

最具政治眼光的唐代诗人

说到高适，《旧唐书》中有这样一句话：“有唐以来，诗人之达者，唯适而已。”唐代的诗人们，将建功立业时时挂在嘴边，放在心上，但在仕途上并不顺利，比如李白和杜甫。唯有高适能一直做到高官而封侯，这实际上与他敏锐的政治眼光分不开。

最能表现高适政治素养的事件就是他在“安史之乱”时期的表现。“安史之乱”爆发后，高适跟着哥舒翰讨伐叛贼，哥舒翰兵败被俘，高适侥幸逃脱，只身赶到玄宗所在的河池，向玄宗分析兵败的原因，先陈述了哥舒翰身患疾病、监军将领不体恤军务和士兵吃不饱饭等方面的现实情况，又表明自己多次向杨国忠提过建议而不被采纳，最后得出结论：在这种情况下，皇帝你不用为西逃而感到自责或羞耻。此番论述得到了玄宗的赏识。

不久，玄宗诏令分封诸皇子镇守各地，其中，任命永王李璘坐镇江陵，而高适却认为诸王分镇各地的策略不可行，所以极力劝谏，玄宗并没有听从。后来永王李璘谋反，高适因早有劝谏而受到肃宗的重视。这时的高适，再次发挥他敏锐的观察力和前瞻性的政治眼光，在对形势展开精准分析后，认为李璘必败，肃宗因此封高适为淮南节度使讨伐李璘。果然，高适统领的军队刚会师，李璘就败了。此时，被卷入李璘麾下的李白，没有看清时局，不知永王军队已经被朝廷视为叛军，随着李璘的兵败，李白遭遇了牢狱之灾。

知识小问答

唐代“边塞四诗人”不包括下面哪位诗人？（　　）

A. 王之涣　B. 崔颢　C. 王昌龄

王昌龄，字少伯，盛唐著名边塞诗人，擅长七绝，被后人誉为“七绝圣手”。

送柴侍御①

［唐］王昌龄

流水通波②接武冈③，送君不觉有离伤。
青山一道同云雨，明月何曾是两乡④。

解读赏析 JIEDU SHANGXI

“天涯共此时。”

这是王昌龄在龙标送别朋友柴侍御时所作。一般赠别诗常以写距离之远来表达离别之苦，而王昌龄在此诗中却反写距离之近，主题立意新颖，别情达观洒脱。

前两句先写客观之景，后抒主观之情，以地理位置相近为由引出离别不必伤感的结论。诗人和友人分别后，一个在龙标，一个在武冈，虽是两地，却有连绵不断的流水相通，有如一条情感纽带把两人联结到了一起，因此，诗人送别不觉有离伤。

可终究“两乡”不是“一乡”，仅有这个理由显然达不到宽慰友人的效果，所以诗人在以“流水通波”言其近的基础上，又用“青山”和“明月”两个意象再做强调：你我二人只隔一道青山，风雨袭来，你我同沐；明月出山，你我共赏。“青山”“明月”都是明朗的意象，暗合诗人“不觉有离伤”的感情基调。落句以反问作结，气势顿增。

值得一提的是，龙标和武冈本是“两乡”，诗人却说“何曾是两乡”，其实是想借此说明两人友谊深挚，心灵相通，身处“两乡”也如同在“一乡”，可谓含蓄委婉，意在言外。

本诗构思巧妙，诗人将“流水”“青山”“明月”这些看似毫无关联的物象组合到一起，分别后的日子里，它们都是诗人和友人距离之近、友谊之深的见证。

①侍御：官职名。②通波：四处水路相通。
③武冈：县名。④两乡：作者与柴侍御分处的两地。

诗词AB面

SHICI AB MIAN

王昌龄式好结尾

王昌龄不但喜欢作诗，还喜欢讨论作诗的方法，他根据自己的作诗经验，专门写了一本研究作诗方法的册子——《诗格》，在当时非常受欢迎。一般诗的尾联也叫落句，一首诗，开头难，落句更难，作诗应该如何落句呢？王昌龄在《诗格》中总结了七种落句方式：“一曰言志。二曰劝勉。三曰引古。四曰含思。五曰叹美。六曰抱比。七曰怨调。”其中，“含思落句式”最为人推崇。对于如何含思落句，王昌龄认为，作诗须先以情感做铺垫，然后站在当下思考将来，描绘将来之景，以景结情，从而达到含思不尽、韵味无穷的艺术效果。这种模式广泛地存在于王昌龄的送别诗中，如本诗先述离情，后写将来共沐风雨、共赏明月之景来冲淡离别的感伤，言有尽而意无穷，是典型的“含思落句式”。

第一个提出“意境”概念的人

今人谈意境，最广为人知的当数王国维在《人间词话》中提出的“境界说”：“古今之成大事业、大学问者，必经过三种之境界：‘昨夜西风凋碧树。独上高楼，望尽天涯路。’此第一境也。‘衣带渐宽终不悔，为伊消得人憔悴。’此第二境也。‘众里寻他千百度，蓦然回首，那人却在灯火阑珊处。’此第三境也。”然而，第一个提出“意境”概念的其实是王昌龄，不过，王昌龄所说“意境”与后人所说的“意境”含义不尽相同。王昌龄在《诗格》中说：“诗有三境：一曰物境。二曰情境。三曰意境。”“物境”主要指外在景象，“情境”主要指思想感情，只有“意境”高妙，最难得的是情与景的相融、心与物的交合，他的许多送别绝句都体现了这种高妙的意境美。

诗词小真相

SHICI XIAO ZHENXIANG

魂断亳州的千古之谜

“诗家夫子”王昌龄在当时官职不大，屡遭贬谪，但才名很高，性格淳厚，是一个“与物无伤”“仁有余地”的人，因此朋友很多，李白、高适和孟浩然都是他的好朋友。这样一个性格淳厚的人，却在“安史之乱”爆发后的归乡途中被亳州刺史闾丘晓杀害，实在令人气愤，更令人惋惜。

闾丘晓为什么要杀王昌龄？史料中并没有明确的记载，只元人辛文房《唐才子传》中说：“以刀火之际归乡里，为刺史闾丘晓所忌而杀。”对于“忌而杀”三字，有人猜测，闾丘晓执拗乖僻，不顾恩义，是王昌龄的耿直性格和不拘小节触怒了闾丘晓，从而招来杀身之祸；还有人猜测，是闾丘晓嫉妒王昌龄的才名，所以杀之而后快。

不过，杀害王昌龄的闾丘晓最终得到了应有的惩罚。

知识小问答

典故“旗亭画壁”讲的是王昌龄、高适和以下哪位诗人的故事？（　　）

A. 杜甫　B. 李白　C. 王之涣

王维，字摩诘，今存诗400余首，有“诗佛”之称。

送杨少府贬郴州

［唐］王 维

明到衡山与洞庭，若为[1]秋月听猿声。
愁看北渚三湘远，恶说南风五两轻。
青草瘴[2]时过夏口，白头浪里出湓城。
长沙不久留才子，贾谊何须吊屈平。

解读赏析
JIEDU SHANGXI

“王维笔下，是怜友的慈悲。”

王维一生修佛，诗文里也满是通透，观他的诗文，更多时候是站在旁观者的角度讲述。这首赠别诗是送给第二日就要分别的友人杨少府，通篇甚至没有直接表达诗人自己的离愁，更多的是对友人未来旅途中心境的解读，悲悯之情、劝慰之心跃然纸上。

前四句，是诗人想象杨少府抵达贬谪之地后的悲凉和凄苦。唐时衡山与洞庭湖一带地方，还是比较荒凉的，异地遥对秋月，常常可以听到如同婴孩啼哭的猿鸣声。秋月、猿啼两种意象并列，点明贬谪之地的荒凉。恰好南风吹来，北归的水路十分通畅，可杨少府因为被贬谪的身份，没有诏令不得北归，越是不能回，越看到回去的路，只能将一腔愤懑转移到埋怨南风上。

后四句话锋一转，预言友人很快就会被再次重用：等到青草初生，就能看到迎接你北归的船，载着你一路驶出湓城而奔赴帝京。尾联借用贾谊吊唁屈原的典故，将杨少府比作才子贾谊，既肯定友人的才华，又劝解友人不必颓丧，很快就会像贾谊那样被朝廷重召。

王维向来心思通透，不因友人的被贬谪而疏远他，更不因朋友的失意而冷眼旁观。相反，他的送别，是对友人的深切宽慰与体谅，亲自上阵为友人指明前程，字字真诚，一段惜别，两行热泪。

①若为：怎堪。
②青草瘴：指岭南春夏之交所生的瘴气，《番禺杂编》“岭外二三月为青草瘴”。

诗词AB面

SHICI AB MIAN

贾谊吊屈原

西汉初政治家贾谊才华满腹，一生只被赏识，却不被重用，历来是怀才不遇的代名词。王勃的《滕王阁序》中写道：“屈贾谊于长沙，非无圣主。”因朝堂排挤遭贬的贾谊一路南下，到了湘江，望着滚滚波涛，一时想起百年前自沉汨罗的屈原，联想起自己与其相同的际遇，挥笔写下《吊屈原赋》，半是缅怀，半是抒发壮志未酬的悲愤，后人化用此典多用来描写因命途多舛而自怨自艾。

诗词小真相

SHICI XIAO ZHENXIANG

王维的桃花源，陶渊明也没资格去吗

王维曾经“讥讽”陶渊明，“吐槽”的点是广为传颂的“为五斗米折腰”名句。

原话出自《王右丞集》卷十八，王维晚年时写给友人的一封信《与魏居士书》，正面嫌弃了一把陶渊明：“近有陶潜，不肯把板屈腰见督邮，解印绶弃官去。后贫，《乞食》诗云‘叩门拙言辞’，是屡乞而多惭也。尝一见督邮，安食公田数顷。一惭之不忍，而终身惭乎？此亦人我攻中，忘大守小，不知其后之累也。”大概意思是说陶渊明在处世上不识时务，徒然秉持着“不为五斗米折腰”的气节，却最终沦落到“乞食”的地步，早知今日，何必当初？不如退让一步，做些牺牲，稳坐官位，才是更好的保全自己的方法。

这般看来，倒是显得王维庸俗了，也有学者拿出王维自嘲晚年为“偷禄苟活”的话，来为王维积极“打脸”，说他拿着自己的庸俗处世观来否定陶渊明的出世观，这才是大大地冤枉了王维。他一生宦海沉浮，确然诸多“识时务”，可并没有觉得自己高于旁人的意思。

这段话出自《与魏居士书》，魏居士是谁？唐初名臣魏征之后，日子过得贫苦窘迫，王维便用自己的处世观来劝慰其出仕，一来出于怜惜名臣之后，二来也有举荐贤才忠君报恩的意思。本意并非为否定陶渊明，而是借由陶渊明的事例来劝慰魏居士出仕自救。

王维与陶渊明，都有一片桃花源。“误入尘网中”的是陶渊明，他的桃花源是自己。王维也偏爱“人闲桂花落，夜静春山空”的隐，可他真正偏爱的是“佛”，圆融的处世观中包含的是“济世”，于他而言，“官或隐”不是桃源必由之路，“布施仁义”才是。

知识小问答

“结发”在古时是指结婚时？ （　　）

A. 丈夫把头发束起来　B. 妻子把头发束起来　C. 第一次结婚的夫妻

高适，盛唐边塞诗人集大成者，世称“高常侍”，与岑参并称“高岑”。

送李侍御赴安西

［唐］高　适

行子对飞蓬，金鞭指铁骢①。
功名万里外，心事一杯中。
虏障②燕支③北，秦城太白东。
离魂④莫惆怅，看取宝刀雄！

解读赏析

JIEDU SHANGXI

“一种超越儿女柔情的力量。”

天宝十一载（公元752年）入秋时节，高适送别友人李侍御，彼时的高适正有意从军以求取功名，而友人先于他一步踏上这条路，“安西”即安西都护府，治所在今新疆库车县。高适在羡慕之余写下这首诗来为友人送行，故此整体基调乐观豪迈多于离愁别绪。

首联以“金”“铁”来修饰“鞭”和“骢”，本就矫捷的铁骢马，再以金鞭驱赶，直接勾勒出一个跨马而来的友人形象，速度多快呢？如同风中“飞蓬”。“飞蓬”是一种无根野草，随风飞扬时速度极快，此处用来形容“行子”的身影矫健。

颔联承接首联，由写离别景到抒离别意，“功名万里外”是为友人得以求取功名而高兴，临别之际“心事一杯中”。由远及近，万里外的功名到眼前离别宴席上的一盏酒，组成富有主观情感的离别景象，别离的万千“心事”从这“一杯苦酒”中尽数倾洒：除了对友人的祝愿，也免不了对他“万里”征途的担心和深挚的惜别。

颈联对仗工整，写相距万里的西安与长安，此时一别茫茫不见，承接上句“万里功名”，既是写景也是抒情。尾联仍是性格直率的高适的诗歌特色，借“宝刀雄”直抒胸臆，临别之际，给友人展示一把腰间宝刀用以壮行，以此勉励友人，没有文人墨客间的儿女情长，而是一份激昂壮别的男儿豪情。

①骢（cōng）：指黑色的骏马。②虏（lǔ）障：指防御工事。③燕支：山名，这里代指安西。
④离魂：指离别时的心情。

诗词AB面
SHICI AB MIAN

大唐最凄凉的植物

高适是唐朝有名的边塞诗人，诗中多出现植物意象，总能起到更好的“传言达意”的作用。例如本诗中的“行子对飞蓬”，便是以“飞蓬”指代李侍御的身影，而在其他诗作中，飞蓬因根浅易断，常随风飘走，多用于比喻流离的人生际遇。在岑参的边塞诗中，最常出现的植物意象是“白草”，顾名思义，便是西北地区的一种颜色灰白的牧草，“北风卷地白草折”“北风吹沙卷白草”，白草与遥远、阔大的黄沙等相搭配，呈现出大西北草原天连草、草连天的无边无涯的壮观景象。边塞思乡、边塞离愁的凄清氛围就此烘托。

不想当侠客的诗人不是好唐朝人

盛唐时期的文人，心中都有个侠客梦，从他们的诗作中便可窥见一二，高适便是其中的代表人物，他的诗歌中多次出现指代侠客的“刀剑意象”，除了“看取宝刀雄”，还有《塞上》：“倚剑欲谁语？关河空郁纡”，《自蓟北归》：“谁怜不得意，长剑独归来”。不只高适，李白有诗《白马篇》：“酒后竞风采，三杯弄宝刀。杀人如剪草，剧孟同游遨。”也充满了对侠义之士的崇拜与向往。“任侠”也成为唐诗中“盛唐气象”的重要组成部分。

名人万花筒
MINGREN WANHUATONG

高适最“爱”杜甫，杜甫说：我知道

高适对杜甫的情意，远高于李白对杜甫。高适境遇好的时候常年救济杜甫，他最感人的诗作是写给杜甫的。可观杜甫的诗作中，却是写给李白的居多，可这并不代表杜甫对高适的情意就来得浅。高适与杜甫的交情是在一次又一次的交游中建立起来的，当然中间多是李白、杜甫、高适三人行，是盛唐时期远近闻名的“铁三角”。

可杜甫在食不果腹的时候第一时间书信求助的人，是高适。诗的名字叫作《因崔五侍御寄高彭州》：“为问彭州牧，何时救急难。”彭州牧即高适。若非交情深厚到一定地步，杜甫应该不会主动提出要高适救济。当时的高适晚年得志，深受皇帝赏识，是一众文人中仕途最富贵的一位，而他对待杜甫也一直是“苟富贵，勿相忘”的态度。高适晚年改任蜀州刺史，杜甫便专程赶到蜀州去探望，次年初春，高适瞧着满园寒梅，回想起两人相聚的光景，思念之情顿起，连夜写诗给杜甫，便是传颂后世的《人日寄杜二拾遗》，这是高适晚年诗作中最感人的一篇，情感真挚，令人动容，其中一句甚至看不见高适的“文风”，“今年人日空相忆，明年人日知何处”这句，恍惚像是葬花的黛玉在枉凝眉一般。

后高适离世，杜甫作《闻高常侍亡》悼念。高适离世六年后，杜甫再次将高适写给自己的《人日寄杜二拾遗》翻出来，一边流泪一边写回赠诗《追酬故高蜀州人日见寄》，仿佛高适还在世一般。

知识小问答

“爆竹声中一岁除，春风送暖入屠苏”，这里的“屠苏”指的是？（　　）
A. 苏州　B. 房屋　C. 酒

李白，字太白，号青莲居士，唐朝浪漫主义诗人，被后人誉为“诗仙”。

送友人入蜀

［唐］李　白

见说[①]蚕丛路[②]，崎岖不易行。
山从人面起，云傍马头生。
芳树笼秦栈，春流绕蜀城。
升沉应已定，不必问君平[③]。

解读赏析
JIEDU SHANGXI

“惑不外求，求诸己心的人生感悟。”

此诗不只是送别，更多的是劝解。太白落笔，写下友人入蜀，沿途有崎岖险阻之险，亦有茂林修竹之美，以现实的路代指友人的仕宦之路，或升或沉，皆不可妄断，只劝慰其不必过于挂心。而友人离去之时，正是李白在朝堂备受排挤之时，寥寥数语，语短情长。

首联以“见说”开篇，听说蜀道崎岖险阻，处处是层峦叠嶂，不易通行，言下之意是满满担忧，平实委婉，真正是友人话别，絮语不断。颔联承接“崎岖不易行”，场景描写由远及近，人骑马行险道，一“起”一“生”两个动词用得极妙，抬头峭壁，马边悬崖。

一味地写“险”也不大好，像是一路艰险，只有“沉”，颈联开始写美景。自“秦栈”到“蜀城”，碧树盈道，一路有美景做伴。“笼”“绕”二字，一写树木，二写流水，仿若眼前出现了林木葳蕤遮天蔽日的古道，侧耳便可听见水声环佩叮当。再联系上半段险境，既有崇山峻岭，又有茂林修竹，正是“升沉不定”的人生路。

尾联借用君平问卜的典故剖白心迹，也有自比“君平”的意思，婉转启发好友此次前去追求功名，若“升”，贺之，若“沉”，也莫忘初心。李白向老友娓娓道来心底的祈愿：前路凶险，一切自有定数，有惑不外求，求诸己心。

①见说：唐代俗语，即“听说”。②蚕丛：蜀国的开国君王。蚕丛路：代称入蜀的道路。
③君平：西汉严遵，字君平，隐居不仕，曾在成都以算卦为生。

诗词AB面
SHICI AB MIAN

被诗人偏爱的神算子——君平

李白临别赠言“升沉应已定，不必问君平”，劝慰友人宦海浮沉自有定数，到了成都，也不必再找君平求卜问卦。借君平典故，启发友人不要沉迷于功名利禄。

君平指的是严君平，归隐于四川成都，著名的西汉隐士，知识渊博却终身不仕，闲散时以卜卦为生，不在意钱多少，糊口即可，后成为淡泊名利的代名词，多指隐士精神或求卜问卦。鲍照《咏史》中提及“君平独寂寞，身世两相弃”，是借“君平”赞扬安贫乐道的隐士精神。杜甫诗作中“凭将百钱卜，飘泊问君平”也是借用此典。

“斗酒诗百篇”

于嗜酒如命的李白来说，诗与酒是不分家的，故此留下的诗文也弥漫着醇厚的酒香，千百年挥之不去，“李白斗酒诗百篇”也因此而出，那么斗酒到底是多少酒呢？唐时的大斗约相当于12斤，而小斗大约4斤，按照现在的量制，大约一斤一瓶，也就是说李白至少喝四瓶。不过，唐代的酒都是米酒，白酒是元代才出现的。而米酒的酒精含量很低，能达到20度就不错了。李白一次喝四瓶，折合成今天40度的白酒也就是二斤。酒量确实不容小觑。

名人万花筒
MINGREN WANHUATONG

“诗仙”李白是个养宠达人

李白一生有很多头衔，诗仙，天才，甚至道士、剑客，可还有一个身份，一直以来有些隐晦，一个等级非常高，或者说非常有天赋的养宠达人。这个头衔也是无心插柳，他最初是向往道学，却在拜师求道过程中掌握了新技能。

当时李白尚且年少，怀揣着寻仙访道的想法前往戴天山道观，却“访道士不遇”“无人知所去，愁倚两三松”，可他没有放弃，又听闻岷山有个隐士，法号东岩子，道学精湛，便径直前去拜师，东岩子见到这个少年郎，深觉奇人奇貌极具慧根，当场同意，还邀请他一同住在山中，教他修习道法的精髓。

可李白没想到，修道第一件事竟然是养野禽，山林中鸟雀不计其数，每日停在院落里黑压压的一片，李白就负责投食，久而久之，禽鸟通了人性，李白只需要在山中呼唤，鸟雀就会飞至院落求食，围着李白叽叽喳喳叫个不停，而同时，李白发觉自己也开始能分辨出鸟雀叫声的不同含义，用李白自己的话来说，便是“养奇禽千计。呼皆就掌取食，了无惊猜”。这情节听来十分玄，在当时也引起了轰动，甚至引来许多人组团前来观看，也是很壮观了。

修道修成动物饲养员，乍听有些奇幻，但在李白看来，或许能与动物产生本能的亲近，才是真正的道心所在吧。

知识小问答

1932年清华大学招生试题中有一道题，上联“孙行者”，下面下联中最合适的是？（ ）

A. 胡适之 B. 周作人 C. 郁达夫

辛弃疾，字幼安，别号稼轩，南宋豪放派词人，与李清照并称“济南二安”。

鹧鸪天·送人

［宋］辛弃疾

唱彻[1]《阳关》[2]泪未干，功名馀[3]事且加餐。
浮天水送无穷树，带雨云埋一半山。
今古恨，几千般[4]，只应[5]离合是悲欢？
江头未是[6]风波恶，别有[7]人间行路难！

解读赏析

JIEDU SHANGXI

“用苦难的补丁，缝成生命的袍。”

辛弃疾的这首送别抒怀之作，写“别离”，却不拘泥于“别离”，既表达了不舍之情，又抒发了勖勉之意。

上阕开门见山，首句即述离情，“唱彻《阳关》泪未干”言朋友之间感情深厚，《阳关曲》本是送别之曲，旋律深远惆怅，词人又是在送别的时候唱起，便更觉哀伤，一边唱着《阳关曲》，一边泣涕如雨，离歌已尽，泪却未干，在离别的苦痛面前，那些功名难就的遗憾反而不再重要。

“浮天水送无穷树，带雨云埋一半山。”“送”字和“埋”字的运用，使得整个画面灵动起来，这是诗人对远方景物的设想，也是对社会现实的暗示：流水送归人亦送过客，送英雄亦送懦夫，人事更迭，就像那无穷无尽的树色随波飘逝，而有些正义之士的处境就像被乌云笼罩的青山，难以绽放光辉。

下阕笔锋一转，由伤离别之情进而叹人世之艰，层层递进，诗境豁然开朗。放眼古今，世间恨事有千般，别离只是一种，在人世间行走比遇到江头风波更加艰险，与其陷在离别的苦闷中，不如振作起来，成就一番事业。这是词人对友人的提点，也是对自己的勉励。

此词看似达观豪迈，却难掩词人内心忧愤之情，就如陈廷焯在《白雨斋词话》中所说：“气魄极雄大，意境却极沉郁。”可见辛弃疾的词风格多样，不能单以豪放论之。

①彻：完。②《阳关》：琴歌《阳关三叠》。③馀：多余。④般：种。
⑤只应：岂只。⑥未是：还不是。⑦别有：更有。

诗词AB面
SHICI AB MIAN

古汉语中的偏义现象

古汉语中存在着由两个单音的近义词素或者反义词素组在一起的合成词，即今人常说的偏义复词。偏义复词中，一个词素的意思代表合成词的词意，而另一个词素则是作为陪衬出现，毫无意义，完全是为了凑足字数或协调音节。在识别偏义复词和探析词义偏指时，不能断章取义，必须联系全文语境。如《韩非子 · 喻老》中，扁鹊见蔡桓公时说："君之病在肌肤，不治将深。""肌肤"偏指"肌"义；如《古诗源 · 古诗为焦仲卿妻作》云："昼夜勤作息，伶俜萦苦辛。""作息"偏指"作"义；如本词《鹧鸪天 · 送人》全篇皆表离别，未谈相聚，可知"只应离合是悲欢"中，"离合"和"悲欢"都是偏义复词，"离合"偏重"离"，"悲欢"偏重"悲"。

当古人说加餐时，他们在说什么

现代人口中，"你吃了吗"多为寒暄之语，古人说"加餐"时，却不是单纯地说吃饭。有时是表达对一个人的关心和惦念。《战国策 · 赵策四》中记载，触龙在劝说赵太后时，先问赵太后："日食饮得无衰乎？"其关切之心让原本严词厉色的赵太后变得和缓。有时是看遍世事沧桑之后，发现自己无法改变现状自我慰藉。游子思妇分隔两地，彼此牵念却不能相见，愁苦毫无作用，不如"努力加餐饭"，天涯海角，只愿两相安好。本词中"功名馀事且加餐"也是这种朴素的人生观的体现，既然外界环境不能改变，功名富贵不为自己所左右，那么只能改变自己的心态，要想知道时间的答案，最重要的是好好地活着。

名人万花筒
MINGREN
WANHUATONG

交友当如辛弃疾

辛弃疾与朱熹，两人相差十岁，一个是凡事尽皆豪放恣意，一个是主张时时克己复礼，不过这并不妨碍他们成为莫逆之交。在辛弃疾眼里，朱熹有"帝王师"之才，朱熹也常常对自己的学生说："辛幼安是个人才。"

辛弃疾和朱熹都有过赈济灾荒的经历，在赈灾实践中，两个人互相学习，彼此借鉴，制定了强有力的赈灾方针，取得了不错的成绩。两人相处期间，还发生过一个挑战原则的小插曲。辛弃疾在江西任安抚使之职时，用挂着江西安抚牌子的船运送牛皮，船身遮蔽很严，守船的人却不多，时任南康知军的朱熹搜检之后当即拘没入官。辛弃疾听闻立马给朱熹写信说牛皮不是私运而是军中收买，方解除误会。这件令人尴尬的小事并未影响两人之间的友谊。

后来，朱熹遭人排挤，被列为"伪学逆党"，去世时甚至无人敢去送葬，只有辛弃疾毫不避嫌，作祭文赞朱熹"垂万世名"，并亲自前去凭吊。有学者在评价他们的友谊时说："一个善于思维的人与一个敢作敢为的人能结交厚谊，令人钦佩，令人深思。"

知识小问答

古琴曲《阳关三叠》是根据以下哪首诗谱写的？（　　）

A.《送元二使安西》　B.《凉州词》　C.《出塞》

苏轼，字子瞻，号东坡居士，世称苏东坡，北宋著名文学家、书法家、画家。

临江仙·送钱穆父

［宋］苏　轼

一别都门三改火①，天涯踏尽红尘。
依然一笑作春温。
无波真古井，有节是秋筠②。
惆怅孤帆连夜发，送行淡月微云。
尊前不用翠眉③颦④。
人生如逆旅⑤，我亦是行人。

解读赏析

JIEDU SHANGXI

“我不是归人，是个过客。”

钱穆父是苏轼的老友，杭州重逢时，两人都已历经半生沧桑，阅尽世间百态，苏轼有感而发，作了这首送别词。

词人在上阕先描写与钱穆父别后的经历和二人相逢时的精神状态：三年里，你四处辗转奔波，遍尝红尘之苦，如今，从天涯路归来，你爽朗一笑，便让人感到如春天般温暖，跟从前没有半分差别。接着，词人道出友人饱经岁月洗礼后仍然能“笑作春温”的原因。“古井”和“秋筠”都是友人品格的象征，古井静水流深，秋竹高风峻节，友人正因为拥有像古井和秋竹一样良好的品质，方能在世俗中保持本心。

下阕转换场景，切入送别的主题。分别的晚上，风清月淡，云色微茫。水边，一叶待发的孤舟；岸上，两个话别的老友。重逢不易，相聚又是如此短暂，眼看夜色渐深，两人心中难免惆怅。但词人一向豁达乐观，以美人不用对酒发愁婉转劝诫友人不要为了离别而忧伤，进而发出“人生如逆旅，我亦是行人”的哲思，这既是慰人，也是慰己：在大千世界中走走停停，我们每个人都是生命的过客，前行路上，且携一颗从容淡泊的心。

苏轼这首送别词一改前人风气，旷达洒脱之情跃然纸上。

①改火：古人四季换用不同木材取火，称为“改火”，这里指年度的更替。②筠：竹。
③翠眉：古代妇女的一种眉饰。④颦：皱眉头。⑤逆旅：旅店。

诗词AB面

SHICI AB MIAN

翠眉到底是什么颜色的眉

现代女性画眉时，一般根据不同的妆容选择不同颜色的眉笔，其实古代女性画眉时使用的颜色也不单一，“翠眉”就是其中的一种颜色。古代女性用黛画眉，黛是一种青黑色的粉，“黛眉”就是深青色的眉。而“翠眉”，有人认为是绿色的眉，在唐代是受到大众欢迎的流行色，黑眉反而比较小众。后来杨贵妃画黑烟眉，六宫粉黛也争相效仿，洗去翠眉，改画黑眉。还有人考证说，“翠眉”并非绿色的眉，可能更接近于青黑色。而当“翠眉”在古典诗词中出现时，通常是美人的代称，本词中的“翠眉”就是代指美人。

竹子都有哪些好听的名字

在古典文学中，竹是君子的化身，直接咏竹或者以竹喻人的作品不在少数。不同作品中，竹的称呼也不一样，因此，竹的别称有很多。那么，古人究竟都为竹取过哪些好听的名字呢？有人专门为此做过整理，徐成志等编著的《事物异名别称词典》中就有罗列，其中“青玉”“寒玉”“玉干”“玉管”“青岚帚”“玉槊”“绿卿”“绿玉君”“竹君”“蛇祖”“抱节君”“青士”“篬筤君”“碧虚郎”等都是竹的别称，包括本词“有节是秋筠”中的“筠”字。这些别称或着眼于竹的颜色，或着眼于竹的形状，或着眼于竹的生长习性，各式各样的别称丰富了古今诗词的文字画廊，也折射出人们对竹的喜爱和赞扬之情。

名人万花筒

MINGREN WANHUATONG

学霸苏东坡的读书方法

苏东坡是个全才，不仅样样懂，而且样样精。写散文，他是唐宋八大家之一；写诗，他是宋诗最高成就的代表；写词，他开豪放一派，是两宋词风转变的关键人物。

当时，向苏东坡请教读书方法的人非常多。而苏东坡的读书方法放到现代仍然具有指导意义，其中“八面受敌法”最为著名，主要有以下几点：首先，好书不厌百回读；其次，“八面”即一本书所涵盖的各个方面，每遍只攻读一个方面；最后，就是长期坚持。苏东坡强调，此法看似愚钝，一旦学成，便可八面受敌，游刃有余。

苏东坡还抄书，曾抄写三遍《汉书》。有一次，一位朋友来拜访苏东坡，看到他正在抄书，朋友非常惊讶：“像您这样的才高之人，读书定过目不忘，为什么还抄书呢？”苏东坡便分享了自己手抄《汉书》的小秘诀：第一遍每段只抄三个字，第二遍每段只抄两个字，第三遍每段只抄一个字。朋友听后当即指出一字，苏东坡果然能根据这个字背出相关几百字。朋友佩服之余，不无感慨：才高如苏东坡，仍然那么努力，才能一般的人怎么好意思不勤奋读书呢？苏东坡可谓是古代版“比你优秀的人还比你努力”的人。

知识小问答

苏轼的作词手法被称为：（　）

A. 以文为词　B. 以曲为词　C. 以诗为词

苏轼，字子瞻，号东坡居士，世称苏东坡，北宋著名文学家、书法家、画家。

南乡子·和杨元素①时移守密州

［宋］苏　轼

东武②望余杭③，云海天涯两渺茫。
何日功成名遂了，还乡，醉笑陪公三万场。
不用诉离觞，痛饮从来别有肠。
今夜送归灯火冷，河塘④，堕泪羊公却姓杨。

解读赏析
JIEDU SHANGXI

“醉笑陪君三万场，不诉离觞。”

公元1074年9月，词人苏轼被贬谪至密州，友人杨绘身留杭州，二人于西湖饯别，唱和此词。自此后，密州和杭州两个地名因友人而产生联系，首句运用夸张手法，以肉眼径直从密州望向杭州，无奈只望见漫天烟月与云雾。

随后两句写出对下次重逢的期许，可实际上词人深知相聚太难，二人同朝为官，注定此生在名利场中沉浮，人生都少有定数，遑论聚散？但若有朝一日能“功成名遂”，圆了此生衣锦还乡的愿望，便“陪公三万场”，此处化用李白的“一日须倾三百杯”：一朝脱离名利场，愿与友人不醉不归，好弥补分别的这些年岁，可距离这一天到来究竟多久，谁又能说得清呢？

下阕转为明朗，“不用诉离觞，痛饮从来别有肠”是词人对待这场离别的方式，仍是一贯的苏轼态度。末句“今夜送归灯火冷，河塘”，是一幅送别图，彼时入秋，河塘水虫蛙鸣渐隐，只苏轼手中一盏“耿耿残灯”，月下身影慢慢从两人变为一人，词人举目望向越发遥远的友人，最终还是被离别沾了身，一时间，方才饮下的酒也跟着涌到眼底。结尾“堕泪羊公却姓杨”化用“堕泪碑”的典故，“羊”“杨”音近，将杨绘比作羊祜，羊祜是西晋名臣，除却“堕泪”的深厚情谊，也表达了对友人的高度赞赏——你是我眼中的“羊祜”！

①杨元素：名绘。②东武：密州治所，今山东诸城。③余杭：杭州。
④河塘：指沙河塘，在杭州城南五里，宋时为繁荣之区。

诗词AB面
SHICI AB MIAN

见之落泪的“堕泪碑”

“堕泪羊公却姓杨”中“堕泪羊公”指的是“羊公碑”，又称“堕泪碑”，坐落在湖北襄阳，是当地百姓为纪念羊祜所建。羊祜在历代士大夫心中有着崇高的地位。羊祜出身于汉魏名门士族之家，因博学能文、长于论辩而有盛名于世。他也是著名军事家、政治家，因施行仁政而广受爱戴，离世后立羊公碑，碑前祭拜的人念其生平，都禁不住潸然泪下，由此得名“堕泪碑”。后人则用“望碑堕泪”来借喻死者德高望重。

苏轼与巢谷的千里情缘

苏轼为人澄明豁朗，虽仕途不顺，却结识了诸多志同道合的知己。除却《南乡子》中前来相送的同僚杨绘，还有诸多布衣友人，其中一位叫巢谷的同乡，仅仅是为了给苏轼带去一句劝慰而徒步千里，堪称奇人。可惜他身体状况着实太差，最终夙愿未酬，客死异乡。苏辙（苏轼胞弟）专门写《巢谷传》记载此人壮举。

名人万花筒
MINGREN WANHUATONG

苏轼与东坡肉

苏轼是一位美食家，每到一处便发掘多种美食，被贬谪到黄州，第一时间写下“长江绕郭知鱼美，好竹连山觉笋香”；被贬岭南，北宋时期当地瘴气横流，而他却只在意“日啖荔枝三百颗”，甚至发愿“不辞长作岭南人”。

美食家的生活激情非常人所能解便是了。

东坡肉便是美食家苏轼的名作，它的原型是“徐州回赠肉”，是苏轼在徐州所创，《徐州古今名馔》记载，黄河决口，任徐州知州的苏轼身先士卒，百姓感念纷纷赠肉，苏轼推辞不掉便做成红烧肉回赠，得名“回赠肉”。

后贬谪到黄州，做《炖肉歌》，便得“东坡肉”之名。

而今，东坡肉作为杭州名菜，做法也很讲究，将五花肉切成大块，用葱姜垫锅底，加上酒、糖、酱油，用水在文火上慢焖即可。其色香味俱佳，深受人们喜爱。

知识小问答

诗句“六出飞花入户时，坐看青竹变琼枝”，描写的是什么花？（　　）

A. 雪花　B. 梅花　C. 梨花

晏殊，著名词人、散文家，被称为“大晏”，其第七子晏几道被称为“小晏”。

喜迁莺

［宋］晏　殊

花不尽，柳无穷。应与我情同。
觥船①一棹②百分空。何处不相逢。
朱弦悄。知音少。天若有情应老③。
劝君看取利名场。今古梦茫茫。

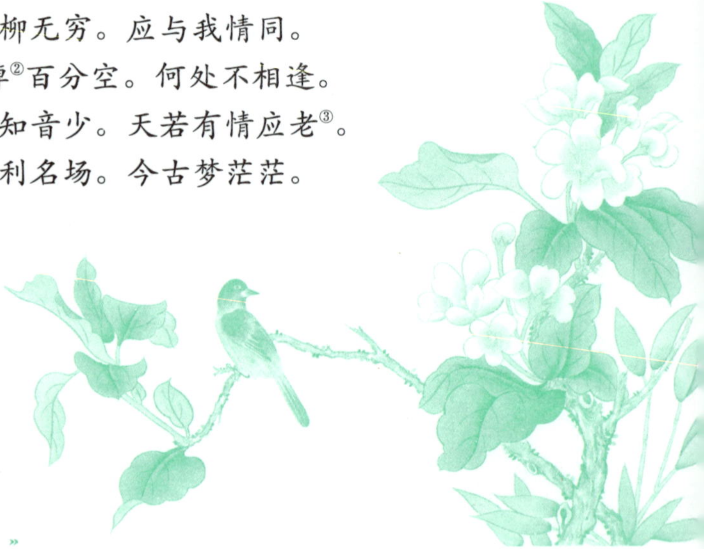

解读赏析

JIEDU SHANGXI

“世事少牵肠，诗酒慰平生。”

晏殊词以富丽娴雅著称，这首赠别词却是少有的“消极”风，字里行间更是用情颇深，对自身境遇感慨良多。

一起笔便以“花柳”自比，花与柳随处可见，数无尽，广无边，“应与我情同”，喻写词人自己的离情也是无穷无尽的，而同时花柳的生长也存在着自然界的盛衰，无可逆转，恰如人与人之间的聚散。转而下一句化用杜牧《题禅院》中的诗句，以“一醉解千愁”来表现旷达，又提“何处不相逢”来宽慰友人后会有期。一方面是愁苦难平，一方面是谆谆劝慰，在宽慰友人的同时，词人自己也陷入复杂心态：对离别无可奈何，却不得不洒脱。

下阕词情一转，正面叙述离别，高山流水，得觅知音，而今知己去，落得孤身人，词人的空虚寂寥之情扑面而来。继而化用李贺词句直抒胸臆，“天若有情应老”是难以抑制的哀伤。与上阕结构类似，接下来词人再度劝慰友人，与上阕中只着眼于离别的“以酒消愁”“重逢可期”的劝慰不同，“劝君看取利名场。今古梦茫茫”是以理相劝，结合了词人自身的经历，晏殊长居高位，一生挣扎在宦海沉浮中，此处以名利如梦为解，劝友人看淡，是倾注了真实情感的劝慰。

整阕词灵秀纯然，典故含蓄，点点离愁别绪后，反映的是晏殊藐视名利、寄情诗酒的人生态度和处世哲学。

①觥（gōng）船：大酒杯。②一棹（zhào）：划桨一次，指大杯饮酒一次。出自唐代杜牧《题禅院》：“觥船一棹百分空，十岁青春不负公。”③出自唐代李贺《金铜仙人辞汉歌》：“衰兰送客咸阳道，天若有情天亦老。”

诗词AB面
SHICI AB MIAN

用“天若有情天亦老”对下联

“天若有情应老”最早出自李贺《金铜仙人辞汉歌》中“衰兰送客咸阳道，天若有情天亦老”，其中“天若有情天亦老”设想奇伟，构思精巧，司马光称其为“奇绝无对”，而当时的文人在钦佩的同时，便以“天若有情天亦老”作为上联对下句，看谁对得好，还真的出了个有记载的下联。据《蓼花州闲录》中记叙，宋朝有个叫石曼卿的文人以“月如无恨月长圆”对之，一时语惊四座，也随之传颂。此外，元好问在《蝶恋花》里也有对句：“天若有情天亦老，世间原只无情好。”元好问以无情对之，实在令人哀伤。

诗词小真相
SHICI XIAO ZHENXIANG

晏殊：我也想去玩，但我穷

晏殊耿直，爱说大实话，在大宋朝是出了名的。

时值宋真宗当政，仁厚皇帝为自己立了个最具亲和力领导的人设，时常给官员们发福利：组织宴饮、发放津贴。在宋真宗的带领下，官员们过得滋润，花天酒地便成常态，文人广泛出没于秦楼楚馆，时风如此。在这个背景下，晏殊却宅在家里两耳不闻窗外事，一心只读圣贤书，无疑是一股清流。此事传到宋真宗耳中，为他的品性所折服，直接封为东宫官，即太子的陪读，而在此之前，晏殊不过是一个小小的右正言直史馆。

晏殊升官之后听说了自己是因为勤学而得到赏识的，当即脱口一句十分可爱的话：“我其实也想风花雪月，可我没有钱。”现在听来不过是抖机灵。不过对于当时的晏殊来说，这确是大实话无疑，晏殊生于富贵之家，可没等他成年，家道便因战乱中落，入朝为官后，俸禄也勉强维持家用，所以这句略显耿直的话陡然多了依据，衬得晏殊整个人都显得老实可爱。

后宋仁宗继位太后主政，晏殊怀揣耿直，多次“直言犯上”，幽默感并没有救他，而是因“不懂变通”成为太后眼中钉而多次被贬。好在后来宋仁宗亲政，十分欣赏他刚正不阿的品性重新委以重任，这才有了后来的“富贵宰相”晏殊。而他的这份耿直也体现在教育下一代上，写下“当年拼却醉颜红”的词人晏几道是晏殊的第七个儿子，他一生淡泊名利，即便遭人欺骗仍秉性光明，在史书上留下了“忠厚耿直，谨守父风”的评语。

知识小问答

成语“入木三分”，与哪位历史人物有关？（　）

A. 王羲之　B. 蒲松龄　C. 赵孟頫

吴文英，字君特，号梦窗，又号觉翁，有《梦窗词集》，被称为“词中李商隐”。

沁园春·送翁宾旸①游鄂渚

［宋］吴文英

情如之何，暮涂为客，忍堪送君。便江湖天远，中宵同月，关河秋近。何日清尘。玉尘生风，貂裘明雪，幕府英雄今几人。行须早，料刚肠肯殢②，泪眼离颦③。

平生秀句清尊。到帐动风开自有神。听夜鸣黄鹤，楼高百尺，朝驰白马，笔扫千军。贾傅才高，岳家军在，好勒燕然石上文。松江上，念故人老矣，甘卧闲云。

解读赏析

JIEDU SHANGXI

“闲云深处，日日盼君归。”

这首词作于吴文英为去往前线御敌的朋友翁宾旸送别期间。

全诗以“情如之何”引领全篇，这“情”，是不忍挚友离去的伤情，是哀叹自己暮年未成大业的愁情，是希望友人建功立业的豪情：你我终须一别，喜的是，待到那中秋月圆夜，人间灯火时，你我虽相隔两地，却能共赏一片月；忧的是，如今战乱不定，家国难安，什么时候才能海晏河清？将来你在军营，文韬武略定能得到施展，不知同僚中像你一样英勇神武的人会有几个呢？但无论将来怎样，且把离别的忧愁放到一边，硬起心肠，擦干眼泪，整理行装须趁早。

下片紧承上片，将时间与空间、现实与遐想相结合，从现在放眼未来，并借用“入幕之宾”和“燕然勒石”两个典故，对友人将来在军营中的英姿展开设想：平时就才华横溢的你，到了鄂渚，必如郗超一样计谋无双。朝骑白骏马，夜访黄鹤楼，谈笑间，笔势横扫千军。古有贾太傅，近有岳家军，眼下又有你这般英雄人物，收复山河，指日可待。到那时，请别忘记，在松江闲云深处，还有一个垂垂老矣的我，在等着你归来。

全词以情开篇，在追忆先贤、赞扬好友、憧憬未来中辗转表达出自己的心志：壮心从未泯灭，来日仍盼功成。

①翁宾旸：即翁孟寅，字宾旸，号五峰。②殢：滞留、纠缠、困于。
③颦：皱眉，引申为忧愁。

诗词AB面 SHICI AB MIAN

“入幕之宾”说的是谁

入幕之宾，典出自《晋书·郗超传》：“谢安与王坦之尝诣温论事，温令超帐中卧听之。风动帐开，安笑曰：‘郗生可谓入幕之宾矣。’”其中“郗生”指的就是东晋时期名人郗超，才能卓绝，富有谋略。郗超追随权臣桓温，而桓温并非善茬，兵权在手，心怀异志，有篡夺帝位之意。桓温非常看重郗超，大小事务必向郗超请教，倚仗郗超为其出谋划策。一次，谢安和王坦之一起去拜见桓温，众人正在讨论政事时，恰巧一阵风吹动幕帐，谢安便发现了躲在幕帐之后的郗超，开玩笑说郗超是“入幕之宾”，意指桓温和郗超关系密切。吴文英在这首词中借“帐动风开”暗指郗超的运筹帷幄，进而肯定朋友翁宾旸有郗超之才。

“燕然勒石”说的又是谁

燕然勒石，典出自《后汉书》卷二十三《窦融列传·窦宪》。窦宪是东汉时期的名将，因刺杀他人获罪，为了免除死罪而自请北伐匈奴。经过征战，匈奴最终败走，窦宪等人率领精兵乘胜追击，大获全胜之后登上燕然山，把此次功绩刻在燕然山的石头上，以彰其不朽，史称燕然勒石。此后，“燕然勒石”作为典故常出现在后人的文学作品中，如唐代诗人王维《使至塞上》有云：“萧关逢候骑，都护在燕然。”宋代文学家范仲淹《渔家傲·秋思》有云：“浊酒一杯家万里，燕然未勒归无计。”而吴文英借“好勒燕然石上文”，则希望好友来日能够像窦宪一样收复山河，建立功勋。

名人万花筒 MINGREN WANHUATONG

吴文英，饱受争议的身后名

作为一代词人，吴文英的词品和人品都饱受争议。

褒扬其作品的观点中比较有代表性的是《四库全书总目提要》的评语：“词家之有文英，亦如诗家之有李商隐。”吴文英在词的创作中用词绮丽，情感细密，虚实相生，意蕴深沉，很多方面与唐代诗人李商隐的诗风非常接近。而且，李商隐一生困顿不得志，百年之后的吴文英一生未第，二人的作品中所流露出的心灵之思亦颇为相通。

贬抑吴文英作品的观点中比较有代表性的是宋代词人张炎的《词源》的评语：“吴梦窗词如七宝楼台，眩人眼目，碎拆下来，不成片段。”吴文英词中普遍存在着时空场景转换和想象场景罗列的现象，被认为没有章法，感觉比较乱，因此被称为“七宝楼台”。

除了作品受到争议外，吴文英的人品也受到后世人的质疑。吴文英一直有建功立业之心，做过一些官员的门客，和当时两度入相的吴潜交情很深。但是，吴文英的政治敏感性不太高，最惹人非议的事情就是他和贾似道的交往，还留下词作成为后人质疑其人品的证据，即赠贾似道词四首：《宴清都·寿秋壑》《木兰花慢·寿秋壑》《水龙吟·过秋壑湖上旧居寄赠》和《金盏子·赋秋壑西湖小筑》。而具体真相如何，后世论者亦各持己见。

知识小问答

“二窗”是指南宋词人吴文英和以下哪个词人？（　　）

A. 辛弃疾　B. 周密　C. 韩元吉

辛弃疾，字幼安，别号稼轩，南宋豪放派词人，有“词中之龙”之称。

水调歌头·我饮不须劝

［宋］辛弃疾

淳熙丁酉，自江陵移帅隆兴，到官之二月被召，司马监、赵卿、王漕饯别。司马赋《水调歌头》，席间次韵。时王公明枢密薨，坐客终夕为兴门户之叹，故前章及之。

我饮不须劝，正怕酒尊空。别离亦复何恨？此别恨匆匆。
头上貂蝉①贵客，花外麒麟高冢，人世竟谁雄？
一笑出门去，千里落花风。
孙刘②辈，能使我，不为公。余发种种如是，此事付渠侬③。
但觉平生湖海④，除了醉吟风月，此外百无功。
毫发皆帝力，更乞鉴湖东。

解读赏析
JIEDU SHANGXI

“在暮霭里，向你深深地俯首。”

这一次，辛弃疾是那个要离开的人，同僚为其送别，他有感而作此词。

词的上阕以离愁别恨发端，以看破世事浮沉作结。词人每驻扎一个地方，功绩刚刚显露，便被调离他乡，心中难免惆怅，而酒，有时也是消愁的良方，可慰胸中不平，可慰离别之苦，所以词人饮酒不需劝，只是恨离别匆忙。

不过，词人的离别之恨点到为止，转而对词序中提到的门户之争展开议论。“头上貂蝉贵客，花外麒麟高冢”，讽刺了当朝那些为了一己私利而以权谋私的人。纵使位高权重，声名显赫，繁花落尽时，也不过埋入荒冢。既然功名富贵终是过眼云烟，不如效仿李太白，只管大笑出门，天涯海角，自有落花清风相伴。

词人看似洒脱，实则痛苦，甚至生出归隐的想法，于是在下阕向统治者言明心迹：只有如孙权、刘备那般的人物才能让我倾心效命，而不是您，追求功名富贵的事就让别人来做吧，我这一辈子，除了寄情诗酒风月外，一事无成，就算有一点儿小成就，也都是您给我的，所以您不妨再准许我归隐田园吧。

此词以离别为引，进而表达自己对时事的看法。然而，辛弃疾一生壮志雄心，怎会自请退隐江湖？这首词更像是他对当朝统治者发的牢骚之语。

①貂蝉：即貂蝉冠。②孙刘：孙权和刘备。
③渠侬：他们。④湖海：湖海豪气，即豪放的意气。

诗词AB面
SHICI AB MIAN

貂蝉，最开始是官帽的名字

提到貂蝉，人们首先想到的可能是中国古代四大美女之一的貂蝉。不过，貂蝉在最开始是官帽的名字，也叫貂蝉冠，貂是貂尾，蝉是用金属刻画的形状像蝉一样的装饰物。貂蝉冠通常为皇帝身边的近臣或权倾朝野的高官所戴。后来貂蝉就发展成为那些位极人臣的官员的代称。辛弃疾此词中的“头上貂蝉贵客”，即代指当朝权贵。此外，“狗尾续貂”的典故说的也是貂蝉冠。东晋时期，赵王司马伦大肆分封官位，需要戴貂蝉冠的官员太多，以至制作貂蝉冠的貂尾供不应求，便拿狗尾代替，当时的人讥讽说：“貂不足，狗尾续。”今人说“狗尾续貂”，比喻用不好的东西续在好东西后面，一好一坏，极为不衬。

古时真有麒麟吗

在古人眼中，麒麟是祥瑞之兽，史书和文学作品中不乏对麒麟的描述，《宋书》中就有关于麒麟的记载：“麒麟者，仁兽也。牡曰麒，牝曰麟。”可见，与凤凰一样，麒麟也有公母之分，雄性称麒，雌性称麟。我国古代建筑常有麒麟元素，如汉武帝建麒麟阁放功臣图像。那么，古时真有麒麟吗？有学者认为，麒麟是传说中的动物，现实中并不存在；也有学者认为，麒麟是在古代出现过的一种动物，可能是獐，可能是牛，说法不一。

名人万花筒
MINGREN WANHUATONG

飞虎军的创建者——辛弃疾

“飞虎队”这个现代感极强的名词，让人不禁联想到影视剧中勇猛的特警部队，而早在南宋，大词人辛弃疾便首开先河，创建了“飞虎军”。创建飞虎军那一年，辛弃疾在湖南任潭州知州兼安抚使。当时，南方盗贼频起，叛乱事件较多，地方军又多老弱，辛弃疾遂写奏折向皇帝建议成立一支新军，名为飞虎军，得到皇帝批准后，辛弃疾开始全力筹备新军。

为防多生变故，辛弃疾下令必须在一个月之内建成军营的营栅。但南方秋雨连绵不断，建营栅需要的二十万片瓦一时无法烧成，负责建营栅的人很是发愁。针对缺瓦的难题，辛弃疾采取向当地百姓集瓦的措施，号召每户居民送两片瓦到军营，付以瓦钱，不到两天，就凑齐了二十万片。看到辛弃疾如此大张旗鼓地筹建飞虎军，反对派坐不住了，纷纷指责他聚敛民财、花费太大，以致连皇帝都降下金字牌，强令停止一切事项。怎奈辛弃疾意志坚定，他悄悄压下皇帝的金字牌，继续按计划进行。直到一切落定，辛弃疾才把建立飞虎军的具体事项全部上书朝廷，皇帝看后也就释然了。

飞虎军建成以后，辛弃疾严加训练，逐渐壮大起来，成为镇守一方的强军，朱熹评价说：“数年以来，盗贼不起，蛮徭帖息，一路赖之以安。”

知识小问答

在南宋著名词人中，辛弃疾和李清照并称：（　　）

A. 济南二安　B. 南宋二安　C. 词中二安

文天祥，南宋末政治家、文学家，爱国诗人，“宋末三杰”之一。

酹江月[①]·和友[②]驿中言别

［宋］文天祥

乾坤能大，算蛟龙、元不是池中物。
风雨牢愁无著处，那更寒蛩[③]四壁。
横槊题诗，登楼作赋，万事空中雪。
江流如此，方来还有英杰。
堪笑一叶漂零，重来淮水，正凉风新发。
镜里朱颜都变尽，只有丹心难灭。
去去龙沙[④]，江山回首，一线青如发。
故人应念，杜鹃枝上残月。

解读赏析 JIEDU SHANGXI

“从今却别江南路，化作杜鹃带血归。”

这首词是文天祥为酬答邓剡所作，两人兵败被俘，互作诀别，一开篇便与友人共勉，困于牢笼只是暂时的，蛟龙总会出池，腾飞云间。即便此刻“风雨”“寒蛩”，也不能磨灭反抗的意志。“横槊题诗”三句，连用两典，从文治武功方面写自己抱负的不凡。然而，如今被俘，这些全然成了无法落地的“空中雪”，落寞不过一瞬，诗人话锋一转，把希望寄托于未来，乾坤广阔从来不缺有志之士，保家卫国的重任定然后继有人。

下阕紧跟前四句，继续说自己的难堪处境，身如落叶身不由己，如今又来到淮水畔，回想起自己上次的逃亡：出使元营时被拘押，伺机脱逃，在淮水之间和敌骑数次相遇，历尽艰难才得南归。而这次，是真的无能为力了。可尽管时光不再，一颗报国赤心绝不会变。“丹心难灭”与《过零丁洋》中“留取丹心照汗青”同样光照千古。最后五句更是将一腔忠愤尽数倾吐：一朝别离频频回顾，即便身锁异地，魂魄也要化作一抔黄土留在故国。若友人得见杜鹃啼血，那就是自己的魂魄回到了南方。而“杜鹃啼血”，文天祥在同一时期写的《金陵驿》也有表现：“从今却别江南路，化作杜鹃带血归。”

生死矛盾间一身傲骨，仍是那个“舍生取义”的文天祥，用鲜血书写英勇和忠贞，穿透千年风霜，仍有摄人心魂的力量。

①酹江月：词牌名，即“念奴娇”。②友：指邓剡，文天祥的同乡好友。
③寒蛩（qióng）：深秋的蟋蟀，一作寒虫。④龙沙：指北方沙漠。

诗词AB面
SHICI AB MIAN

“横槊赋诗”是曹操父子的日常

三国时期，曹操与曹植父子二人斗文，并不下马，径直横着长矛赋诗，足见武艺与诗文都达到一定高度，便是“横槊赋诗”一词的由来。出自唐代诗人元稹《唐故检校工部员外郎杜君墓系铭》中的“曹氏父子鞍马间为文，往往横槊赋诗”，此后诗文中出现的“横槊赋诗”便专指曹操能文能武的形象，文天祥用此典故指代对英雄豪杰出世的企盼和对国家民族终能崛起的信心。

杜鹃啼血：不如归去，不如归去

传闻杜鹃鸟叫声凄厉，乍听之下十分像是口吐人言曰“不如归去”，常被文人墨客用于诗文创作中，而这个说法最早来源于《望帝啼鹃》的中国神话传说，故事的主角是蜀王杜宇，在周朝称帝，号望帝，是个贤明君主。后蜀地水患，臣子鳖灵治理有功，望帝便禅位于鳖灵，自己隐居西山，不承想鳖灵虽有能力，却是个暴君，甫一上位便搞得民不聊生，望帝听闻后悔不迭，死后化为杜鹃鸟，每逢早春二月便悲鸣“不如归去”，直至啼血，常用来形容哀怨、思归的感情，也有理想抱负不能实现的遗恨。

诗词小真相
SHICI
XIAO ZHENXIANG

文天祥跌宕起伏的一生

似乎少有人知晓，历史上的文天祥是个少有的美男子，《宋史》惜字如金，也忍不住空出一行来写他的颜值：“体貌丰伟，美皙如玉，秀眉长目，顾盼烨然。”

年少的文天祥首次入试便拔得头筹，被冠以“天才”的头衔，还有一颗想要改变政治格局的心，进入官场后敢于直谏，却屡遭小人算计，于中年生出归隐之心，在江西老家建造一栋“大别墅”，专心过起了享乐的日子。到此时，文天祥顶着的仍旧是“美貌状元郎”。

直到国难临头，元兵进犯，文天祥变卖家产组织义军，以一介文官的身份披上盔甲上阵杀敌。这场战争中，他的母亲和唯一的儿子都命丧其中，被俘之后他写下《过零丁洋》，悲壮中难掩绝望，元军大船上，他眼睁睁地看着大臣陆秀夫背着幼帝投海自尽，那一刻，他咬牙拼命要守护的大宋江山也不复存在了。而后在元朝的四年劝降中，文天祥始终只有一句：一死之外，没什么可做的。

前半生的文天祥，是满身荣宠甚至纵情享乐的美男子，《宋史·文天祥传》中记载：“天祥性豪华，平生自奉甚厚，声伎满前。”后半生他身披战甲，慷慨赴死。

史书上记载过年幼的文天祥：“见学宫所祠乡先生欧阳修、杨邦乂、胡铨像，皆谥‘忠’，即欣然慕之。曰：‘没不俎豆其间，非夫也。’”（《宋史》）如果不能变成欧阳修那样忠字为先的人，便不是大丈夫。文天祥做到了。

知识小问答

“东篱本是风月主，晚节无林趣。”请问句中的“东篱”是谁的别号？（　　）

A. 陶渊明　B. 马致远　C. 王维

程嘉燧，明朝诗人，诗歌娟秀少尘，善画山水。

值唐叔达同钱将军北上言别

［明］程嘉燧

方舟①然②烛夜相过，道上匆匆奈别何！
我已三年怀锦里③，君偏五月渡黄河。
南游谁共烟花早，北上兼闻金鼓多。
此别各怀无限意，莫将春泪点江波。

解读赏析
JIEDU SHANGXI

“以后，我也会成为一个如你一般的人。”

这首诗是嘉定四先生之一的程嘉燧所作，其中叔达为唐时升。万历十九年（公元1591年）夏，唐时升随抗倭名将钱世桢北上镇守边疆，途中恰遇自徽州扫墓归来的程嘉燧，两人于江边惜别，诗意在于劝慰友人不要为远别而悲伤。

首句点明送别的时间地点，唐时升连夜坐上北上的行船，去路匆匆，来不及仔细道别。颔联、颈联对仗工整，直抒胸臆，“三年怀锦里”“五月渡黄河”仍旧是对离别的具体描述，而颈联则是想象友人离去后，两人分隔异地后的景象，以“烟花”指代“江南繁华”，“金鼓”指代“边塞战争”，两相对仗下，是两种人生状态的对比：“悠游山水”与“坦然入仕”，正是程嘉燧与唐时升截然不同的人生道路，继而引申出此次离别的本质其实是两人不同的人生轨迹罢了，整首诗视野陡然开阔，从离愁别绪上升到人生的共勉。

“此别各怀无限意，莫将春泪点江波”，是一种对友人的劝慰与祝愿，再联系同时段程嘉燧曾赠予唐时升的诗词，称其“风流儒雅孰如君，幕府从容不顾勋”，可以看出这份劝抚中，更多的是年轻的程嘉燧对唐时升幕僚生涯的几分仰慕之情，而几年后，程嘉燧也走上了这条谋生之路。

这首送别诗用词清淡，情景交融，没有多余修饰，却意境明朗、情感真挚。

①方舟：两船并在一起。②然：燃烧，后来写作“燃”。
③锦里：即锦官城。

诗词AB面
SHICI AB MIAN

嘉定四先生

晚明时期，居住在嘉定的程嘉燧、唐时升、李流芳、娄坚四人因诗文书画声名远播，世称“嘉定四先生”。本诗所赠之人唐叔达即四先生之一的唐时升，而程嘉燧与其他两人交情也颇深。娄坚、唐时升为表兄弟，皆年长程嘉燧十余岁，两人皆拜于归有光门下，自称“归氏弟子”，擅长古学，娄坚更是以书法闻名。嘉定四先生中，程嘉燧与李流芳享誉盛名，程嘉燧擅诗文山水画作，李流芳工诗擅画，两人志同道合，互相器重，于后世留下诸多作品。

晚明大型罢考现场：“弃巾”得道

程嘉燧生于晚明时期，恰赶上“弃巾”风潮，大量布衣士子开始放弃功名悠游山水，彼时程嘉燧多次科考不利，便自发加入“弃巾”大军，成为随性自在的布衣诗人。“弃巾”还有“告退衣巾”“焚巾”“裂冠”的别称，生员们甘愿放弃生员资格和身份成为布衣，原因各不相同，大多是像程嘉燧这般，因屡试不第而放弃。生员“弃巾”后为维持生计，纷纷发展副业，或经商，或放意林泉，其中加入“山人”（山人在晚明以前是高士的统称，需要社会认可）行列，自封头衔的最多。

名人万花筒
MINGREN WANHUATONG

程嘉燧想成为钱谦益的室友

钱谦益，清初诗坛的盟主之一，也是程嘉燧一生相伴的挚友。

早年，钱谦益定居常熟虞山拂水山庄，程嘉燧住在嘉定，两地相隔，谈书论道都是程嘉燧往返两地。万历丁巳年（公元1617年）夏，钱谦益在家丁忧期满。明朝官员如若父母离世，要辞官回到祖籍守制二十七个月，时间从得知丧事那天起，期满后可重回朝堂。当时朝堂动荡，钱谦益迟迟等不到召自己回京的消息，心情郁郁卧病在床。程嘉燧自嘉定赶来探视，颓丧无比的钱谦益一扫阴霾，自言病好了大半，携友登山，一同观赏黄公望旧作《仙山图》。

当时正值盛夏，日头毒烈，两人登上山头汗流浃背，却一直兴致浓厚，直到日暮时分才相携归家。第二日程嘉燧便凭着记忆将《仙山图》摹写下来。当时程嘉燧已经53岁，而钱谦益也有32岁了，两人经历过人事更迭后仍旧如同少年，纵情享受这半日闲散时光，而此次聚会被称为“丁巳聚会”，也是在此时，两人相约将来共同隐居拂水山庄，而这个约定也被称为“丁巳之约”。可惜立下约定之后的几年坎坷不断，聚少离多，直到十三年后的崇祯三年（公元1630年），66岁的程嘉燧方得偿所愿，与钱谦益同居拂水山庄，终完成“丁巳之约”，筑室山中，读书共老。

程嘉燧离世后，钱谦益写道：卒之前一月，为余序《初学集》，盖绝笔也。也就是说，程嘉燧这一生最后一篇文章，是为钱谦益写的一篇序。钱谦益之于程嘉燧，说是友人、知己都狭隘了，最接近的说法大概是想一起终老的家人。

知识小问答

“我寄愁心与明月，随君直到夜郎西”是诗人借月表达对谁的思念之情？（　　）

A. 孟浩然　B. 高适　C. 王昌龄

本章知识小问答答案

第 139 页　正确答案：B. 琵琶

第 141 页　正确答案：B. 骆宾王

第 143 页　正确答案：B.16 岁

第 145 页　正确答案：B. 崔颢

第 147 页　正确答案：C. 王之涣

第 149 页　正确答案：C. 第一次结婚的夫妻

第 151 页　正确答案：C. 酒

第 153 页　正确答案：A. 胡适之

第 155 页　正确答案：A.《送元二使安西》

第 157 页　正确答案：C. 以诗为词

第 159 页　正确答案：A. 雪花

第 161 页　正确答案：A. 王羲之

第 163 页　正确答案：B. 周密

第 165 页　正确答案：A. 济南二安

第 167 页　正确答案：B. 马致远

第 169 页　正确答案：C. 王昌龄